CARAMURU

CARAMURU
Poema épico do descobrimento da Bahia

Santa Rita Durão

Introdução, organização e fixação de texto
RONALD POLITO

Martins Fontes
São Paulo 2005

*Copyright © 2000, Livraria Martins Fontes Editora Ltda.,
São Paulo, para a presente edição.*

1ª edição
2000
2ª edição
2005

Introdução, organização e fixação de texto
RONALD POLITO

Revisões gráficas
*Ana Luiza França
Ivete Batista dos Santos
Dinarte Zorzanelli da Silva*
Produção gráfica
Geraldo Alves
Paginação/Fotolitos
Studio 3 Desenvolvimento Editorial

**Dados Internacionais de Catalogação na Publicação (CIP)
(Câmara Brasileira do Livro, SP, Brasil)**

Durão, José de Santa Rita, 1720-1784.
 Caramuru : poema épico do descobrimento da Bahia / Santa Rita Durão ; introdução, organização e fixação de texto Ronald Polito. – 2ª ed. – São Paulo : Martins Fontes, 2005. – (Coleção poetas do Brasil)

 ISBN 85-336-2225-2

 1. Durão, José de Santa Rita, 1720-1784 – Crítica e interpretação 2. Durão, José de Santa Rita, 1720-1784. Caramuru – Crítica e interpretação 3. Poesia épica brasileira I. Polito, Ronald. II. Título. III. Série.

05-8057   CDD-869.91

Índices para catálogo sistemático:
1. Poesia épica : Literatura brasileira   869.91

Todos os direitos desta edição para a língua portuguesa reservados à
Livraria Martins Fontes Editora Ltda.
*Rua Conselheiro Ramalho, 330 01325-000 São Paulo SP Brasil
Tel. (11) 3241.3677 Fax (11) 3101.1042
e-mail: info@martinsfontes.com.br http://www.martinsfontes.com.br*

COLEÇÃO "POETAS DO BRASIL"

Vol. IX – Santa Rita Durão

Esta coleção tem como finalidade repor ao alcance do leitor as obras dos autores mais representativos da história da poesia brasileira. Tendo como base as edições mais reconhecidas, este trabalho conta com a colaboração de especialistas e pesquisadores no campo da literatura brasileira, a cujo encargo ficam os estudos introdutórios e o acompanhamento das edições, bem como as sugestões de caráter documental e iconográfico.

Ronald Polito, que preparou este volume, desde 1991 é professor do Departamento de História da Universidade Federal de Ouro Preto. Mestre em História Social pela UFF, defendeu dissertação sobre a obra de Tomás Antônio Gonzaga. Publicou, dentre outros trabalhos, as transcrições de *A Conceição: o naufrágio do Marialva*, poema de Tomás Antônio Gonzaga (São Paulo: Edusp, 1995). Preparou também, com José Arnaldo Coêlho de Aguiar Lima, a transcrição das *Visitas pastorais de Dom Frei José da Santíssima Trindade (1821-1825)* (Belo Horizonte: Fundação João Pinheiro, 1998. Coleção Mineiriana. Série Clássicos.). Nos últimos anos vem se dedicando à tradução de poesia, tendo publicado recentemente, com Sérgio Alcides, a tradução do catalão dos *Poemas civis*, de Joan Brossa (Rio de Janeiro: Sette Letras, 1998).

Coordenador da coleção: Haquira Osakabe, doutor em Letras pela Unicamp, é professor de Literatura Portuguesa no Departamento de Teoria Literária daquela mesma Universidade.

ÚLTIMOS LANÇAMENTOS:

Augusto dos Anjos – *Eu e outras poesias.*
Edição preparada por A. Arnoni Prado.

Álvares de Azevedo – *Lira dos vinte anos.*
Edição preparada por Maria Lúcia dal Farra.

Olavo Bilac – *Poesias.*
Edição preparada por Ivan Teixeira.

José de Anchieta – *Poemas.*
Edição preparada por Eduardo de A. Navarro.

Luiz Gama – *Primeiras trovas burlescas.*
Edição preparada por Ligia F. Ferreira.

Gonçalves Dias – *Poesia indianista.*
Edição preparada por Márcia Lígia Guidin.

Castro Alves – *Espumas flutuantes & Os escravos.*
Edição preparada por Luiz Dantas e Pablo Simpson.

Santa Rita Durão – *Caramuru.*
Edição preparada por Ronald Polito.

Gonçalves Dias – *Cantos.*
Edição preparada por Cilaine Alves Cunha.

Diversos – *Poesias da Pacotilha.*
Edição preparada por Mamede Mustafa Jarouche.

Raul de Leoni – *Luz mediterrânea e outros poemas.*
Edição preparada por Sérgio Alcides.

Casimiro de Abreu – *As primaveras.*
Edição preparada por Vagner Camilo.

Medeiros e Albuquerque – *Canções da decadência e outros poemas.*
Edição preparada por Antonio Arnoni Prado.

Fagundes Varela – *Cantos e fantasias e outros cantos.*
Edição preparada por Orna Messer Levin.

Silva Alvarenga – *Obras poéticas.*
Edição preparada por Fernando Morato.

Hermínio Bello de Carvalho – *Embornal. Antologia poética.* Apresentação de Heron Coelho e Introdução de Haquira Osakabe.

ÍNDICE

Introdução XI
Nota sobre a presente edição XXXIX
Cronologia XLIII

CARAMURU
Poema épico do descobrimento da Bahia

Reflexões prévias e argumento 5
Canto I 11
Canto II 46
Canto III 81
Canto IV 119
Canto V 151
Canto VI 178
Canto VII 206
Canto VIII 232
Canto IX 264
Canto X 294

Notas 321
Documentação e iconografia 337

INTRODUÇÃO

TRAÇOS BIOGRÁFICOS

Até hoje, pouca coisa sabemos acerca da biografia de Frei José de Santa Rita Durão, bem como das obras que escreveu. Ainda que nascido no Brasil, passou quase toda a sua vida na Europa, em Portugal e na Itália, e ainda estão por ser feitas pesquisas documentais detalhadas em ambos os lugares para que diversos aspectos possam vir a ser esclarecidos. Por outro lado, o lugar naturalmente secundário de sua obra no contexto da literatura em Portugal não motivou que sua vida e produção literária viessem a ser estudadas além-mar. Somente no início desse século pudemos conhecê-las um pouco melhor com a publicação de alguns trabalhos, como *O poeta Santa Rita Durão*, por Arthur Viegas, pseudônimo do padre Antunes Vieira, S. J.[1], no qual se encontram três documentos até então inéditos, "Re-

---

1. Bruxelas: Ed. d'Art. Gaudio, 1914.

tratação", "Epítome" e "Informação", escritos pelo próprio poeta, e que esclarecem pontos fundamentais de sua trajetória e de seus textos.

José de Santa Rita Durão nasceu em 1722, em Cata-Preta, arraial de Nossa Senhora de Nazaré do Inficionado, a quatro léguas de Mariana, Minas Gerais. Parece que se orgulhava disso pois, como anota Antonio Candido, foi o único dos poetas da chamada "escola mineira" a estampar na folha de rosto do *Caramuru* seus dados de nascimento. Era filho do português Paulo Rodrigues Durão, sargento-mor das milícias urbanas, e Ana Garcês de Morais, nascida em São Paulo. Estudou no Colégio dos Jesuítas no Rio de Janeiro e, em 1731, com nove anos de idade, partiu para Portugal e nunca retornou ao Brasil. Entre 1733 e 1736, estudou com os Oratorianos e professou, em 12 de outubro de 1738, na Ordem dos Eremitas de Santo Agostinho, no Convento da Graça, em Lisboa. Cursou a Faculdade de Teologia em Coimbra até 1745, ano em que foi para Braga como Lente de Teologia e lá fica durante cinco anos. Retorna em 1754 a Coimbra para lecionar a mesma disciplina no colégio de sua ordem. Em 1756, já com 34 anos, obtém o grau de doutor em Teologia pela Universidade de Coimbra.

Em 1758, passa a ser membro da Academia Litúrgica. Neste ano, sua vida sofre uma forte guinada. Vai para Leiria, onde se torna amigo do Bispo D. João de Nossa Senhora da Porta, futuro Cardeal da Cunha. O Bispo, parente dos Távoras, apavorado ante possíveis represálias contra sua pessoa em função do atentado de 3 de setembro do mesmo ano contra D. José, pede a Santa Rita Durão que pregue contra a Companhia de Jesus, responsabilizando-a pela tentativa de regicídio. Durão chegou mesmo a redigir uma pastoral que foi assinada pelo Bispo, na tentativa de obter as graças do Marquês de Pombal. Durão também escreveu para o Bispo as cartas que este remeteu para o Marquês, protestando contra a inquisição espanhola, que queimou escritos atribuídos a Sebastião de Carvalho. Toda essa política acabou resultando em ganhos para o Bispo, logo elevado a Arcebispo de Évora.

Preterido pelo prelado leiriense, que não o recompensou por seus escritos, Durão rompe com ele em 1761. Cria incompatibilidades com sua Ordem e, ainda que fosse nomeado professor de hebraico, foge de Portugal, temendo represálias. Vaga durante dois anos pela Espanha e pela França. Em 1762, escreve sua "Informação" ao Marquês de Sarria, na Espanha, dando-lhe conta das perseguições aos jesuítas em Portugal. No mesmo ano, chega a Ciudad Rodrigo, indo a seguir para Saragoça. Em Viterbo, a caminho de Roma, recebe ordem para voltar à Espanha. Em Corneto recebe visita do Bispo de Montefiasco. Em 1763 segue para Cádiz, mas supondo-se na mira do Marquês de Pombal, vai para a França atravessando a pé a Catalunha. É preso no caminho para Montpellier e interrogado severamente no Parlamento de Toulouse. Mantido em prisão benigna, obtém o salvo-conduto e se dirige para a Itália, onde chega a 21 de agosto do mesmo ano. Consegue uma audiência com o Papa Clemente XIII, a quem apresenta sua "Retratação" e seu "Epítome" a respeito da perseguição aos jesuítas em Portugal.

Na Itália permanecerá muitos anos, até a "Viradeira", em 1777, quando a queda do Marquês lhe permite regressar a Portugal. Em 1764, por recomendação do Cardeal Ganganeli, é nomeado um dos bibliotecários da Livraria Pública Lancisiana, cargo que ocupou durante nove anos, sendo jubilado em 1773. Pobre e desempregado, escreveu para D. Frei Manoel do Cenáculo, Bispo de Beja, então próximo de Pombal, solicitando sua interferência para que ele obtivesse uma das cátedras vagas com a expulsão dos jesuítas. Voltando a Portugal, conquista uma cátedra de teologia em Coimbra, proferindo em 1778 a aula inaugural, depois publicada sob o título *Pro annua studiorum instauratione Oratio*. No ano seguinte publica a *Novena do glorioso S. Gonçalo de Lagos*. Possivelmente nesta época começou a compor, ou melhor, ditar, junto à ribeira de Cozelhas, o *Caramuru*, seu longo poema épico sobre o descobrimento da Bahia, para seu amanuense, escravo liberto que fora com ele para Portugal, tal como informa seu amigo José Agostinho de Macedo. Em 1781, é publicado o *Caramuru*. Após esta data, deslocou-se para Lisboa, vindo a falecer no dia 24 de janeiro de 1784. Foi sepultado na igreja do Hospício do Coleginho, em Alfama, para onde foi transferido.

A OBRA DE SANTA RITA DURÃO

Ainda que o nome de Santa Rita Durão seja indissociável do *Caramuru*, o poeta e religioso também deixou alguns textos que merecem ser mencionados, até porque assinalam outras facetas de um percurso tão acidentado e já se encontram praticamente esquecidos dos leitores.

Seu primeiro texto literário mais ambicioso talvez tenha sido a *Descripção da funsão do Emperador de Eiras que se costuma fazer todos os annos em o Mosteiro de Cellas junto a Coimbra dia do Espirito Santo pelo Rev.^{mo} P.^{e} M.^{e} Fr. José de S. Rita Duram. Eremita August*[2]. Trata-se de um poema em 75 hexâmetros em latim macarrônico e que ficou inédito até 1928, quando foi publicado na *Revista da Língua Portuguesa*, com uma introdução de Mendes de Remédios. É possível que tenha sido escrito durante os anos 50, estando portanto entre seus primeiros trabalhos. É também de sua autoria uma *Ode lyrica defendendo conclusões de Rhetorica um menino de edade de sete annos*, sem data de composição, publicada por Teófilo Braga em 1901[3]. O mesmo autor supõe ainda que alguns poemas manuscritos dos fins do século XVIII que aparecem com o nome de Manoel de Macedo Pereira de

---

2. Citado por MORAES, Rubem Borba de. *Bibliografia brasileira do período colonial*: catálogo comentado das obras dos autores nascidos no Brasil e publicadas antes de 1808. São Paulo: USP/IEB, 1969, pp. 118-9.

3. Citado por MORAES, R. *Op. cit.* pp. 119-20.

Vasconcelos sejam na realidade de Durão, pois Macedo nunca os incluiu em suas obras. Por fim, há ainda um documento inédito, sua *Ecloga Piscatoria de Forgino, e Durian Ao Nascimento do Principe da Beira por Fr. Joze de Sta. Rita Durão, Religioso da Graça*, cujo manuscrito contemporâneo ao poeta se encontrava em poder de Rubem Borba de Moraes[4].

Somam-se a esses textos pelo menos outros seis escritos de natureza religiosa que vale citar. Dois deles Durão escreveu para D. João, bispo de Leiria, uma pastoral[5] e uma dissertação[6], esta segunda publicada nos volumes da Academia Litúrgica, criada em 1758, de que Durão fazia parte. Ainda desse período são os textos *Dissertatio historico-critica: De his, quae Aeram Hispaniensem concernunt*, e *Dissertatio: As Eliberitanam Synodum aliquod Hispaniense Consilium antecesserit?*, ambos publicados também nos volumes da Academia Litúrgica. Outro texto importante é a oração com que, de volta da Itália a Portugal,

---

4. *Op. cit.*, p. 126. O autor não informa se o poema traz data de sua composição.

5. D. João de N. Senhora da Porta, Conego Regular de Santo Agostinho, por mercê de Deos, e da Santa Fé Apostolica Bispo de Leiria, do Conselho de Sua Magestade Fidelissima, etc. Lisboa: Officina Patriarcal de Francisco Luiz Ameno, 1756. *Apud* MORAES, R. B. de. *Op. cit.*, p. 118.

6. Sobre as vestes de que usaram os sacerdotes na liturgia nos primeiros seis seculos da Igreja, se eram determinadas e peculiares, ou vestidos comuns e cotidianos. *In*: COLLECTIO INSTITUTIONEM ACADEMIAE LITURGICAE PONTIFICIAE exhibens, atque lucubrationes Anni 1761. V. II, pp. 31-49. *Apud* MORAES, R. B. de. *Op. cit.*, p. 93.

obteve a cátedra de teologia da Universidade de Coimbra[7]. Há ainda sua *Novena do glorioso S. Gonçalo de Lagos, composta por hum seu devoto e indigno irmão*, publicada em Lisboa, na Régia Oficina Tipográfica, em 1779.

Consta na ata da Academia Litúrgica de 31 de março de 1759 que Santa Rita Durão teria sido encarregado de dissertar a respeito do tema *Se enquanto se celebrava, ardiam sempre luzes, e qual fosse deste rito a causa*, mas não há a informação de o poeta ter redigido este trabalho[8]. Sabemos ainda que, segundo tradição recolhida por seus primeiros biógrafos, Durão teria destruído, depois de 1781, diversas poesias líricas de diferentes épocas de sua vida, decepcionado com a pouca repercussão alcançada pelo *Caramuru* nos meios literários portugueses[9].

SOBRE O *CARAMURU*

A história editorial do *Caramuru* é bem mais movimentada que a dos outros textos do autor. Ela também acompanha, de certa forma, a própria história da sua recepção, o modo como ele

---

7. *Josephi Duram Theologi Conimbricensis. O. E. S. A. pro annua studiorum instauratione Oratio. Conimbricae: Ex Typographia Academico-Regia, Anno Domini MDCCLXXVIII. Cum facultate Regiae Curiae Censoriae.* *Apud* MORAES, R. B. de. *Op. cit.*, p. 120.

8. *Apud* MORAES, R. B. de. *Op. cit.*, pp. 92-3.

9. HOLANDA, Sergio Buarque de. *Capítulos de literatura colonial*. São Paulo: Brasiliense, 1989, p. 114.

foi e vem sendo incorporado pela crítica literária brasileira. É visível, nesse sentido, que o século XIX conferiu à obra uma importância distinta da que ela vem conhecendo contemporaneamente, que se expressa inclusive nas diversas impressões que o texto conheceu, perdendo apenas, em termos de número de edições no campo da poesia épica árcade, para *O Uraguai*, de Basílio da Gama, se considerarmos o mesmo período. Foram seis as edições do *Caramuru* no século passado. A primeira, em 1829, é a tradução francesa de Eugène de Monglave, *Caramurú, ou La Découverte de Bahia, roman-poème brésilien*, sinal do crescente interesse romântico pela literatura "exótica", na qual se inclui a americana. Em 1836 sai a segunda edição do poema em Portugal e no ano seguinte, a primeira edição feita no Brasil, na Bahia. Em 1845, a Imprensa Nacional, em Lisboa, publica o volume *Épicos brasileiros*, reunindo *O Uraguai*, de Basílio da Gama, e *O Caramuru*, de Santa Rita Durão. Há ainda a edição de Mamiliano de C. Honorato, no Rio de Janeiro, de 1878, e uma edição popular vendida pela Livraria dos Dois Mundos, de 1887.

Já no presente século, o *Caramuru* foi bem menos publicado, inclusive se comparado a *O Uraguai*. Em 1913, pela editora de H. Garnier, e em 1945, pelas Edições Cultura, de São Paulo. Afora essas duas edições integrais do texto, há ainda uma antologia preparada por Hernani Cidade, que traz poucos excertos, publicada pela Agir, na Coleção Nossos Clássicos, em 1957, e reeditada em 1961 e 1977.

O *Caramuru*, subtitulado "poema épico sobre o descobrimento da Bahia", como as "Reflexões prévias e argumento" do próprio autor deixam claros, trata da conquista da Bahia por Diogo Álvares Correia, da região de Viana do Castelo (Portugal), compreendendo ao longo dos vários episódios "a história do Brasil, os ritos, tradições, milícias de seus indígenas, como também a natural, e política das colônias". A ocupação do território baiano se constitui então em pretexto para que o poeta trate detalhadamente de nossa flora e fauna, da divisão administrativa do Brasil colonial, dando notícia das particularidades das capitanias, das nações indígenas, particularmente do litoral, com seus hábitos e costumes, bem como das diversas guerras que Portugal travou com franceses e holandeses pelo controle do território ao longo de toda a costa. Ainda que a ação do poema se situe no século XVI, Santa Rita Durão recorre a sonhos e presságios dos personagens para compendiar toda nossa história até fins do século XVIII, nisso adotando modelo em voga na época, pois Claudio Manoel da Costa lança mão de procedimento similar no seu *Vila Rica*.

O modelo evidentemente adotado por Santa Rita foram *Os Lusíadas*, de Camões, o que vem esclarecido logo na primeira frase das "Reflexões prévias...": "Os sucessos do Brasil não mereciam menos um poema que os da Índia." E não apenas na escolha da estrofe heróica, na divisão do poema em dez cantos e nos excertos de versos inteiros de Camões fica visível esta presença. É o próprio verso de Durão que levou alguns analistas a considerá-lo o mais impregnado pela literatura portuguesa dos séculos XVI e XVII entre os autores da chamada "escola mineira", sendo exemplo curioso, segundo Antonio Candido, dos fenômenos de sobrevivência e retrocesso na história literária[10]. Não é casual, portanto, que sua obra tenha sido tão pouco considerada, *a posteriori*, para a própria prática literária, talvez fazendo-se presente só no poema *Gama ou o Oriente*, de José Agostinho de Macedo, publicado no princípio do século XIX. Sabemos, por outro lado, o quanto obras como *Marília de Dirceu* e *O Uraguai* interferiram na literatura brasileira.

Segundo Antonio Candido, "as tentativas épicas foram a debilidade e o anacronismo mais flagrante do século XVIII, não obstante tão aferrado ao senso das proporções e culto das formas naturais"[11]. Neste contexto, Sergio Buarque de Holanda anota que a epopéia portuguesa, na

---

10. Para Antonio Candido, Santa Rita Durão é um "passadista", que escreveu seu *Caramuru* "num estilo neocamoniano em que resquícios cultistas se misturam a traços da cosmovisão de seu tempo". CANDIDO, Antonio. *Formação da literatura brasileira*: momentos decisivos. 6. ed. Belo Horizonte: Itatiaia, 1981. V. 1, pp. 177-87. Sergio Buarque de Holanda não dista dessa forma de pensamento, ao notar que, "apesar de todo o seu classicismo e quinhentismo deliberado, Durão não se mostra de todo infiel ao seu século". HOLANDA, Sergio Buarque de. *Op. cit.*, p., 110.

11. CANDIDO. A. *Op. cit.*, p. 177. Também não pensa diferente Sergio Buarque de Holanda, para quem a própria poesia épica, no século XVIII, se constituía num anacronismo. HOLANDA, Sergio Buarque de. *Op. cit.*, p. 110.

segunda metade do século XVIII, é "muito menos um fenômeno europeu do que americano", chamando a atenção para o conjunto dos textos épicos americanos que superam em importância os épicos portugueses do período, principalmente *O Uraguai*, de Basílio da Gama, o *Vila Rica*, de Claudio Manoel da Costa e o *Caramuru*, de Durão. É possível que a publicação de *O Uraguai*, de Basílio da Gama, em 1769, que alcançou razoável repercussão imediata e é considerado até hoje o de melhor fatura épica no campo da poesia arcádica da "escola mineira", tenha influenciado Santa Rita Durão, já quase sexagenário, a redigir seu poema. Alguns sugerem mesmo que Durão poderia ter conhecido Basílio da Gama, que esteve na Itália quando Santa Rita trabalhava como bibliotecário. Mais remota é a possibilidade de ele ter lido o *Vila Rica*, que não foi publicado por Claudio Manoel, mas cujas cópias devem ter passado a circular desde 1771.

O *Caramuru*, constituído de 6.672 versos decassílabos ao longo de seus dez cantos, assemelha-se também aos outros poemas épicos do setecentos por vir precedido de explicações históricas e, tal como em *La Henriade*, de Voltaire, um dos grandes modelos para a época mas que possivelmente Santa Rita não conheceu, por incluir diversas notas ao final de cada canto, que explicam citações históricas, nomes indígenas e outros dados presentes nos versos. O próprio Santa Rita deixa esboçado seu método de trabalho para compor o poema, fazendo apelo ora à verossimilhança, que lhe permite fantasiar alguma passagem, ora a registros orais que coletou e à variada bibliografia que leu, sendo fundamentais para a reconstituição de episódios e elementos da cultura material, a *Crônica da Companhia de Jesus no Estado do Brasil*, de Simão de Vasconcelos, a *Nova Lusitânia*, de Francisco de Brito Freire, e a *História da América portuguesa*, de Sebastião da Rocha Pita.

Surpreende a riqueza de dados sobre a vida de inumeráveis nações indígenas, seus costumes, hábitos alimentares e familiares, regras políticas e formas de religiosidade, bem como a infinidade de plantas, flores, pássaros, animais, peixes que surgem ao longo do poema, tanto mais se notarmos que Santa Rita Durão só viveu no Brasil até os nove anos de idade. É portanto natural que seu nome seja dos mais importantes para compreendermos a criação de um certo imaginário, uma certa idéia de Brasil, que opera com o engrandecimento das nossas riquezas naturais e culturais para a afirmação de nossas potencialidades históricas, temas tão presentes no romantismo e no modernismo brasileiros. Mas é sobretudo pela figura do índio construída no poema que Santa Rita Durão tem seu nome sempre lembrado em nossa história literária, sendo figura central para a discussão da temática do "indianismo" entre nós.

Sumariando ao máximo o poema, cabe antes explicar o significado específico do termo "caramuru" na obra de Santa Rita. A palavra, de origem tupi, se refere à moréia, um peixe do mar da família dos murenídeos. Caramuru foi o nome que os indígenas deram a Diogo Álvares por este ter escapado a nado de um naufrágio nas costas da Baía de Todos os Santos, em 1510. Ao que parece, foi Santa Rita Durão que fixou a lenda de que Diogo Álvares teria maravilhado os indígenas com um tiro de espingarda, passando o vocábulo a significar também "Filho do Trovão" (filho de Tupá), "Dragão do Mar" e "homem de fogo"[12]. O Canto I, depois do exórdio e da invocação ao Príncipe do Brasil, D. José, relata o naufrágio de Diogo Álvares com mais seis companheiros, a chegada à praia e o primeiro contato com os indígenas. Já neste canto se introduz uma temática recorrente no poema, o canibalismo, que tanto horrorizou os europeus. Durão, de forma ponderada, relembra que tal costume fora comum aos mais diversos povos antigos. Enquanto esperam o sacrifício, os prisioneiros ouvem de Fernando, um dos náufragos, a lenda da estátua profética que apontava para o Brasil, encontrada na Ilha açoriana do Corvo, ilha que nunca teria sido habitada. Os náufragos são salvos do ritual canibalístico pela chegada de Sergipe, inimigo de Gupeva dentre as tribos que habitavam o recôncavo baiano, que tudo desbarata na aldeia e transforma os náufragos, à exceção de Diogo, em seus escravos.

No Canto II, Diogo recupera armas e pólvora da nau e planeja ajudar seus companheiros.

---

12. CUNHA, Antônio Geraldo da. *Dicionário histórico das palavras portuguesas de origem tupi*. Prefácio-estudo de Antônio Houaiss. 4. ed. São Paulo: Companhia Melhoramentos; Brasília: UnB, 1998, p. 103.

Magro e doente, não apetecera os antropófagos. Sua aparição trajando vestes militares já foi o suficiente para espantar os indígenas, consumando seu domínio ao matar um pássaro com um tiro de espingarda, sendo imediatamente aclamado "Caramuru", "Filho do Trovão". Ao longo de todo esse canto e do seguinte, Diogo efetiva seu projeto de conversão dos índios, ameaçando-os com as armas caso retornassem ao ritual antropofágico e aprendendo sua língua para aproximá-los de sua religião. São também detalhados os costumes indígenas, como a descrição do "couvade":

> Ali chegando a esposa fecundada
> A termo já feliz, nunca se omite
> De pôr na rede o pai a prole amada,
> Onde o amigo e parente o felicite:
> E como se a mulher sofrera nada,
> Tudo ao pai reclinado então se admite.
> Qual fora, tendo sido em modo sério
> Seu próprio e não das mães o puerpério.

Ao final do Canto II, Diogo conhece Paraguaçu, que aprendera a língua de Diogo de um português prisioneiro em sua terra. Ela se casará com ele e será sua intérprete na tarefa de conversão de Gupeva, dado fundamental para que se efetive o domínio do Recôncavo. O Canto III dá prosseguimento à conversão de Gupeva e narra a lenda da pregação de S. Tomé (Sumé) na América, suspensa repentinamente com os avisos da chegada de "turba inimiga, em vasta companhia".

O Canto IV e o V descrevem em cenas por vezes cruentas a guerra dos chefes indígenas confederados por Jararaca contra Gupeva. São os mais movimentados de todo o poema, abordando as formas de luta, armas, trajes guerreiros e tribos envolvidas. No Canto V se narra o curioso caso de um selvagem com o corpo coberto de marimbondos, padecendo a morte para não se sujeitar a Diogo Álvares, como a maioria dos indígenas. É tocante ver que Santa Rita enfrenta o tema em toda a sua dramaticidade, expondo cruamente o dilema da colonização e suas situações extremas. Diogo oferece ao selvagem a liberdade, nos termos do projeto português de organização da colônia, porém,

> Aqui da fronte o bárbaro desvia
>   Dos insetos co'a mão a espessa banda;
>   E a Diogo, que assim se condoía,
>   Um sorriso em resposta alegre manda.
> De que te admiras tu? Que serviria
>   Dar ao vil corpo condição mais branda?
>   Corpo meu não é já, se anda comigo,
>   Ele é corpo em verdade do inimigo.

Após a vitória de Gupeva e Diogo, a tranqüilidade que se seguiu é ameaçada pelas perseguições sofridas por Paraguaçu, invejada por todas as pretendentes de Diogo. Ambos decidem partir para a Europa, a bordo de uma nau espanhola naufragada que ajudaram a reparar.

O Canto VI narra a partida do casal para o Velho Mundo e traz o famoso episódio da morte de Moema, considerado por muitos o ponto alto de todo o poema. Segundo a lenda, Moema e outras indígenas teriam acompanhado o navio a nado quando o mesmo partiu, vindo Moema a se afogar. O lamento de Moema diante do amado inatingível é pungente:

> Bárbaro (a bela diz), tigre e não homem...
> Porém o tigre por cruel que brame,
> Acha forças amor que enfim o domem;
> Só a ti não domou, por mais que eu te ame (...)

E perguntará mais adiante: "Paga meu fino amor tão crua morte?" Neste canto há ainda a longa narrativa de Diogo ao comandante francês Du Plessis sobre a história do descobrimento do Brasil, além da exposição de um detalhado mapa da geografia política do país.

O Canto VII trata da chegada de Diogo e Paraguaçu à corte francesa e do batizado de Paraguaçu, que recebe o nome de sua madrinha, a rainha Catarina de Médicis, mulher de Henrique II. Em seguida, Diogo descreve minuciosamente para os reis as exuberantes fauna e flora brasileiras, tendo como modelos Itaparica e Rocha Pita, dentre outros. Para alguns intérpretes, como Antonio Candido, é o canto mais belo da obra. Dentre tantos detalhes, como lembra Sergio Buarque de Holanda, merece destaque a "flor da paixão", a flor do maracujá que, símbolo dos martírios de Cristo, não está presente em Botelho de Oliveira ou Itaparica, que só se referem à própria fruta. Tratada com destaque em algumas oitavas, a flor finalmente recebe uma preciosa descrição:

> É na forma redonda, qual diadema
> De pontas, como espinhos, rodeada,

> A coluna no meio, e um claro emblema
> Das chagas santas e da cruz sagrada:
> Vêem-se os três cravos e na parte extrema
> Com arte a cruel lança figurada,
> A cor é branca, mas de um roxo exangue,
> Salpicada recorda o pio sangue.

O Canto VIII inicia-se com Henrique II propondo a Diogo fidelidade à França, tornando o Brasil sua colônia, o que é recusado pelo herói. Partem para o Brasil e durante todo este canto e o seguinte, Paraguaçu, agora Catarina, cai em profundo êxtase. Se na viagem de ida Diogo conta a Du Plessis a história passada do país, nesta viagem de volta o êxtase de Catarina é o pretexto para que seja profetizada a história futura do Brasil. Descreve em minúcias a Bahia e a luta contra o invasor francês Villegaignon travada por Mem de Sá na enseada de Niterói e Estácio de Sá no Rio de Janeiro. O Canto IX aborda a guerra contra os holandeses e a retomada de Pernambuco. Em ambos os cantos o autor buscou se aproximar ao máximo da verdade histórica, tendo por base os cronistas portugueses da época, e confere tratamento oposto ao que concedera, nos Cantos IV e V, à guerra entre os indígenas do recôncavo, baseada estritamente na imaginação.

O Canto X começa com uma visão profética de Catarina da Virgem Maria. Em seguida, são relatados os fastos baianos anteriores e posteriores à volta do casal. Sendo sagrados reis dos povos baianos, ambos transferem imediatamente sua realeza para D. João III, representado na cerimônia pelo primeiro Governador Geral, Tomé de Sousa. Em linhas bastante gerais, este é o périplo traçado pelo poema, através do qual o autor reflete sobre temas centrais do período, como as formas de ocupação européia na América, as características da colonização portuguesa no Brasil, o ideal do herói civil, pacífico e cristão, o problema da conversão do gentio ao cristianismo diante da ameaça protestante, particularmente calvinista, o tema do canibalismo, dentre outros.

A recepção do *Caramuru* nos dois últimos séculos não obedece a nenhuma linearidade, tanto mais se comparada, por exemplo, à dos sonetos de Claudio Manuel, de *Marília de Dirceu*, de Tomás Antônio Gonzaga, e de *O Uraguai*, de Basílio da Gama, que praticamente sempre conheceram crítica muito favorável. É assim que variados aspectos do poema de Durão poderão gerar comentários diametralmente opostos ao longo de todo este tempo.

Ferdinand Denis, certamente o primeiro crítico do poema, salienta sua "cor local", a "excelente pintura do espírito inflamado e aventuroso dos portugueses daquela época, em oposição à *simplicidade* selvagem de um povo ainda na infância", a "descrição da natureza grandiosa, cheia de pompa", ainda que o estilo do poeta "não houvesse sempre correspondido à concepção"[13]. Al-

---

13. DENIS, Ferdinand. Resumo da história literária do Brasil [1825]. *In*: CÉSAR, Guilhermino (sel. e apres.). *Historiadores e críticos do romantismo*. 1. A contribuição européia: crítica e história literária. São Paulo: Edusp, 1978, pp. 47-57.

meida Garrett dirá do *Caramuru* que "o estilo é ainda por vezes afetado: lá surdem aqui ali seus *gongorismos*"[14].

Ferdinand Wolf, em análise mais detalhada, dirá que o talento de Santa Rita não está na composição da epopéia, mas "nos pormenores, nas descrições, nos episódios", sendo admirável "seu domínio da língua, a surpreendente beleza e harmonia da versificação e a maneira como conduz os episódios". Principalmente, são os traços da vida e dos costumes indígenas "que mais o tornam interessante e original", e nisto superando Basílio da Gama, como depois dirá a maioria dos intérpretes. Wolf ainda nota que Durão teria alcançado um resultado bem melhor se "não tivesse tantas vezes atribuído aos índios sentimentos e idéias que não podem ter"[15].

Notável que esses e outros críticos do século passado relevem os traços que se tornarão tópicos de crítica ao *Caramuru* nas épocas posteriores, ou para conferir-lhe qualidades positivas ou defeitos. De qualquer modo, eles não esgotam as leituras que já foram propostas e, por outro lado, respondem, *grosso modo*, a expectativas próprias do universo romântico da literatura brasileira do século XIX, com seu desejo e busca do exótico, do genuinamente brasileiro, do rol milionário de

---

14. GARRETT, Almeida. A restauração das letras, em Portugal e no Brasil, em meados do século XVIII [1826]. *In*: CÉSAR, Guilhermino. *Op. cit.*, p. 91.

15. WOLF, Ferdinand. O Brasil literário – história da literatura brasileira [1863]. *In*: CÉSAR, Guilhermino. *Op. cit.*, pp. 157-60.

nossas riquezas naturais e culturais, em que desponta a figura do índio, finalmente entronizada. É no contexto de poemas como os de Gonçalves Dias, romances como *Iracema* e *O Guarani*, de José de Alencar, e tantos outros, que a tentativa épica de Santa Rita Durão é retomada como "precursora", tanto quanto a de Basílio da Gama.

Assim, Sílvio Romero considerará o *Caramuru* "o poema mais brasileiro que possuímos", "uma espécie de resumo da vida histórica do Brasil", "tal é o sopro do patriotismo". Para ele, ainda que o poema nos agrade e prenda a atenção pela amplitude e variedade de quadros, cenas, episódios, contudo, está eivado de defeitos, pois Durão "não tinha grandes recursos de estilo; sua língua é pobre, sua expressão pouco animada; o colorido é pálido"[16]. A maioria das críticas posteriores sempre conviverá com esse impasse: estar diante de um poema que responde ao desejo de uma certa "nacionalidade" literária e, ao mesmo tempo, considerá-lo esteticamente mal realizado, salvando um ou outro aspecto do conjunto. O caráter híbrido do texto de Santa Rita, com traços camonianos e gongóricos num período eminentemente neoclássico, também dificulta a adesão a seu projeto, tendo em vista os critérios geralmente adotados pelos historiadores e críticos literários no país.

Veja-se, como exemplo, José Veríssimo, para quem o *Caramuru* representa "o nativismo que

---

16. ROMERO, Sílvio. *História da literatura brasileira.* T. 2: Formação e desenvolvimento autonômico da literatura nacional. 3. ed. aum. Rio de Janeiro: José Olympio, 1943, p. 89.

preludiou aqui o nacionalismo e o patriotismo", "insinua o americanismo" na poesia portuguesa e "funda o primeiro indianismo", ainda que seja poeticamente inferior a *O Uraguai*, pois padecendo de "gravíssima falta de senso estético" em algumas soluções que apresenta[17]. Contemporaneamente, esse juízo estético negativo será endossado por outros intérpretes, como Waltensir Dutra, para quem há "poucos momentos [no poema] que despertam no leitor qualquer interesse", já que se trata de "um metrificar pesado e pretensioso, má prosa rimada, que dificilmente se consegue ler integralmente"; o *Caramuru* só sobrevive "pela sua posição histórica: foi o primeiro poema a tomar como motivo uma lenda local, a falar no índio brasileiro e a descrever seus costumes"[18]. Ou José Guilherme Merquior, ressaltando, a partir de Antonio Candido, o caráter "passadista", os "excertos cultistas" em seus versos, tudo contribuindo para que seja "uma peça longa e indigesta, condenada a uma sobrevivência parcial", em que salvam alguns episódios, como o da morte de Moema[19]. Outros intérpretes ainda poderiam ser citados e que, de certa

---

17. VERÍSSIMO, José. *História da literatura brasileira*: de Bento Teixeira (1601) a Machado de Assis (1908). 3. ed. Rio de Janeiro: José Olympio, 1954, pp. 131-3.

18. DUTRA, Waltensir. O arcadismo na poesia lírica, épica e satírica. *In*: COUTINHO, Afrânio (dir.). *A literatura no Brasil*. 2. ed. Rio de Janeiro: Sulamericana, 1968. V. I, pp. 349-51.

19. MERQUIOR, José Guilherme. De Anchieta a Euclides: breve história da literatura brasileira. 2. ed. Rio de Janeiro: José Olympio, 1979, pp. 40-1.

forma, se aproximam desses juízos. Mas a crítica literária também ampliou o rol de questões propiciadas pela obra, matizando ainda mais seus múltiplos significados. Antonio Candido e Sergio Buarque de Holanda talvez tenham sido os que mais contribuíram neste sentido.

Para Antonio Candido, o poema de Santa Rita possui vários defeitos estéticos. O pressuposto da épica é a faculdade de síntese, ao mesmo tempo que a capacidade de múltiplas sugestões no menor número de versos, traços que o poeta não possui. Ele é um "verdadeiro precursor" no tratamento que dispensa ao índio e em toda a riqueza de detalhes sobre sua vida e costumes. Até aqui nada muito diverso. Mas Antonio Candido vai além, ao indicar uma camada "mais profunda que o nativismo e o indianismo", a "visão do mundo" de Santa Rita, sua "inspiração religiosa". Esta é a ideologia de fundo, no sentido marxista do termo, esclarece Candido, que sustenta toda a arquitetura da obra, dos longos diálogos em que Diogo tenta converter Gupeva às visões de Paraguaçu, agora Catarina porque batizada. Afinal, nos últimos três cantos do poema, a figura de Paraguaçu vai sendo clara e seguramente entronizada como modelo de beatitude e devoção, dos sonhos augurais que relata aos gestos que adota. A tarefa civilizatória da cristandade é a grande mensagem visada pelo texto. Em oposição à "ilustração" de Basílio da Gama, o modelo camoniano, devoto e jesuítico, a modo "de restauração intelectual, bem ao sabor da viradeira". Não por acaso, a Companhia de Jesus ressurge engrandecida no Canto X[20]. Cabe acrescentar, neste sentido, o próprio lugar conferido por Durão à instituição religiosa no que tange ao poder real, cujo ideal para ele parece ser uma forma de monarquia esclarecida pelo catolicismo:

> Descerá sobre o reino a paz formosa,
> E com a paz fará que a glória desça,
> Atlantes tendo de seu régio Estado
> Quatro sábios e um ínclito prelado.

Pode-se dizer que Alfredo Bosi segue de perto alguns traços interpretativos de Candido, ressaltando no *Caramuru* o elogio do passado jesuítico colonial e a oposição ao pensamento ilustrado, aos libertinos do século, contra os quais Durão se pronuncia nas "Reflexões prévias e argumentos". E também considerando o poema um caso de poética híbrida, pela mistura de esquemas camonianos (lidos através do maravilhoso cristão) com a tradição colonial barroca e seu gosto pelas enumerações profusas da flora tropical. Diogo Álvares seria um claro exemplo desse hibridismo, já que é um herói civil, pacífico (ao gosto do iluminismo), mas ao mesmo tempo católico, missionário jesuíta[21].

O estudo de Sergio Buarque de Holanda, "O mito americano", que permaneceu tanto tempo inédito, é igualmente renovador para a leitura da obra e da vida de Santa Rita Durão. Primeira-

---

20. CANDIDO, Antonio. *Op. cit.*, pp. 181-4.
21. BOSI, Alfredo. *História concisa da literatura brasileira*. 2. ed. São Paulo: Cultrix, 1976, pp. 75-8.

mente, pelo excurso biográfico profundo, pois Sergio Buarque esteve na Itália e pesquisou detidamente vários arquivos italianos e europeus. Mas também pela investigação detalhada de como o Novo Mundo se impregnou, para Durão, que dele partiu ainda menino, "da magia idílica de que o Setecentos europeu dotava as terras e os homens primitivos, ainda não contaminados pelos vícios e artifícios de uma civilização exausta". Para isso, Sergio Buarque realiza um minucioso estudo de todos os cantos, referindo-os a múltiplos contextos culturais e literários com que dialogam[22].

É visível, no entanto, que o *Caramuru* de Santa Rita Durão, que teve razoável divulgação no período romântico e mesmo posterior, foi pouco estudado pela crítica e história literária moderna no Brasil, em que os textos de Candido e Holanda são mais exceções, e brilhantes, que confirmam a regra. Algum esforço também vem sendo feito no sentido de um conhecimento detalhado e mesmo tipológico das vertentes interpretativas fundamentais do *Caramuru* em todo o percurso de sua recepção na crítica e na história literária brasileiras. Esforço, diga-se, que se conjuga a vários outros que se debruçam atualmente sobre o tema da recepção, por parte de variados leitores, dos textos coloniais, literários ou não.

Por fim, cabe mencionar especialmente os novos caminhos que parte da crítica literária bra-

---

22. HOLANDA. Sergio Buarque de. *Op. cit.*, pp. 79-115.

sileira vem trilhando e que afetam profundamente a leitura que fazemos do *Caramuru* e de outros textos coloniais. Refiro-me ao trabalho de Eneida Leal Cunha, *Estampas do imaginário*, não apenas como raro exemplo dos que atualmente se dedicam à obra de Santa Rita Durão, como também pela subversão que pratica da pauta hegemônica de preocupações da crítica e história literárias no Brasil[23]. Isto porque sua leitura se propõe radicalmente exterior "ao empenho e às operações das historiografias literárias que participam da construção da identidade nacional no estado moderno instituído nos territórios colonizados", o que inclui, evidentemente, Antonio Candido, Sergio Buarque e todos os outros aqui citados. Informada pela leitura de Nietzsche, Foucault, Freud, do desconstrutivismo francês, a autora investe "na constituição de um pensamento 'descolonizado' e na interpretação da identidade cultural livre do ressentimento", para "deixar falar, na sua inteireza e na sua potência, as formas do imaginário colonizador instituinte"[24].

As conseqüências mais diretas desses pressupostos para a percepção do *Caramuru* são

---

23. CUNHA, Eneida Leal. *Estampas do imaginário*: literatura, cultura, história e identidade. Tese apresentada ao Departamento de Letras da PUC/RJ – Doutorado em Literaturas de Língua Portuguesa, 1993. 238 pp. A autora trabalha com alguns textos de autores coloniais (Fr. Vicente de Salvador, Manuel Botelho de Oliveira, Fr. Manuel de Santa Maria Itaparica e Fr. José de Santa Rita Durão) e com um texto de autor contemporâneo (*Viva o povo brasileiro*, de João Ubaldo Ribeiro).

24. *Ibid*., pp. 20-2, 31.

diversas, e aqui anotaremos algumas. A autora não repete, por exemplo, a avaliação negativa tão comum de Santa Rita Durão adotar o modelo camoniano, mas precisamente o contrário: realiza uma leitura em profundidade da relação entre essas duas obras, verificando com minúcia como Santa Rita opera com recursos e mecanismos de repetição, visando não corrigir a épica de Camões, mas precisamente expandi-la no quadro de seu objetivo, "dar continuidade ao elogio da aventura expansionista da Fé e do Império lusitano"[25]. O poema, então, passa a ser lido em novas chaves, por atualizar o imaginário português, "realimentando-o com o elogio da conquista que produz, à sua época, a possível riqueza da metrópole". Este esforço de repetir Camões é também um esforço de diferenciação e "correção". Conferindo estatuto épico à aventura de Diogo Álvares na Bahia, Durão pretende expandir *Os Lusíadas*, que mencionam o Brasil apenas marginalmente, "pela frutificação de um detalhe e pelo redimensionamento de um aspecto nele contido"[26].

Singular também a leitura da autora das "duas representações distintas e à primeira vista inconciliáveis do habitante da terra", expostas dilematicamente ao longo de todo o poema: a primeira propõe um grau de semelhança razoável entre o índio e o homem cristão, pois há algo em comum entre suas "religiosidades". A segunda terá

---
25. *Ibid.*, p. 27.
26. *Ibid.*, pp. 92, 100.

que resolver o paradoxo de este mesmo índio ser um canibal, ferindo portanto a ordem natural do mundo para Santa Rita Durão. Aqui importa ressaltar o confronto e articulação de pressupostos religiosos contra-reformistas e a problemática da razão natural, tema central no século XVIII[27]. É assim que as cenas de esquartejamento, as variadas descrições de ferimentos brutais em situações de luta, longe de uma propensão do autor pela violência, como pensa Antonio Candido, inscrevem-se no projeto textual de legitimar a conquista e a colonização mediante a exposição nua e crua da barbárie, da selvageria e da animalidade, as novas antagonistas da Fé e do Império, da civilidade afinal. Eliminar simbolicamente a antropofagia, objeto último do *Caramuru*, é corrigir uma "insuspeitada desordem da natureza" pelo trabalho sistemático da catequese, o que faz dele um poema "colonizado e colonialista". Ao contrário novamente de Antonio Candido, para quem o *Caramuru* introduz na poesia européia a realidade dos trópicos, conferindo-lhe estatuto estético, aqui se ressalta a penetração na nova terra do etnocentrismo europeu, do imaginário imperial e colonialista português: "a validade estética do *Caramuru* pode ser precária, mas a validade histórica que adquiriu é inquietante"[28].

Para a autora, se considerarmos a historiografia literária brasileira, encontraremos três posturas avaliativas distintas para que se possa "ex-

---

27. *Ibid.*, pp. 101-11.
28. *Ibid.*, pp. 117-8, 130-1.

por a produtividade do poema na configuração da identidade dependente": a de José Veríssimo (nacionalismo romântico), de Alfredo Bosi (que privilegia o precário, o híbrido e o contraditório) e a de Antonio Candido (que visa a descrição de um sistema literário autônomo e encontra na obra o dilema da formação de uma cultura e de uma identidade dependentes). Aqui não importa propriamente discutir esta tipologia ou propor outra, mas relevar o substrato comum a todas elas: "a mesma dificuldade em suportar a arrogância afirmativa do imaginário que instituiu a história e a literatura brasileiras"[29]. Diante das perspectivas de leitura abertas pela autora, espera-se que os estudos sobre os textos literários coloniais e sobre a obra de Santa Rita Durão tornem-se mais numerosos, para que se efetive uma profunda revisão de nossa memória cultural nos próximos tempos.

---

29. *Ibid.*, p. 140.

NOTA SOBRE A PRESENTE EDIÇÃO

Para o estabelecimento do texto, utilizei a primeira edição do *Caramuru*, de 1781, publicada pela Régia Oficina Tipográfica, em Lisboa, e o manuscrito do poema, depositado na Seção de Manuscritos da Biblioteca Nacional do Rio de Janeiro. Importante notar que raros exemplares da *princeps* possuem uma folha intitulada "Erratas", que resolve alguns problemas dessa primeira impressão. Para o cotejo de diversas passagens obscuras, usei ainda as edições seguintes, que nas notas ao final do volume cito apenas pelas suas respectivas datas:

DURÃO, José de Santa Rita, Frei. *Caramuru*: poema épico do descobrimento da Bahia. Segunda edição correta, e com uma estampa. Lisboa: Imprensa Nacional, 1836. 307 pp.

_____. *Caramuru*: poema épico do descobrimento da Bahia. Rio de Janeiro: Mamiliano de C. Honorato, 1878. 301 pp.

_____. *Caramuru*: poema épico do descobrimento da Bahia. Rio de Janeiro: H. Garnier, 1913. 244 pp.

_____. *Caramuru*: poema épico do descobrimento da Bahia. São Paulo: Edições Cultura, 1945. 251 pp.

_____. *Caramuru*: poema épico do descobrimento da Bahia. Antologia organizada por Hernâni Cidade. 3. ed. São Paulo: Agir, 1977. (Nossos Clássicos, 13)

VARNHAGEN, Francisco Adolfo de (org.). *Épicos brasileiros*. Nova edição. Lisboa: Imprensa Nacional, 1845. 451 pp. (O volume reúne *O Uraguai*, de Basílio da Gama, e *O Caramuru*, de Santa Rita Durão).

Adotei também a disposição gráfica dos versos presente na edição *princeps*, que é a mesma do manuscrito. Ou seja, o primeiro e o quinto versos de cada oitava vêm um pouco deslocados para a esquerda. Esta disposição gráfica somente foi respeitada pela segunda edição do poema, de 1836. A edição de 1845 adotou uma estrofe em que apenas o primeiro verso tem um pequeno recuo e para o lado direito. As edições posteriores alinham todos os versos à esquerda.

A pontuação teve que ser atualizada, mas geralmente mantive a do autor, como, por exemplo, um procedimento seu muito recorrente, que é utilizar o sinal de dois pontos ao final do quarto verso, o que divide as estrofes nitidamente em dois movimentos, tanto mais com o recuo do quinto verso para a esquerda. As edições posteriores interferiram talvez excessivamente neste aspecto. Atualizei os nomes próprios, exceto aqueles que alterariam a métrica dos versos. Mantive ainda a grafia de algumas palavras, como quase todas as edições posteriores, em função de sua raridade ou porque também produziriam alteração na métrica ou no ritmo dos versos.

CRONOLOGIA

1722. Nascimento de José de Santa Rita Durão, em Cata-Preta, arraial de Nossa Senhora de Nazaré do Infeccionado, a quatro léguas de Mariana, Minas Gerais. Filho de Paulo Rodrigues Durão, sargento-mor das milícias urbanas, e Ana Garcês de Morais. O pai nasceu em Portugal, a mãe na província de São Paulo.

1731. Viaja para Portugal do Rio de Janeiro, onde estudava no Colégio dos Jesuítas.

1733. Desta data até 1736, estudou com os oratorianos.

1738. Entra para a Ordem dos Eremitas de Santo Agostinho e, em 12 de outubro do mesmo ano, professa a regra agostiniana, no Convento da Graça, em Lisboa, e termina o primeiro ano da Faculdade de Teologia, em Coimbra, que freqüentou até 1745. Recebe as ordens de presbítero.

1745. Ocupa a cadeira de lente em Teologia em Braga, onde permanece durante 5 anos.

1754. Ocupa a cadeira de lente de Teologia em Coimbra, no Colégio da sua Ordem.

1756. Doutora-se em Teologia pela Universidade de Coimbra.

1757. Defende conclusões magnas no Capítulo da Ordem.

1758. Vai a Leiria, onde estabelece relações com o bispo D. João de Nossa Senhora da Porta, futuro cardeal da Cunha. No mesmo ano, é admitido na Academia Litúrgica.

1759. Em 9 de fevereiro, na cidade de Leiria, prega seu sermão pela recuperação de D. José e contra os jesuítas, responsabilizando-os pelo atentado ao rei, ocorrido em 3 de setembro de 1758. Em 28 de fevereiro, é publicada em Lisboa uma pastoral escrita por Santa Rita Durão e assinada por D. João de Nossa Senhora da Porta (mais tarde cardeal João Cosme da Cunha), na qual ataca novamente os jesuítas. Com a pastoral, Durão pretendia obter a simpatia do Conde de Oeiras, futuro Marquês de Pombal, que conhecia previamente o documento.

1760. É publicado o primeiro volume da COLLECTIO INSTITUTIONEM ACADEMIAE LITURGICAE PONTICIAE EXHIBENS, ATQUE LUCUBRATIONES ANNI 1758, com dois textos de Santa Rita Durão: "Carta em latim agradecendo sua eleição para sócio" e "Dissertatio historico-critica: De his, quae Aeram Hispaniensem concernunt".

1761. É publicado o segundo volume da COLLECTIO, referente ao ano de 1759. Nele vem impresso um texto assinado por D. João, Bispo de Leiria, mas escrito por Santa Rita, como se sabe. Seu título é: "Sobre as vestes de que usaram os sacerdotes na liturgia nos primeiros seis séculos, se eram determinadas e peculiares, ou vestidos comuns e cotidianos". Santa Rita rompe com o prelado leiriense. Arrepende-se de suas acusações contra os jesuítas e foge de Portugal.

1762. Redige sua *Informação* ao Marquês de Sarria, retratando-se das acusações aos jesuítas. É publicado o quarto volume da COLLECTIO, referente ao ano de 1761, com o seguinte texto de Santa Rita: "Dissertatio: An Eliberitanam Synodum aliquod Hispaniense Consilium antecesserit?" O poeta chega a Ciudad Rodrigo e prossegue até Saragoça. Indo para Roma, recebe em Viterbo ordem do Geral para voltar à Espanha.

1763. Embarca para Cádiz. Volta à França e atravessa a pé a Catalunha. É preso em 26 de janeiro, a caminho de Montpellier, e submetido a interrogatório no Parlamento de Toulouse. Obtém salvo-conduto e segue para a Itália, onde chega em 21 de agosto. Consegue audiência com o papa Clemente XIII.

1764. Em Roma, escreve seu *Epítome*. No mesmo ano, é nomeado um dos bibliotecários da Livraria Pública Lancisiana, sendo jubilado ao fim de nove anos.

1777. Regressa para Portugal, conquista a cátedra de Teologia em Coimbra, após recitar em concurso a conhecida *Oração da sapiência.*

1778. É publicada sua obra *Pro Annua Studiorum Instauratione Oratio*, em Coimbra.

1779. É publicada sua *Novena do glorioso S. Gonçalo de Lagos*, em Lisboa, na Régia Oficina Tipográfica.

1780. Segundo recordações de José Agostinho de Macedo, neste ano passou a ditar para seu amanuense, escravo liberto que levara para Portugal, o *Caramuru*, para certificar-se de que não incorreria nos lapsos de Camões.

1781. É publicado o *Caramuru*, em Lisboa, pela Régia Oficina Tipográfica.

1784. Falece no dia 24 de janeiro e é sepultado na Igreja do Hospício do Coleginho, em Alfama, para onde, de Lisboa, tinha sido transferido.

1829. É publicado em Paris, por Eugène Renduel, éditeur-libraire, o livro *Caramurú: ou la découverte de Bahia*, roman-poéme brésilien, com tradução de Eugène Garay de Monclave, em três tomos.

1836. É publicada a segunda edição do *Caramuru*, em Lisboa, pela Imprensa Nacional.

1837. Publicada a terceira edição do *Caramuru*, a primeira no Brasil, na Bahia, na Tipografia de Serva e Comp.

1845. Publicado o volume *Épicos brasileiros*, pela Imprensa Nacional, de Lisboa, reunindo *O Uraguai*, de Basílio da Gama, e *O Caramuru*, de Santa Rita Durão.

1878. Publicada a quarta edição do *Caramuru*, pelo editor Mamiliano de C. Honorato, no Rio de Janeiro.

1887. Publicada a quinta edição do *Caramuru*, pela Livraria dos Dois Mundos.

1895. A antiga paróquia de N. S. do Nazaré do Inficionado passa a se chamar Santa Rita Durão, em virtude de lei municipal de 22 de junho do mesmo ano.

1901. Publicado o poema inédito de Santa Rita, "Ode lyrica defendendo conclusões de Rhetorica um menino de edade de sete annos", por Teófilo Braga, em sua obra *Filinto Elysio e os dissidentes da arcádia*.

1913. Publicada a sexta edição do *Caramuru* pela editora de H. Garnier, no Rio de Janeiro.

1914. Artur Viegas, pseudônimo do padre Antunes Vieira, publica o volume *O poeta Santa Rita Durão* (Bruxelas: Ed. d'Art), com três documentos inéditos de Durão: "Informação", "Retratação" e "Epítome".

1926. Publicada pela *Revista do Instituto Histórico e Geográfico Brasileiro*, Tomo 99, v. 153, a conferência de Eugenio Vilhena de Moraes, "Segundo centenário do nascimento de Frei José de Santa Rita Durão", realizada em 25 de outubro de 1922, no IHGB.

1928. Publicado o poema inédito de Santa Rita Durão, a "Descripção da funsão do Emperador de Eiras que se costuma fazer todos os annos em o Mosteiro de Cellas junto a Coimbra dia do Espirito Santo Pelo Rev.mo P.e M.e Fr. José de S. Rita Duram. Eremita August.", na *Revista da Língua Portuguesa*, v. 6, com uma introdução de Mendes dos Remédios.

1935. Publicado *O Caramuru: aventuras prodigiosas dum português colonizador do Brasil*, adaptação em prosa do poema épico de Santa Rita Durão por João de Barros, pela editora Sá da Costa, Lisboa.

1945. Publicada a sétima edição do *Caramuru*, pelas Edições Cultura, em São Paulo.

1957. Publicada uma antologia do *Caramuru*, organizada por Hernâni Cidade, pela Editora Agir, Coleção Nossos Clássicos, n. 13. Posteriormente, a antologia é republicada em 1961 e 1977.

CARAMURU
Poema épico do descobrimento
da Bahia

Et quoniam Deus ora movet, sequar ora moventem.
Rite Deum.

                    Ovid. Metamorph. XV.

REFLEXÕES PRÉVIAS E ARGUMENTO

Os sucessos do Brasil não mereciam menos um poema que os da Índia. Incitou-me a escrever este o amor da pátria. Sei que a minha profissão exigiria de mim outros estudos; mas estes não são indignos de um religioso, porque o não foram de bispos, e bispos santos; e o que mais é, de santos padres, como S. Gregório Naziazeno, São Paulino e outros; maiormente, sendo este poema ordenado a pôr diante dos olhos aos libertinos o que a natureza inspirou a homens que viviam tão remotos das que eles chamam *preocupações de espíritos débeis*. Oportunamente o insinuamos em algumas notas; usamos sem escrúpulo de nomes tão bárbaros: os alemães, ingleses e semelhantes não parecem menos duros aos nossos ouvidos; e os nossos aos seus. Não faço mais apologias da obra, porque espero as repreensões, para, se for possível, emendar os defeitos, que me envergonho menos de cometer que de me desculpar.

A ação do poema é o descobrimento da Bahia, feito quase no meio do século XVI por Diogo Álvares Correia, nobre vianês, compreendendo em vários episódios a história do Brasil, os ritos, tradições, milícias dos seus indígenas, como também a natural, e política das colônias.

Diogo Álvares passava ao novo descobrimento da capitania de S. Vicente, quando naufragou nos baixos de Boipebá, vizinhos à Bahia. Salvaram-se com ele seis dos seus companheiros, e foram devorados pelos gentios antropófagos, e ele esperado, por vir enfermo, para melhor nutrido servir-lhes de mais gostoso pasto. Encalhada a nau, deixaram-no tirar dela pólvora, bala, armas e outras espécies, de que ignoravam o uso. Com uma espingarda matou ele caçando certa ave, de que espantados os bárbaros o aclamaram *Filho do trovão*, e *Caramuru*, isto é, *Dragão do mar*. Combatendo com os gentios do sertão, venceu-os, e fez-se dar obediência daquelas nações bárbaras. Ofereceram-lhe os principais do Brasil as suas filhas por mulheres; mas de todas escolheu Paraguaçu, que depois conduziu consigo à França, ocasião em que outras cinco brasilianas seguiram a nau francesa a nado, por acompanhá-lo, até que uma se afogou; e intimidadas as outras, se retiraram.

Salvou um navio de espanhóis, que naufragaram, com o que mereceu que lho agradecesse o imperador Carlos V com uma honrosa carta. Passou à França em nau que ali abordou daquele reino, e foi ouvido com admiração de Henrique II, que o convidava para em seu nome fazer aquela conquista. Repugnou ele, dando aviso ao Senhor D. João III por meio de Pero Fernandes Sardinha, primeiro bispo da Bahia. Cometeu o monarca a empresa a Francisco Pereira Coutinho, fazendo-o donatário daquela capitania. Mas este, não podendo amansar os tupinambás, que habitavam o Recôncavo, retirou-se à capitania dos Ilhéus; e pacificado depois com os tupinambás, tornava à Bahia, quando ali infaustamente pereceu em um naufrágio. Entanto Diogo Álvares assistiu em Paris ao batismo de Paraguaçu, sua esposa, nomeada nele Catarina, por Catarina de Médicis, rainha cristianíssima, que lhe foi madrinha, e tornou com ela para a Bahia, onde foi reconhecida dos tupinambás como herdeira do seu principal, e Diogo recebido com o antigo respeito. Teve Catarina Álvares uma visão famosa, em que a Virgem Santíssima, manifestando-se-lhe cheia de glória, lhe disse que fizesse restituir uma imagem sua roubada por um salvagem. Achou-se esta nas mãos de um bárbaro; e Catarina Álvares com exclamações de júbilo se lançou a abraçá-la, clamando ser aquela a imagem mesma que lhe aparecera: foi colocada com o título de Virgem Santíssima da Graça em uma Igreja, que é hoje Mosteiro de S. Bento, célebre por esta tradição. Chegou entanto de Portugal Tomé de Sousa com algumas naus, famílias e tropas para povoar a Bahia. Sebastião da Rocha Pita, autor da *História brasílica*, e natural da mesma cidade, assevera que Catarina Álvares renunciara no Senhor D. João III os direitos que tinha sobre os tupinambás, como herdeira dos seus maiores principais; ele mesmo atesta que aquele monarca mandara aos seus governadores que honrassem e atendessem Diogo Álvares Correia Caramuru pelos referidos serviços; e foi com efeito ele o tronco da nobilíssima casa da Torre da Bahia; e Catarina Álvares sua mulher foi honrada por aquela metrópole com um seu retrato sobre a porta da casa da pólvora, ao lado das armas reais. Leia-se Vasconcelos na *História do Brasil*, Francisco de Brito Freire e Sebastião da Rocha Pita.

CARAMURU

POEMA ÉPICO

CANTO I

I

De um varão em mil casos agitado,
    Que as praias discorrendo do Ocidente,
    Descobriu o recôncavo afamado
    Da capital brasílica potente;
De Filho do Trovão denominado,
    Que o peito domar soube à fera gente;
    O valor cantarei na adversa sorte,
    Pois só conheço herói quem nela é forte.

II

Santo Esplendor, que do grão Padre manas
    Ao seio intacto de uma Virgem bela;
    Se da enchente de luzes soberanas
    Tudo dispensas pela Mãe donzela;
Rompendo as sombras de ilusões humanas,

Tu do grão caso a pura luz revela;
Faze que em ti comece e em ti conclua
Esta grande obra, que por fim foi tua.

III

E vós, Príncipe excelso, do Céu dado
   Para base imortal do luso trono;
   Vós que do áureo Brasil no principado
   Da real sucessão sois alto abono;
Enquanto o império tendes descansado
   Sobre o seio da paz com doce sono,
   Não queirais dedignar-vos no meu metro
   De pôr os olhos e admiti-lo ao cetro.

IV

Nele vereis nações desconhecidas,
   Que em meio dos sertões a fé não doma;
   E que puderam ser-vos convertidas
   Maior império que houve em Grécia ou Roma:
Gentes vereis e terras escondidas,
   Onde, se um raio da verdade assoma,
   Amansando-as, tereis na turba imensa
   Outro reino maior que a Europa extensa.

V

Devora-se a infeliz, mísera gente,
   E sempre reduzida a menos terra,

Virá toda a extinguir-se infelizmente,
Sendo, em campo menor, maior a guerra.
Olhai, Senhor, com reflexão clemente
    Para tantos mortais que a brenha encerra,
E que, livrando desse abismo fundo,
Vireis a ser monarca de outro mundo.

VI

Príncipe do Brasil, futuro dono,
    À mãe da Pátria, que administra o mando,
Ponde, excelso Senhor, aos pés do trono
As desgraças do povo miserando:
Para tanta esperança é o justo abono
    Vosso título e nome, que invocando,
Chamará, como a outro o egípcio povo,
D. José salvador de um mundo novo.

VII

Nem podereis temer que ao santo intento
    Não se nutram heróis no luso povo,
Que o antigo Portugal vos apresento
No Brasil renascido, como em novo.
Vereis do domador do índico assento
    Nas guerras do Brasil alto renovo,
E que os seguem nas bélicas idéias
Os Vieiras, Barretos e os Correias.

VIII

Dai, portanto, Senhor, potente impulso,
  Com que possa entoar sonoro o metro,
  Da brasílica gente o invicto pulso,
  Que aumenta tanto império ao vosso cetro:
E enquanto o povo do Brasil convulso[1]
  Em nova lira canto, em novo pletro,
  Fazei que fidelíssimo se veja
  O vosso trono em propagar-se a igreja.

IX

Da nova Lusitânia o vasto espaço
  Ia a povoar Diogo, a quem bisonho
  Chama o Brasil, temendo o forte braço,
  Horrível filho do trovão medonho:
Quando do abismo por cortar-lhe o passo
  Essa fúria saiu, como suponho,
  A quem do Inferno o Paganismo aluno,
  Dando o império das águas, fez Netuno.

X

O grão tridente, com que o mar comove,
  Cravou dos Órgãos na montanha horrenda[2]

---

1. *Povo convulso* – Epíteto que dá Isaías aos americanos, como conjeturam os melhores intérpretes.
2. *Serra dos Órgãos* – Ramo da célebre cordilheira que discorre pelo Brasil, saindo das suas cavernas névoas tempestuosas.

E na escura caverna, adonde Jove
   (Outro espírito) espalha a luz tremenda,
Relâmpagos mil faz, coriscos chove;
   Bate-se o vento em hórrida contenda,
   Arde o céu, zune o ar, treme a montanha
   E ergue-lhe o mar em frente outra tamanha.

XI

O Filho do Trovão, que em baixel ia
   Por passadas tormentas, ruinoso,
   Vê que do grosso mar na travessia
   Se sorve o lenho pelo pego undoso;
Bem que, constante, a morte não temia,
   Invoca no perigo o Céu piedoso,
   Ao ver que a fúria horrível da procela
   Rompe a nau, quebra o leme e arranca a vela.

XII

Lança-se ao fundo o ignívomo instrumento,
   Todo o peso se alija; o passageiro,
   para nadar no túmido elemento,
   A tábua abraça, que encontrou primeiro:
Quem se arroja no mar temendo o vento,
   Qual se fia a um batel, quem a um madeiro,
   Até que sobre a penha, que o embaraça,
   A quilha bate e a nau se despedaça.

XIII

Sete somente do batel perdido
　Vêm à praia cruel, lutando a nado;
　Oferece-lhe um socorro fementido
　Bárbara multidão, que acolhe ao brado:
E ao ver na praia o benfeitor fingido,
　Rende-lhe as mãos o náufrago enganado:
　Tristes! que a ver algum qual fim o espera
　Com quanta sede a morte não bebera!

XIV

Já estava em terra o infausto naufragante,
　Rodeado da turba americana;
　Vêem-se com pasmo ao porem-se diante,
　E uns aos outros não crêem da espécie
　　　　　　　　　　　　　　　　[humana:
Os cabelos, a cor, barba e semblante
　Faziam crer àquela gente insana
　Que alguma espécie de animal seria,
　Desses que no seu seio o mar trazia.

XV

Algum, chegando aos míseros, que à areia
　O mar arroja extintos, nota o vulto;
　Ora o tenta despir e ora receia
　Não seja astúcia, com que o assalte oculto.
Outros, do jacaré tomando a idéia[3],

---

3. *Jacaré* – Uma espécie de crocodilo brasílico.

Temem que acorde com violento insulto,
Ou que o sono fingindo os arrebate
E entre as presas cruéis no fundo os mate.

XVI

Mas vendo o Sancho, um náufrago que expira,
   Rota a cabeça numa penha aguda,
   Que ia trêmulo a erguer-se e que caíra,
   Que com voz lastimosa implora ajuda:
E vendo os olhos, que ele em branco vira,
   Cadavérica a face, a boca muda,
   Pela experiência da comua sorte,
   Reconhecem também que aquilo é morte.

XVII

Correm depois de crê-lo ao pasto horrendo;
   E retalhando o corpo em mil pedaços,
   Vai cada um famélico trazendo,
   Qual um pé, qual a mão, qual outro os braços:
Outros na crua carne iam comendo,
   Tanto na infame gula eram devassos;
   Tais há que os assam nos ardentes fossos,
   Alguns torrando estão na chama os ossos.

XVIII

Que horror da humanidade! ver tragada
   Da própria espécie a carne já corrupta!

Quanto não deve a Europa abençoada
À Fé do Redentor, que humilde escuta?
Não era aquela infâmia praticada
    Só dessa gente miseranda e bruta;
    Roma e Cartago o sabe no noturno,
    Horrível sacrifício de Saturno[4].

XIX

Os sete, entanto, que do mar com vida
    Chegaram a tocar na infame areia,
    Pasmam de ver na turba recrescida
    A brutal catadura, hórrida e feia;
A cor vermelha em si mostram tingida
    De outra cor diferente, que os afeia;
    Pedras e paus de embiras enfiados[5],
    Que na face e nariz trazem furados.

XX

Na boca em carne humana ensangüentada
    Anda o beiço inferior todo caído;
    Porque a têm toda em roda esburacada
    E o labro de vis pedras embutido:

---

4. *Saturno* – Os antigos italianos foram, como se colige de Homero, antropófagos; tais eram os lestrigões e os liparitanos. Os fenícios e os cartagineses usaram de vítimas humanas, e Roma própria nos seus maiores apertos. São espécies vulgares na história.

5. *Embiras* – Espécie de cordão feito da casca interior de algumas árvores.

Os dentes (que é beleza que lhe agrada)
   Um sobre outro desponta recrescido;
   Nem se lhe vê nascer na barba o pêlo,
   Chata a cara e nariz, rijo o cabelo.

XXI

Vê-se no sexo recatado o pejo,
   Sem mais que a antiga gala que Eva usava,
   Quando, por pena de um voraz desejo,
   Da feia a desnudez se envergonhava:
Vão sem pudor com bárbaro despejo
   Os homens, como Adão sem culpa andava;
   Mas vê-se, alma Natura, o que lhe ordenas,
   Porque no sacrifício usam de penas.

XXII

Qual das belas araras traz vistosas,
   Louras, brancas, purpúreas, verdes plumas;
   Outros põem, como túnicas lustrosas,
   Um verniz de balsâmicas escumas:
Nem temem nele as chuvas procelosas,
   Nem o frio rigor de ásperas brumas;
   Nem se receiam do mordaz besouro,
   Qual anta ou qual tatu dentro em seu couro[6].

---

   6. *Tatu* – Espécie de animal coberto de uma concha duríssima e impenetrável. Os salvagens tingem-se com várias resinas, senão com o fim, ao menos com o efeito de os livrar das mordeduras dos insetos; ainda que alguns se tinjam com ervas inúteis para esse uso.

XXIII

Por armas, frechas, arcos, pedras, bestas,
    A espada do pau ferro, e por escudo
    As redes de algodão nada molestas,
    Onde a ponta se embace ao dardo agudo:
Por capacete, nas guerreiras testas,
    Cintos de penas com galhardo estudo;
    Mas o vulgo, no bélico ameaço,
    Não tem mais que unha ou dente, ou punho
                               [ou braço.

XXIV

Desta arte armada, a multidão confusa
    Investe o naufragante enfraquecido,
    Que ao ver-se despojar, nada recusa,
    Porque se enxugue o mádido vestido:
Tanto mais pelo mimo, que se lhe usa,
    Quando a bárbara gente o vê rendido;
    Trouxeram-lhe a batata, o coco, o inhame[7];
    Mas o que crêem piedade é gula infame.

XXV

Cevavam desta forma os desditosos
    Das fadigas marítimas desfeitos;
    Por pingues ter os pastos horrorosos,
    Sendo nas carnes míseras refeitos:

---

7. *Batata, coco, inhame* – Frutos bem conhecidos ainda na nossa Europa.

Feras! Mas feras não, que mais monstruosos
　　São da nossa alma os bárbaros efeitos;
　　E em corrupta razão mais furor cabe,
　　Que tanto um bruto imaginar não sabe.

XXVI

Não mui longe do mar, na penha dura,
　　A boca está de um antro mal aberta,
　　Que horrível dentro pela sombra escura,
　　Toda é fora de ramas encoberta:
Ali com guarda à vista se clausura
　　A infeliz companhia, estando alerta,
　　E por cevá-los mais, dão-lhe o recreio
　　De ir pela praia em plácido passeio.

XXVII

Diogo então, que à gente miseranda,
　　Por ser de nobre sangue precedia,
　　Vendo que nada entende a turba infanda,
　　Nem do férreo mosquete usar sabia;
Da rota nau, que se descobre à banda,
　　Pólvora e bala em cópia recolhia;
　　E como enfermo, que no passo tarda,
　　Serviu-se por bastão de uma espingarda.

XXVIII

Forte, sim, mas de tempra delicada,
　　Aguda febre traz desde a tormenta;

Pálido o rosto e a cor toda mudada,
A carne sobre os ossos macilenta:
Mas foi-lhe aquela doença afortunada,
　　Porque a gente cruel guardá-lo intenta,
　　Até que sendo a si restituído,
　　Como os mais vão comer, seja comido.

XXIX

Barbárie foi (se crê) da antiga idade
　　A própria prole devorar nascida,
　　Desde que essa cruel voracidade
　　Fora ao velho Saturno atribuída:
Fingimento por fim, mas é, em verdade,
　　Invenção do diabólico homicida,
　　Que uns cá se matam, e outros lá se comem:
　　Tanto aborrece aquela fúria ao homem.

XXX

Mas já três vezes tinha a lua enchido
　　Do vasto globo o luminoso aspecto,
　　Quando o chefe dos bárbaros temido
　　Fulmina contra os seis o atroz decreto:
Ordena que no altar seja of'recido
　　O brutal sacrifício em sangue infecto[8],

---

8. *Sacrifício* – É certo que os brasilienses não tinham forma alguma expressa de sacrifício; mas a solene função e ritos com que matavam os seus prisioneiros, parece com razão ao padre Simão de Vasconcelos na sua *História do*

Sendo a cabeça às vítimas quebrada
E a gula infanda de os comer saciada.

XXXI

Entanto que se ordena a brutal festa,
   Nada sabiam na marinha gruta
   Os habitantes da prisão funesta,
   Que ardilosa lho esconde a gente bruta:
E enquanto a feral pompa já se apresta,
   Toda a pena em favor se lhe comuta;
   Nem parecem ter dado a menor ordem,
   Senão que comam e comendo engordem.

XXXII

Mimosas carnes mandam, doces frutas,
   O araçás, o caju, coco e mangaba;
   Do bom maracujá lhe enchem as grutas
   Sobre rimas e rimas de goiaba;
Vasilhas põem de vinho nunca enxutas,
   E a imunda catimpoeira, que da baba[9]
   Fazer costuma a bárbara patrulha,
   Que só de ouvi-lo o estômago se embrulha.

Brasil que eram um vestígio dos antigos sacrifícios usados dos fenícios, de que acima falamos em outra nota.

9. *Vinho* – Vêm da América debaixo deste nome vários extratos de caju, coco, e de outros frutos conhecidos, que podem competir com os nossos vinhos.

Catimpoeira – Imunda bebida dos salvagens, que, mastigando o milho, fazem da saliva e do suco mesmo do grão uma potagem abominável.

XXXIII

Um dia, pois, que à sombra desejada
   Se repousam, passando a calma ardente,
Por dar alívio à dor reconcentrada
De ver-se escravos de tão fera gente,
Fernando, um deles, diz, que aos mais agrada
   Por cantigas que entoa docemente,
Que em cítara, que o mar na terra lança,
Se divirtam da fúnebre lembrança.

XXXIV

Mancebo era Fernando mui polido,
   Douto em letras e em prendas celebrado,
Que nas ilhas do Atlântico nascido,
Tinha muito co'as musas conversado:
Tinha ele os rumos do Brasil seguido,
   Por ver o monumento celebrado
De uma estátua famosa, que num pico[10]
Aponta do Brasil ao país rico.

---

10. *Estátua* – É estimada por prodigiosa a estátua que se vê ainda na ilha do Corvo, uma das Açores, achada no descobrimento daquela ilha sobre um pico, apontando para a América. Foi achada sem vestígios de que jamais ali habitasse pessoa humana. Devo a um grande do nosso reino, fidalgo eruditíssimo, a espécie de que se conserva uma história desta estátua manuscrita, obra do nosso imortal João de Barros.

XXXV

Pedira-lhe Luís, que isto escutara,
    De profética estátua o conto inteiro,
    Se foi verdade, se invenção foi clara
    De gente rude ou povo noveleiro:
Fernando então, que em metro já cantara
    O sucesso, que atesta verdadeiro,
    Toma nas mãos a cítara suave
    E entoando começa em canto grave.

XXXVI

Oculto o tempo foi, incerta a era,
    Em que o grão caso contam sucedido;
    Mas em parte é sem dúvida sincera
    A bela história, que a escutar convido:
Feliz foi o ditoso, e feliz era
    Quem tanto foi do céu favorecido,
    Pois em meio ao corrupto gentilismo
    Merecer soube a Deus o seu batismo.

XXXVII

Incerto pelas brenhas caminhava
    Um varão santo, que perdera a via,
    Quando pelos cabelos o elevava
    O anjo adonde o sol já se escondia;
E um salvagem lhe mostra, que se achava[11]

---

    11. *Salvagem* – Não supomos único o salvagem, que o padre Anchieta achou em o estado que aqui se descre-

Quase lutando em última agonia:
Ouve (lhe diz) o justo agonizante;
E uma estrada de luz tomou brilhante.

XXXVIII

Auréu (que assim se chama o sacro enviado),
   Encostando-se ao velho titubante,
   Por ignorar-lhe o idioma não falado,
   No seu diz, de que o enfermo era ignorante:
E ouve-se responder (caso admirado!)
   Numa língua de todo extravagante,
   Que sendo em tudo extraordinária e bruta,
   Faz-se entender, e entende-o no que escuta.

XXXIX

Do grande Criador por mensageiro
   A benção (diz) te of'reço, homem ditoso;
   Neste mundo ignorado em o primeiro
   Quer que o seu nome escutes glorioso:
Do eterno Pai, de um Filho verdadeiro,
   Do Espírito também, laço amoroso,
   Quer que o mistério saibas da verdade;
   São três pessoas numa só unidade.

---

ve. Muitos teólogos se persuadem que Deus por meios extraordinários instruíra a quem vivesse na observância da lei natural.

XL

Um só Senhor, que todo o ser governa,
    Que só com dizer *seja* o fez de nada;
    Que à natureza desde a idade eterna
    Certa época fixou de ser criada;
Que abrindo liberal a mão paterna,
    Toda a cousa abençoa que é animada:
    Que sua imagem nos fez; e sem segundo,
    Quer que o homem reine sobre o vasto
                          [mundo.

XLI

Que havendo em mil delícias colocado
    Nossos primeiros pais num paraíso,
    Por homenagem desse império dado,
    Privou de um pomo com severo aviso:
Que vendo o seu respeito profanado
    E igual satisfação sendo preciso,
    No duro lenho o pôs, no férreo cravo,
    E deu o filho por salvar o escravo.

XLII

Este no seio, pois, de Virgem pura,
    Invocada no nome de Maria,
    Redentor, mestre e luz da criatura,
    Nasceu, pregou, morreu na cruz impia:
Rompeu do abismo a imóvel fechadura;
    Depois ressurge no terceiro dia;
    E ao céu subindo enfim, donde comanda,
    Aos fins da terra os mensageiros manda.

XLIII

Um destes venho a ti: lavar-te intento,
 Se queres aceitar meu catecismo;
 E servindo de porta o Sacramento,
 Incorporar-te ao santo Cristianismo.
Purga o teu coração, teu pensamento,
 Por chegar puro às águas do batismo,
 Onde se entras com dor do mal primeiro,
 De Jesus Cristo morrerás co-herdeiro.

XLIV

Aos primeiros acentos que escutara,
 Guaçu (que este é seu nome) a frente
                              [empena;
 Atenta ao que ouve a orelha e fixa a cara,
 Senão que co'a cabeça tudo acena:
Dos olhos mal se serve, que cegara,
 Bem que a vista pareça ter serena;
 As mãos de quando em quando estende, e
                              [toca,
 E pende atento da sagrada boca.

XLV

Bom ministro (responde) do Piedoso,
 Excelso grão Tupá, que o céu modera[12],

---

12. *Tupá* – Os selvagens do Brasil têm expressa noção de Deus na palavra *Tupá*, que vale entre eles *excelência superior, cousa grande que nos domina*.

Não me vens novo, não: que tive o gozo
De ouvir-te em sonho já, quem ver pudera!
Se a imagem tens, que o sono fabuloso
Há muito que de ti na mente gera!
Serás, disse (e na barba o vai tocando),
Homem com barbas, branco e venerando.

XLVI

Louvores a Tupá, que enfim chegaste;
Que o caminho me ensinas, donde elejo
Buscar logo o grão Deus, que m'anunciaste,
Que desde a infância com ardor desejo:
Nunca soube, assim é, quanto contaste;
Mas não sei como o que ouço e quase vejo
Sentia, como em sombra mal formada;
Não que o cresse ainda assim, mas por toada.

XLVII

Vendo desse universo a mole imensa,
Sem ser de ainda maior entendimento,
Fabricada a não cri; que ele o dispensa,
Tem, rege e guarda, infere o pensamento:
Que repugna à criatura estar suspensa,
Sem último fim ter, notava atento.
E este ente, que me fez um Deus segundo,
É o grão Tupá, fabricador do mundo.

XLVIII

Vi as chagas da própria natureza,
    A ignorância, a malícia, a variedade,
    E bem reconheci que esta torpeza
    Nascer não pode da eternal bondade.
Onde, sem o saber, cri que era acesa
    Neste incêndio comum da humanidade
    Antiga chama, donde o mal nos veio;
    Crer que tais nos fez Deus... eu tal não creio.

XLIX

Também vi que o grão Deus, que o mundo cria,
    Deixar nunca quisera em tanto estrago
    A humana natureza; e que a mão pia
    De tais misérias ao profundo lago
Havia de estender: como o faria?
    Suspenso fiquei sempre incerto e vago;
    Mas nunca duvidei que alguém se visse
    Que de tantas misérias nos remisse.

L

E como era a maior que exp'rimentava
    O ver que livremente o mal seguia;
    Que a suprema Bondade se agravava
    Donde um homem de bem se agravaria:
Vendo que a afronta, que esta ação causava,
    Só se houvera outro Deus, se pagaria;

É impossível mais de um reconhecendo...
Daqui não passo, e cego me suspendo[13].

LI

Agora sim, que entendo a grã verdade,
    Que um só Deus se fez homem sem defeito;
E, sendo três pessoas na Unidade,
    Do Filho ao Pai podia haver respeito.
A pessoa segunda da Trindade,
    Novo homem, como nós, de terra feito,
    A paz do homem com Deus fundar procura,
Redentor pio da mortal criatura.

LII

Este creio, este adoro, este confesso;
    E esta santa mensagem venerando,
    Por meu Deus e Senhor firme o conheço,
    A quem da terra e céu pertence o mando:
Deste o batismo santo hoje te peço,
    Onde, na porta celestial entrando,
    Suba o espírito à glória que deseja
E com estes meus olhos ainda o veja.

---

13. *Suspendo* – Até aqui são os limites do lume natural, e com ele somente o alcança a filosofia; porém o remédio da natureza humana, ferida pela culpa, não pode constar-nos senão pela revelação.

LIII

Disse o ditoso velho; e acompanhando
   Com devoto suspiro a voz que exprime,
   Bem mostra que no peito o está tocando
   A oculta unção do Espírito sublime:
As mãos ao céu levanta lagrimando;
   E tanto ardor na face se lhe imprime,
   Que acompanhar parece o humilde rogo
   Um dilúvio de água e outro de fogo.

LIV

Então o bom ministro: É justo, amigo,
   Que chores (lhe dizia) o teu pecado;
   Por não amar a Deus; ser-lhe inimigo,
   Se o blasfemaste; de o não ter honrado;
De não servir teus pais; de um ódio antigo;
   E se não foste honesto, ou tens roubado;
   Se em mulher, bens ou fama em caso feio
   Fizeste dano, ou cobiçaste o alheio.

LV

Esta a lei santa é, que em nós impressa
   Ninguém ofende que mereça escusa;
   Onde no que faltaste a Deus confessa,
   Que tanto deve quem pecando abusa:
Quer-se a satisfação com a promessa
   De melhor vida, no que a lei te acusa;

Pois quem quer que pecou, que assim não
[faça,
Recebe o sacramento, mas não graça.

LVI

Eu, disse o americano, antes de tudo,
    Amei do coração quem ser me dera:
    Seu nome ignoro, mas honrá-lo estudo,
    E com fé o adorei sempre sincera:
Em certos dias, recolhido e mudo
    Cuidava em venerar quem tudo impera,
    Matar não quis, nem morto algum comia,
    Pois que a mim mo fizessem não queria.

LVII

Mulher tive, mas uma, persuadido
    Que com uma se pode; ação impura
    Meteu-me sempre horror, tendo entendido
    Que só no matrimônio era segura:
Qualquer outro prazer fora proibido,
    Porque, se entanto abuso se conjura,
    Quem, seguindo este instinto do demônio,
    Se pudera lembrar do matrimônio?

LVIII

Nunca roubei, temendo ser roubado;
    Por conservar a fama, honrei a alheia:

Não me lembra de ter caluniado,
Nem de outrem disse mal, que é cousa feia;
E quem houvesse de outro murmurado,
   Que outro tanto lhe façam certo creia;
Não tive inveja do que alguém consiga,
Por ver que quem a tem seu mal castiga.

LIX

Enfim, corri meus anos desde a infância
   Sem ofender (que eu saiba) esta lei justa,
   Sem ter à cousa boa repugnância,
   Tudo mercê da mão de Deus augusta.
Nos meus males somente a tolerância
   Mos fazia passar a menor custa:
   Esta a minha ânsia foi, este o meu zelo,
   Saber quem era Deus, tratá-lo e vê-lo.

LX

Dizendo o velho assim, tanto se acende,
   Como se n'alma se lhe ateara um fogo:
   Reclina a humilde fronte e a voz suspende;
   E caindo em delíquio neste afogo,
Corre o ministro, que ao sucesso atende,
   E buscando água que o batize logo;
   Apenas Félix, diz, eu te batismo,
   Partiu feliz dum vôo ao paraíso.

LXI

Cuidava em sepultá-lo Auréu saudoso;
    Porém de espessa névoa, que o ar condensa,
    Ouve um coro entoando harmonioso
    Louvor eterno à Majestade imensa:
E na atmosfera ali do ar nebuloso,
    Luz arraiando, que a alumia intensa,
    Viu Félix, que na glória que o vestia
    A graça batismal lhe agradecia.

LXII

Que te conceda Deus, ministro justo,
    (Diz-lhe a alma venturosa) o prêmio eterno;
    Pois vens do antigo mundo a tanto custo
    A libertar-me do poder do inferno.
Dos céus entanto o Dominante augusto
    Que tornes manda ao ninho teu paterno,
    E sobre a névoa em nuvem levantada
    Vás navegando pela aérea estrada.

LXIII

E quer na nuvem própria, que te indico,
    Que esse cadáver meu vá transportado,
    E na Ilha do Corvo, de alto pico
    O vejam numa ponta colocado,
Onde acene ao país do metal rico,
    Que o ambicioso europeu vendo indicado,
    Dará lugar que ouvida nele seja
    A doutrina do céu e a voz da igreja.

LXIV

Disse; e cessando a voz e a visão dela,
    Viu da nuvem Auréu, que o rodeava,
    Transformar-se a bela alma em clara estrela,
    E viu que a nuvem sobre o mar voava:
O cadáver também sublime nela
    Ao cume do grão pico já chegava,
    Onde a névoa, que no alto se sublima,
    Depõe como uma estátua o corpo em cima.

LXV

Ali batido do nevado vento,
    De sol, de gelo e chuva penetrado,
    Efeito natural, e não portento
    É vê-lo, qual se vê, petrificado.
Um arco tem por bélico instrumento[14],
    De pluma um cinto sobre a frente ornado,
    Outro onde era decente, em cor vermelho,
    Sem pêlo a barba tem, no aspecto é velho.

LXVI

Voltado estava às partes do ocidente,
    Donde o áureo Brasil mostrava a dedo.
    Como ensinando à lusitana gente
    Que ali devia navegar bem cedo:

---

14. *Um arco* – As memórias desta estátua concordam em ser o seu traje desconhecido: toma daqui ocasião o poeta para o representar arbitrariamente.

Destino foi do céu onipotente,
    A fim que sem receio, ou torpe medo,
    À piedosa empresa o povo corra,
    E que quem morrer nela alegre morra.

LXVII

Calou então Fernando, mas não cala
    Na cítara dourada outra harmonia,
    Onde parece a mão que também fala,
    E que quanto a voz disse repetia:
Saíra entanto um bárbaro a escutá-la,
    Que encantado da doce melodia,
    Toma nas mãos o músico instrumento,
    Toca-o sem arte e salta de contento.

LXVIII

Não pode ver dos nossos o congresso
    Tanta rudeza sem tentar-se a riso;
    Que por mais que um pesar se tenha
                                   [impresso,
    Não dá lugar a prevenção ao siso:
E, sendo inopinado algum sucesso,
    Onde é nos homens quase o rir preciso,
    Tal pessoa há que chora apaixonada
    E passa do gemido a uma risada.

LXIX

Diogo então, que dentro em si media
    Da cruel gente a condição danosa,
    Não sossega de noite nem de dia,
    Antevendo a desgraça lastimosa:
E, vendo rir os mais com alegria,
    Pela ação do salvagem graciosa,
    Estranhou-lhe o prazer mal concebido,
    Arrancando do peito este gemido.

LXX

Oh triste condição da humana vida,
    Que tanto em breve do seu mal se esquece;
    Pois vendo a liberdade enfim perdida,
    Sentimos menos quando a dor mais cresce:
Vemos desd'a água às praias despedida
    A infeliz gente que no mar perece,
    E que o brutal gentio na mesm'hora,
    Ainda bem os não vê, logo os devora.

LXXI

Quem sabe se o cuidado que destina
    Pôr-nos assim mimosos de sustento
    Não é por ter de nós grata chacina
    Nesse horrível, barbárico alimento?
Tanta atenção que têm mal se combina,
    Sem mostrar-se o maligno pensamento;
    Que quem os próprios mortos brutal come
    Como é crível que aos vivos mate à fome?

LXXII

Tempo fora, afligidos companheiros,
    De levantar dos céus ao Rei supremo
    Humildes vozes, votos verdadeiros
    Como quem luta no perigo extremo:
Mas vós que agora rides prazenteiros,
    Oh quanto, amigos meus, oh quanto temo
    Que essa gente cruel só nos namore,
    Por cevar mais a presa que devore!

LXXIII

Voltemos antes com fervor piedoso
    Os tristes olhos ao etéreo espaço,
    Esperando de Deus um fim ditoso,
    Onde a morte se avista a cada passo.
Contrito o peito, o coração choroso,
    Implore a proteção do excelso braço;
    Que o coração me diz que, por desdita,
    O cruel sacrifício se medita.

LXXIV

Enquanto assim dizia, o herói prudente,
    Comovido qualquer do temor justo,
    Levanta humilde as mãos ao céu clemente,
    Vendo o futuro com pressago susto:
Já cuida a cruel morte ver presente;
    Já vê sobre a cabeça o golpe injusto;
    Batem no peito e, levantando as palmas,
    Fazem vítima a Deus das próprias almas.

LXXV

Já numerosa turba às praias vinha
　　E os seis levam ao corro miserando,
　　Onde a plebe cruel formada tinha
　　A pompa do espetáculo execrando:
E mal a gente bruta se continha,
　　Que, enquanto as tristes mãos lhe vão ligando
　　No humano corpo, pelo susto exangue
　　Não vão vivo sorvendo o infeliz sangue.

LXXVI

Qual se da Líbia pelo campo estende
　　O mouro caçador um leão vasto,
　　Em longa nuvem devorá-lo empreende
　　O sagaz corvo sempre atento ao pasto:
Negro parece o chão; negra, onde pende
　　A planta, em que do sangue explora o rasto;
　　Até que avista a presa e em chusma voa,
　　Nem deixa parte, que voraz não roa.

LXXVII

Tal do caboclo foi a fúria infanda,
　　E o fanatismo, que na mente o cega,
　　Faz que tendo esta ação por veneranda,
　　Invoque o grão Tupá, que o raio emprega.
No meio vê-se que em mil voltas anda
　　O eleito matador, como quem prega
　　A brados, exortando o povo insano
　　A ensopar toda a mão no sangue humano.

LXXVIII

À roda, à roda, a multidão fremente
    Com gritos corresponde à infame idéia;
    Enquanto o fero em gesto de valente
    Bate o pé, fere o ar e um pau meneia.
Ergue-se um e outro lenho, onde o paciente
    Entre prisões de embira se encadeia;
    Fogo se acende nos profundos fossos,
    Em que se torrem com a carne os ossos.

LXXIX

Dentro de uma estacada extensa e vasta,
    Que a numerosa plebe em torno borda,
    Entram os principais de cada casta
    Com belas plumas, onde a cor discorda;
Outros, que a grenha têm com feral pasta
    Do sangue humano, que ao matar transborda,
    Os nigromantes são, que em vão conjuro,
    Chamam as sombras desde o averno escuro.

LXXX

Companheiras de ofício tão nefando,
    Seguem de um cabo a turma e, de outro cabo,
    Seis torpíssimas velhas, aparando
    O sangue sem um leve menoscabo:
Tão feias são, que a face está pintando
    A imagem propiíssima do Diabo;
    Tinto o corpo em verniz todo amarelo,
    Rosto tal, que a Medusa o faz ter belo.

LXXXI

Têm no colo as cruéis sacerdotisas,
  Por conta dos funestos sacrifícios,
  Fios de dentes, que lhe são divisas
  De mais ou menos tempo em tais ofícios:
Gratas ao céu se crêem, de que indivisas
  Se inculcam por tartáreos malefícios
  E em testemunho do mister nefando,
  Nos seus cocos com facas vêm tocando.

LXXXII

Quem pode reputar que dor trespassa
  A miseranda, infausta companhia,
  Vendo tais feras rodear a praça,
  Que o sangue com os olhos lhe bebia?
Ver que os dentes lhe range por negaça,
  Senão é que os agita a fome impia,
  E dizer lá consigo: *Em poucas horas*
  Sou pasto destas feras tragadoras.

LXXXIII

Mas põe-lhe a vista o Padre Onipotente,
  Da desgraça cruel compadecido,
  E envia um anjo desde o Céu clemente,
  Que deixe tanto horror desvanecido
E faça que o espetáculo presente
  Venha por fim a ser sonho fingido;
  Que quem recorre ao Céu no mal que geme,
  Logo que teme a Deus, nada mais teme.

LXXXIV

Seis então dos infames nigromantes
    Lançaram mão das vítimas pacientes,
    E os seis lenhos fatais, que ergueram dantes,
    Atam cruéis as mãos dos inocentes:
Postos no Céu os olhos lagrimantes,
    Com lembrar-se das penas veementes
    Que sofreu Deus na cruz, nele fiados
    Pediam-lhe o perdão dos seus pecados.

LXXXV

Fernando ali, que em discrição precede,
    Com voz sonora a companhia anima;
    Cheio de viva fé, socorro pede;
    E, quando a dor permite que se exprima:
Grão Senhor (diz) de quem tudo procede
    A glória, a pena, a confusão e a estima,
    Que justo dás as graças e os castigos,
    Na dor alívio, amparo nos perigos.

LXXXVI

Vida não peço aqui, morte não temo,
    Nem menos choro o caso desgraçado;
    O que me dói, que sinto, o que só gemo
    É, piedoso Deus, o meu pecado:
Feliz serei, Grão Padre, se no extremo
    For da tua bondade perdoado,
    Pelo cálix amargo que aqui bebo,
    Pela morte cruel que hoje recebo.

LXXXVII

Mas, grande Deus, que vês nossa fraqueza
  No duro transe desta cruel hora,
  Não sofras que essas feras com crueza
  Hajam de devorar a quem te adora:
Porque estremece a frágil natureza
  Vendo a gula brutal, que empreende agora
  Sacrifício fazer ao torpe abismo
  Destas carnes tingidas no batismo.

LXXXVIII

Ouviu o Céu piedoso a infeliz gente;
  E quando o fero a maça já levanta,
  Que esmague a fronte ao mísero paciente,
  Trovão se ouve fatal, que tudo espanta:
Treme a montanha e cai a roca ingente,
  E na ruína as árvores quebranta;
  Mas o que mais os brutos confundia,
  Era o rumor marcial, que então se ouvia.

LXXXIX

Pedras, frechas e dardos de arremesso
  Cobriam todo o ar; porque o inimigo,
  Que atrás se pôs de um próximo cabeço,
  Aguarda expressamente aquele artigo:
De um lado e outro deste um mato espesso
  Ameaça o furor, cerca o perigo;
  E a gente crua, transformada a sorte,
  Quando cuidou matar, padece a morte.

XC

Era Sergipe o príncipe valente
    Na esquadra valerosa, que atacava;
    Varão entre os seus bom, manso e prudente,
    Que com justiça os povos comandava:
Armava o forte chefe de presente
    Contra Gupeva, que cruel reinava
    Sobre as aldeias, que em tal tempo havia
    No recôncavo ameno da Bahia.

XCI

Por toda parte o bahiense é preso;
    É trucidado o bruto nigromante,
    Muitos lançados são no fogo aceso,
    Rendem-se os mais ao vencedor possante:
Ficara em vida, todavia, ileso
    O mísero europeu, que ali em flagrante
    Faz desatar o bom Sergipe e manda
    À escravidão no seu país mais branda.

XCII

Mas a gente infeliz, no sertão vasto,
    Por matos e montanhas dividida,
    É fama que uns de tigres foram pasto,
    Outra parte dos bárbaros comida:
Nem mais houve notícia ou leve rasto
    Como houvessem perdido a amada vida;
    Mas há boa suspeita e firme indício
    Que evadiram o infame sacrifício.

CANTO II

I

Era a hora em que o sol na grã carreira
　　Do tórrido zenith vibra igualmente,
　　E que a sombra dos corpos companheira
　　Na terra extingue com o raio ardente,
Quando ao partir a turba carniceira,
　　Se viu Diogo só na praia ingente,
　　Entre mil pensamentos, mil terrores,
　　Que a dor faz grandes e o temor maiores.

II

Parecia-lhe ver da gente insana
　　O bárbaro furor, a fome crua,
　　A agonia dos seus na ação tirana,
　　E temendo a dos mais, presume a sua:
Quisera opor-se à empresa desumana,
　　Pensa em arbítrios mil com que o conclua:

Se fugirá? mas donde? se os invada?
Porém, enfermo e só, não vale a nada.

III

Oh! mil vezes (dizia) afortunados
    Os que entregues à fúria do elemento
    Acabaram seus dias sossegados,
    Nem viram tanta dor, como exp'rimento!
Que estavam finalmente a mim guardados
    Este espanto, este horror, este tormento!
    Que escapei (Santos Céus!) desse mar vasto
    Para a feras servir de horrível pasto!

IV

E hei de agora (infeliz!) ver fraco e inerme,
    Que dos meus vá fazer um pasto horrendo
    Essa patrulha vil! que agora enferme!
    Que me veja sem força em febre ardendo!
Ah! se pudera em meu vigor já ver-me!
    Que ardor sinto em meu peito de ir rompendo
    E a turba vil fazendo em mil pedaços,
    Truncar pescoços, mãos, cabeças, braços.

V

Não pode (é certo) a débil natureza;
    Porém que esperas mais, mísero Diogo?
    Que pode resultar de forte empresa?
    Será mal morrer já, se há de ser logo?

Faltam-me as forças, sim, sinto a fraqueza:
   Mal o espírito o supre e neste afogo
   Tira forças ocultas da nossa alma,
   Que ela não mostra ter, vivendo em calma.

VI

E como quer enfim que o mande a sorte,
   Morra-se que talvez se não desuna
   O sucesso feliz de uma ação forte,
   Que acaso um temerário achou fortuna;
E quando irado o céu me envie a morte,
   E que a mão do Senhor meus erros puna,
   Recebo o golpe, que me for mandado,
   Morrerei, assim é, porém vingado.

VII

Nem deixo de esperar que a gente bruta,
   Vendo o estrago da espada e do mosquete,
   Não se encha de pavor na estranha luta
   E força maior creia que a acomete:
Se tomo as armas, que salvei na gruta,
   Escudo, cota, malha e capacete,
   Posso esperar que um só me não resista,
   E antes que o ferro mos submeta a vista.

VIII

Disse; e entrando na sólita caverna,
   Cobre de ferro a valerosa fronte;

Um peito d'aço de firmeza eterna
E o escudo, onde a frecha se desponte.
Dispõe de modo e em forma tal governa,
    Que nada tema já que em campo o afronte:
Nas mãos de ferro tinha uma alabarda,
A espada à cinta, aos ombros a espingarda.

IX

Saía assim da gruta, quando o monte
    Coberto vê de bárbara caterva;
    E no que infere da turbada fronte,
    Sinais de fuga e de derrota observa:
A algum obriga o medo a que transmonte,
    Outros se escondem pelo mato ou erva,
    Muitos fugindo vêm com medo à morte,
    Crendo achar na caverna um lugar forte.

X

Mas o prudente Diogo, que entendia
    Não pouca parte do idioma escuro,
    Por alguns meses em que atento o ouvia,
    Elege um posto a combater seguro:
Atento a toda a voz que ouvir podia,
    Por escutar dos seus o caso duro,
    Entre esperanças e receio intenso,
    Sem susto estava, sim, porém suspenso.

XI

Gupeva então, que aos mais se adiantava,
   Vendo das armas o medonho vulto,
   Incerto do que vê, suspenso estava,
   Nem mais se lembra do inimigo insulto;
Algum dos anhangás imaginava[1]
   Que dentro ao grão fantasma vinha oculto,
   E à vista do espetáculo estupendo
   Caiu por terra o mísero tremendo.

XII

Caiu com ele junta a bruta gente,
   Nem sabe o que imagine da figura,
   Vendo-a brandir com a alabarda ingente
   E olhando ao morrião, que o transfigura:
Ouve-se um rouco tom de voz fremente,
   Com que espantá-los mais o herói procura;
   E porque temam de maior ruína,
   Faz-lhe a voz mais horrenda uma buzina.

XIII

Entanto a gente bárbara, prostrada,
   Tão fora de si está, por cobardia,
   Que sem sentido, estúpida, assombrada,
   Só mostra viva estar, porque tremia:

---

   1. *Anhangá* – Nome do demônio, em língua brasílica, conhecido daqueles bárbaros pelo uso da nigromancia.

Quais verdes varas de árvore copada,
    Se assopra a viração do meio-dia,
    De uma parte à outra parte se maneiam,
    Assim de medo os vis no chão perneiam.

XIV

Mas Diogo, naqueles intervalos,
    Suspendendo o furor do duro Marte,
    Esperança concebe de amansá-los,
    Uma vez com terror, outra com arte:
A viseira levanta e vai buscá-los,
    Mostrando-se risonho em toda parte:
    Levantai-vos (lhes diz) e assim dizendo,
    Ia-os co'a própria mão da terra erguendo.

XV

Gupeva, que no traje mais distinto
    Parecia na turba do seu povo
    O principal no mando, meio extinto
    Pelo horror de espetáculo tão novo,
Tremendo, em pé ficou sem voz e instinto,
    E caíra sem dúvida de novo,
    Se nos braços Diogo o não tomara
    E d'água ali corrente o borrifara.

XVI

Não temas (disse afável), cobra alento;
    E suprindo-lhe acenos o idioma,

Dá-lhe a entender que todo esse armamento
Protege amigos, se inimigos doma:
Que os não ofende o bélico instrumento,
Quando de humana carne algum não coma;
Que, se a comerdes, tudo em cinza ponho...
E isto dizendo, bate o pé, medonho.

XVII

Toma nas mãos (lhe diz), verás que nada
Te hão de fazer de mal; e assim falando,
Põe-lhe na mão a partasana e espada
E vai-lhe à fronte o morrião lançando.
Diminui-se o horror na alma assombrada
E vai-se pouco a pouco recobrando,
Até que a si tornando reconhece
Donde está, com quem fala e o que lhe
[of'rece.

XVIII

Se d'além das montanhas cá te envia²
O grão Tupá (lhe diz), que em nuvem negra
Escurece com sombra o claro dia,
E manda o claro Sol, que o mundo alegra;

---

2. *Montanhas* – Persuadem-se os brasilienses que, além das montanhas que dividem o Brasil do Peru seja o Paraíso. Vide Martinière, *Dicionário Geográfico*, verb. "Brasil", onde se lerá a maior parte da história dos ritos e costumes do Brasil, que aqui e na série do poema escrevemos.

Se vens donde o sol dorme e se à Bahia
   De alguma nova lei trazes a regra,
   Acharás, se gostares, na cabana,
   Mulheres, caça, peixe e carne humana.

XIX

A carne humana! (replicou Diogo,
   E como pode, explica em voz e aceno)
   Se vir que come algum, botarei fogo,
   Farei que inunde em sangue esse terreno.
Pois se os bichos nos devem comer logo,
   (O bárbaro lhe opõe com desempeno)
   A nós faz-nos horror se eles nos comem,
   E é menos triste que nos trague um homem.

XX

O corpo humano (disse o herói, prudente)[3]
   Como o brutal não é: desde que nasce,
   É morada do espírito eminente,
   Em quem do grão Tupá se imita a face.
Sepulta-se na terra, qual semente
   Que se não apodrece, não renasce.
   Tempo virá que, aos corpos reunida,
   Torne a nossa alma a respirar com vida.

---

   3. *O corpo humano* – Razão suficiente, porque é ilícito comer a carne humana por princípios teológicos na presente oitava e na seguinte pelos naturais.

XXI

O lume da razão condena a empresa;
    Pois se o infando apetite o gosto adula,
    Para extinguir a humana natureza,
    Sem mais contrários, bastaria a gula.
Que se a malícia em vós ou se a rudeza
    O instinto universal de todo anula,
    É contudo entre os mais cousa temida
    Que outrem, por vos comer, vos tire a vida.

XXII

Disse Diogo, e conduzia à gruta
    O principal da bárbara caterva,
    Que ali seguido pela gente bruta,
    O lugar conhecido, atento, observa.
Gupeva a tudo atende e tudo escuta;
    Mas sempre o horror, que concebeu,
                         [conserva;
    E olhando as armas, sem que a mais se arroje,
    Chega com a mão furtiva, apalpa e foge.

XXIII

Vinha a noite já então seu negro manto
    Despregando na lúcida atmosfera,
    Quando buscam sossego ao seu quebranto
    No ninho as aves e na toca a fera:
E quando o sono com suave encanto,
    Aos míseros mortais a dor modera;

Mas não modera em Diogo a mordaz cura
De amansar o furor da gente dura.

XXIV

Por dissipar na gruta a sombra fria,
   Toma o férreo fuzil, que o fogo ateia,
   E vendo a rude gente que o acendia
   E brilhar de improviso uma candeia,
Notando a pronta luz que no óleo ardia,
   Não acaba de o crer, de assombro cheia.
   Crêem portanto que o fogo do céu nasça
   Ou que Diogo nas mãos nascê-lo faça.

XXV

Era costume do selvagem rude
   Roçar um lenho noutro com tal jeito,
   Que vinha por elétrica virtude
   A acender lume, mas com tardo efeito.
Mas observando, sem que o lenho ajude,
   Em menos de um momento o fogo feito,
   O mesmo imaginou que a Grécia creu,
   Quando viu ferir fogo a Prometeu.

XXVI

Acesa a luz na lôbrega caverna,
   Vê-se o que Diogo ali da nau levara:
   Roupas, armas e, em parte mais interna,
   A pólvora em barris, que transportara:

Tudo vão vendo à luz de uma lanterna,
　　Sem que o apeteça a gente nada avara,
　　Ouro e prata, que a inveja não lhe atiça.
　　Nação feliz! que ignora o que é cobiça.

XXVII

Mas entre objetos vários a que atende,
　　Nota Gupeva extático a pintura,
　　Que num precioso quadro, que ali pende,
　　Representava a Mãe da formosura:
Se seja cousa viva não entende,
　　Mas suspeitava bem pela figura
　　Digna a pessoa, de que a imagem era,
　　De ser mãe de Tupá, se ele a tivera.

XXVIII

Esta (pergunta o bárbaro) tão bela,
　　Tão linda face, acaso representa
　　Alguma formosíssima donzela,
　　Que esposa o grão Tupá fazer intenta?
Ou porventura que nascesse dela
　　Esse, que sobre os céus no sol se assenta?
　　Quem pode geração saber tão alta?
　　Mas se há mãe que o gerasse, esta é sem falta.

XXIX

Encantado está o pio lusitano
　　De ouvir em rude boca tal verdade;

E adorando o mistério soberano,
Mãe ter não pode (disse) a divindade.
Mas sendo Deus eterno, fez-se humano,
E sem lesão da própria virgindade
A donzela o gerou, que pisa a lua,
Digna mãe de Tupá, mãe minha e tua.

XXX

Peçamos, pois que é mãe, que nos defenda;
Que te dê para ouvir dócil orelha
E contigo o teu povo recomenda:
Dizendo o herói assim, devoto ajoelha.
Gupeva o mesmo faz com fé estupenda;
E pendente de Diogo, que o aconselha,
Levanta as mãos, como ele levantava,
E vendo-o lagrimar, também chorava.

XXXI

Mas crendo rude, como então vivia,
Que fosse cousa viva a imagem santa,
Que por mãe de Tupá tudo sabia,
Tendo poder conforme a glória tanta,
Repete o que ouve a Diogo com voz pia
E à mãe de Deus o coração levanta:
E encostando entre os rogos a cabeça,
Faz a noite e o desvelo que adormeça.

XXXII

Já no purpúreo e trêmulo horizonte,
   Rosas parece que espalhava a aurora,
   E o Sol que nasce sobre o oposto monte,
   A bela luz derrama criadora:
Ouvem-se as avezinhas junto à fonte,
   Saudando a manhã com voz sonora;
   E os mortais, já do sono desatados
   Tornavam novamente aos seus cuidados.

XXXIII

Quando Gupeva, manso e diferente
   Do que antes fora na fereza bruta,
   Convoca a ouvi-lo a multidão fremente,
   Que à roda estava da profunda gruta:
Posto no meio da confusa gente,
   Que toda dele pende e atenta escuta:
   Valentes paiaiás (diz desta sorte)[4]
   Que herdais o brio da prosápia forte.

XXXIV

Se ontem do vil Sergipe surpreendidos,
   Vimos o grão terreiro posto a saco,

---

4. *Paiaiás* – Nome honorífico em língua brasílica, equivalente a *nobres* ou *senhores*. O poeta conforma-se ao costume destas gentes, entre as quais os príncipes fazem longas falas aos seus compatriotas, exortando-os pelos princípios que aqui se tocam.

Fomos cercados, sim, mas não vencidos;
Não foi vitória, foi traição de um fraco.
Sabia bem por golpes repetidos,
　　Com quanto esforço na peleja ataco;
　　E como sem traição faria nada,
　　Não tendo eu armas, vêm com mão armada.

XXXV

Sombra do grão Tatu, de quem me ferve
　　Nestas veias o sangue, de quem trago
　　A invicta geração, que em guerra serve
　　De espanto a todos, de terror, de estrago:
Porque a glória a teu nome se conserve
　　E porque a cante da Bahia o lago,
　　Mandas de lá de donde o mundo acaba
　　Para o nosso socorro este *Imboaba*[5].

XXXVI

Tu lhe mudaste em ferro a carne branda,
　　Tu fazes que na mão lhe acenda e lhe arda
　　A viva chama, que Tupá nos manda,
　　Tupá que rege o céu, que o mundo guarda.
Com ele hei de vencer por qualquer banda,
　　Com ele em campo armado, já me tarda
　　O cobarde inimigo, que a encontrá-lo
　　Vivo, vivo me animo a devorá-lo.

---

　　5. *Imboaba* – Voz com que os bárbaros nomeiam os europeus.

XXXVII

Sabeis, tapuias meus, como morrendo
    Nossos irmãos e pais, que eles matavam,
    Postos debaixo já do golpe horrendo,
    Vosso nome a os vingar tristes chamavam.
Também vistes na guerra combatendo,
    Que estrago neles estas mãos causavam,
    E as vezes que vos dei no campo vasto
    Mil e mil deles por sab'roso pasto.

XXXVIII

Mas não come o estrangeiro, nem consente
    Comer-se carne humana; e só teria
    Outra carne qualquer por inocente,
    Aves, feras, tatus, paca ou cotia;
Receba, pois, de nós grato presente
    De quanto houver nos matos da Bahia;
    Saia-se à caça; e como lhe compete,
    Prepare-se a hospedagem de um banquete.

XXXIX

Separa-se o congresso em breve espaço,
    Dispõe-se em alas numerosa tropa:
    Quem com taquaras donde pende o laço
    Onde a avezinha cai, se incauta o topa:
Quem dos ombros suspende e quem do braço
    Armadilhas dif'rentes; outro ensopa
    Em visgo as longas ramas do palmito,
    Onde impróvido caia o periquito.

XL

Os mais com frecha vão, que a um tempo seja
    Tiro, que ofenda a fugitiva caça;
    Ou armas (se ocorresse) na peleja,
    Quando o inimigo de emboscada a faça:
E porque aos mais presida e tudo veja,
    À frente do esquadrão Gupeva passa;
    Nem fica Diogo só, que tudo via,
    Mas segue armado a forte companhia.

XLI

Mais arma não levou que uma espingarda;
    E posto ao lado de Gupeva amigo,
    Pronto a todo o acidente e posto em guarda,
    Traz na cautela o escudo ao seu perigo.
Entanto a destra gente a caça aguarda,
    E algum se afouta a penetrar no abrigo
    Onde esconde a pantera os seus cachorros,
    Outro a segue por brenhas e por morros.

XLII

Até que de Gupeva comandada,
    Em círculo se forma a linha unido,
    Onde quanto há de caça já espantada,
    Fique no meio de um cordão cingido:
A rês ali do estrondo amedrontada,
    Num centro está de espaço reduzido;
    À mão mesmo se colhe: cousa bela!
    Que dá mais gosto ver, do que comê-la.

XLIII

Não era assim nas aves fugitivas,
    Que umas frechava no ar, e outras em laços
    Com arte o caçador tomava vivas:
    Uma, porém, nos líquidos espaços
Faz com a pluma as setas pouco ativas,
    Deixando a lisa pena os golpes lassos.
    Toma-a de mira Diogo e o ponto aguarda:
    Dá-lhe um tiro e derriba-a co'a espingarda.

XLIV

Estando a turba longe de cuidá-lo,
    Fica o bárbaro ao golpe estremecido
    E cai por terra no tremendo abalo
    Da chama, do fracasso e do estampido:
Qual do hórrido trovão com raio e estalo
    Algum junto aquém cai, fica aturdido,
    Tal Gupeva ficou, crendo formada
    No arcabuz de Diogo uma trovoada.

XLV

Toda em terra prostrada, exclama e grita
    A turba rude em mísero desmaio,
    E faz o horror que estúpida repita
    Tupá, Caramuru, temendo um raio.
Pretendem ter por Deus, quando o permita,
    O que estão vendo em pavoroso ensaio,
    Entre horríveis trovões do márcio jogo,
    Vomitar chamas e abrasar com fogo.

XLVI

Desde esse dia, é fama que por nome
    Do grão Caramuru foi celebrado
    O forte Diogo; e que escutado dome
    Este apelido o bárbaro espantado:
Indicava o Brasil no sobrenome,
    Que era um dragão dos mares vomitado;
    Nem doutra arte entre nós a antiga idade
    Tem Jove, Apolo e Marte por deidade.

XLVII

Foram qual hoje o rude americano
    O valente romano, o sábio argivo;
    Nem foi de Salmoneu mais torpe o engano[6],
    Do que outro rei fizera em Creta altivo.
Nós que zombamos deste povo insano,
    Se bem cavarmos no solar nativo,
    Dos antigos heróis dentro às imagens
    Não acharemos mais que outros salvagens.

XLVIII

É fácil propensão na brutal gente,
    Quando em vida ferina admira uma arte,

---

6. *Salmoneu* – Este príncipe pretendia imitar o raio para espantar os gregos, então bárbaros e semelhantes aos nossos brasilienses. Tanto se pode crer do rei de Creta, que aqueles insulares chamaram Júpiter.

Chamar um fabro a Deus da forja ingente,
Dar ao guerreiro a fama de um deus Marte:
Ou talvez por sulfúreo fogo ardente,
   Tanto Jove se ouviu por toda a parte;
Hércules e Teseus, Jasões no Ponto[7]
Seriam cousas tais como as que eu conto.

XLIX

Quanto merece mais que em douta lira
   Se cante por herói quem, pio e justo,
   Onde a cega nação tanto delira,
   Reduz à humanidade um povo injusto?
Se por herói no mundo só se admira
     Quem tirano ganhava um nome Augusto,
     Quanto o será maior que o vil tirano
     Quem nas feras infunde um peito humano?

L

Tal pensamento então n'alma volvia
   O grão Caramuru, vendo prostrada
   A rude multidão, que Deus o cria
   E que espera desta arte achar domada:

---

   7. *Hércules* – Os heróis dos tempos fabulares foram sem dúvida semelhantes aos nossos primeiros descobridores, feitos célebres pela rudeza e ignorância dos seus tempos. Observamos este paralelo para preocupar a censura de quem acaso estimasse a matéria e objeto desta epopéia indigna de comparar-se à que escolheram os antigos poetas épicos.

Política infeliz da idolatria,
    Donde a antiga cegueira foi causada[8];
    Mas Diogo, que abomina o feio insulto,
    Quando aumenta o terror, recusa o culto.

LI

De Tupá sou (lhe disse) onipotente
    Humilde escravo e como vós me humilho;
    Mas do horrendo trovão, que arrojo ardente,
    Este raio vos mostra que eu sou filho.
(Disse e outra vez dispara em continente)
    Do meio do relâmpago, em que brilho,
    Abrasarei qualquer, que ainda se atreva
    A negar a obediência ao grão Gupeva.

LII

Deu logo a amiga mão com grato aspecto
    Ao mísero Gupeva, que, convulso
    No horror daquele ignívomo prospecto,
    Jazia sem sentido e já sem pulso:
Não temas (diz-lhe), amigo, que eu prometo
    Que de meu braço se não mova impulso,
    Senão contra quem for tão temerário
    Que sendo-te eu amigo, é teu contrário.

---

    8. *Causada* – É certo que a idolatria dos gregos teve grande ocasião nos inventores das artes; e vimos outro tanto nos americanos, dispostos a crer imortais os europeus.

LIII

Recobra o bom Gupeva um novo alento,
  Sentindo a grata mão que à vida o chama;
  Nem pode duvidar pelo exp'rimento
  De quanto Diogo com fineza o ama;
Mas, sempre com receio do instrumento,
  Teme que outra vez lance a horrível chama;
  E deixa-o no erro Diogo, a fim que incerto,
  Nenhum pelo pavor se chegue ao perto.

LIV

Mas, por deixar incerta a gente infida,
  Dá-lhe astuto o arcabuz que não tem carga:
  E quem (diz) é fiel, pode com vida
  Tê-lo na mão sem hórrida descarga;
Porém, se algum faltasse à fé devida,
  Sentirá da traição por pena amarga,
  Com próprio dano seu, com mortal risco,
  Relâmpago e trovão, fogo e corisco.

LV

Que eu acordado esteja, ou que adormeça,
  Vigia em guarda minha o fogo oculto,
  E a traição pagará com a cabeça
  Quem tentasse fazer-me um leve insulto.
Porém se eu mal não quero que aconteça,
  Pode um menino, como pode o adulto,

E o mais fraco que houver na vossa gente,
Ter o trovão nas mãos sem que arrebente.

LVI

Porém guardai-vos vós, que só no peito,
   Só n'alma que tenhais tenção malina,
   Vereis que trovão faz por meu respeito
   E que vem no estampido a vossa ruína.
Treme Gupeva, ouvindo este conceito,
   E humilde a fronte ao grão Diogo inclina,
   Certo de não faltar na fé que rende,
   Donde o raio e trovão crê que depende.

LVII

Convoca entanto o principal temido
   As esquadras da turba, então dispersa,
   E ao grão Caramuru pede rendido
   Que eleja casa no país diversa:
E que a gruta deixando, suba unido
   Onde em vasta cabana o povo versa;
   Nem duvide que a gente fera e brava
   O sirva humilde e se sujeite escrava.

LVIII

No recôncavo ameno um posto havia
   De troncos imortais cercado à roda,
   Trincheira natural com que impedia
   A quem quer penetrá-lo a entrada toda:

Um plano vasto no seu centro abria[9]
    Aonde, edificando à pátria moda,
    De troncos, varas, ramos, vimes, canas
    Formaram, como em quadro, oito cabanas.

LIX

Qualquer delas com mole volumosa
    Corre direta em linhas paralelas;
    E mais comprida aos lados que espaçosa,
    Não tem paredes ou colunas belas:
Um ângulo no cume a faz vistosa,
    E coberta de palmas amarelas,
    Sobre árvores se estriba, altas e boas,
    De seiscentas capaz, ou mil pessoas.

LX

Qual o velho Noé na imensa barca,
    Que a bárbara cabana em tudo imita,
    Ferozes animais próvido embarca,
    Onde a turba brutal tranqüila habita:
Tal o rude tapuia na grand'arca;
    Ali dorme, ali come, ali medita,
    Ali se faz humano e, de amor mole,
    Alimenta a mulher e afaga a prole.

---

    9. *Um plano* – Descrição das tabas, ou aldeias brasílicas.

LXI

Dentro da grã choupana a cada passo[10]
    Pende de lenho a lenho a rede extensa;
    Ali descanso toma o corpo lasso,
    Ali se esconde a marital licença:
Repousa a filha no materno abraço
    Em rede especial, que tem suspensa;
    Nenhum se vê (que é raro) em tal vivenda
    Que a mulher de outrem nem que à filha
                       [ofenda.

LXII

Ali chegando a esposa fecundada
    A termo já feliz, nunca se omite
    De pôr na rede o pai a prole amada,
    Onde o amigo e parente o felicite:
E como se a mulher sofrera nada,
    Tudo ao pai reclinado então se admite.
    Qual fora, tendo sido em modo sério
    Seu próprio e não das mães o puerpério.

LXIII

Quando na rede encosta o tenro infante,
    Pinta-o de negro todo e de vermelho;

---

10. *Dentro* – O padre Martinière, célebre crítico e testemunha ocular, atesta parte destes costumes; outros, Ozorio, Vasconcelos, Pita, que não citamos, por serem espécies vulgares.

Um pequeno arco põe, frecha volante,
   E um bom cutelo ao lado; e, em tom de velho,
Com discurso patético e zelante,
   Vai-lhe inspirando o paternal conselho;
   Seja forte, diz, (como se o ouvisse)
   Que se saiba vingar, que não fugisse.

LXIV

Dá-lhe depois o nome, que apropria
   Por semelhança que ao infante iguala,
   Ou com que o espera célebre algum dia,
   Senão é por defeito que o assinala:
A algum na fronte o nome se imprimia,
   Ou pintam no verniz, que tem por gala;
   E segundo a figura se lhe observa,
   Dão-lhe o nome de fera, fruto ou erva.

LXV

Trabalha entanto a mãe sem nova cura,
   Quando o parto conclui, e em tempo breve,
   Sem mais arte que a próvida natura,
   Sente-se lesta e sã, robusta e leve:
Feliz gente, se unisse com fé pura
   A sóbria educação, que simples teve!
   Que o que a nós nos faz fracos, sempre
                    [estimo,
   Que é, mais que pena ou dor, melindre
                    [e mimo.

LXVI

Vai com o adulto filho à caça ou pesca
    O solícito pai pelo alimento;
    O peixe à mulher traz e a carne fresca
    E à tenra prole a fruta por sustento:
A nova provisão sempre refresca
    E dá nesta fadiga um documento,
    Que quem nega o sustento a quem deu vida,
    Quis ser pai, por fazer-se um parricida.

LXVII

Que se acontece que a enfermar se venha,
    Concorre com piedade a turba amiga;
    E por dar-lhe um remédio, que convenha,
    Consultam-no entre si com gente antiga:
Buscam quem de erva saiba ou cura tenha,
    Que possa dar alívio ao que periga,
    Ou talvez sangram, numa febre ardente,
    Servindo de lanceta um fino dente.

LXVIII

Mas vendo-se o mortal já na agonia,
    Sem ter para o remédio outra esperança,
    Estima a bruta gente ação mui pia,
    Tirar-lhe a vida com a maça ou lança:
Se morre o tenro filho, a mãe seria
    Estimada cruel, quando a criança,
    Que pouco antes ao mundo dela veio,
    Não torna ao seu lugar no próprio seio.

LXIX

Tal era o povo rude, e tal usança
   Se lhe vê praticar no vício iluso:
   Tudo nota Diogo, na esperança
   De corrigir por fim tão cego abuso.
No lugar da cabana, em que descansa
   Menos da gente e multidão confuso,
   Põe-lhe a rede Gupeva que o convida
   De rica e mole pluma entretecida.

LXX

Mas eis que um grande número o rodeia
   De emplumados, feíssimos salvagens;
   Ouve-se a casa de clamores cheia,
   Costume antigo seu nas hospedagens.
Qualquer chegar-se a Diogo ainda receia,
   Por ter visto as horríficas passagens;
   Mas *mair ma apadu* de longe explicam[11],
   E *bem vindo o estrangeiro* significam.

LXXI

Por costumado obséquio os mais luzidos
   Tomam Diogo nos braços; e no peito
   A frente lhe apertavam, comedidos:
   Sinal entre eles do hospital respeito.

---

11. *Mas **mair*** – Nas hospedagens costumam assim os brasilianos; e do padre Martinière copiamos as palavras que então proferem e a sua interpretação.

Tiram-lhe em pressa as roupas e vestidos,
    E pondo-o sobre a rede, como um leito,
    Sem mais dizer-lhe nada e sem ouvi-lo,
    Tudo se afasta e deixam-no tranqüilo.

LXXII

Com maior cerimônia outra visita
    Festiva celebrava o seu cortejo;
    Femínea turba, que o costume incita
    A oferecer-se, honesta ao seu desejo;
Senta-se sobre os pés e felicita,
    Cobrindo o rosto a mão, como por pejo;
    Vestidas vêm de folhas tão brilhantes,
    Que o que falta ao valor, têm de galantes.

LXXIII

Parece ser da mesa o dispenseiro
    Um salvagem que o nome lhe pergunta:
    Se tem fome, lhe diz, ou se primeiro
    Quereria beber? e logo junta,
Sem mais resposta ouvir, sobre o terreiro
    A comida que trouxe em cópia munta:
    Põe-se-lhe uiçu de peixe e carne crua[12]
    E o mimoso cauim, que é paixão sua.

---

12. *Uiçu* – Farinha, a que reduzem a carne torrada, ou o peixe. *Cauim*, bebida semelhante à que já dissemos de Catimpoeira.

LXXIV

Todos com gula comem furiosa,
　Sem olhar, sem falar, nem distrair-se,
　Tanto se absorvem na paixão gulosa,
　Que mal pudera ao vê-los distinguir-se
Se são feras ou homens. Vergonhosa,
　Triste miséria humana! confundir-se
　Um peito racional c'um bruto feio
　No horrendo vício donde o mal nos veio.

LXXV

Acabada a comida, a turba bruta
　O *estrangeiro bem vindo* outra vez grita;
　E a tropa feminina, que isto escuta,
　Cobre as faces co'as mãos e o pranto imita:
Gupeva pois que o hóspede reputa
　Causa do seu prazer e autor da dita,
　O sacro fogo à roda lhe ateava,
　Cerimônia hospital, que o povo usava[13].

LXXVI

Bem presumia Diogo, no que explora,
　Que algum mistério se ocultava interno;
　Lembra-lhe a chama que o caldeu adora,
　O fogo das vestais recorda eterno;

---

13. *Cerimônia* – Tinham esta cerimônia como religiosa, persuadidos que faz fugir o demônio.

Nem duvidava que se origem fora
　Costume da nação, rito paterno,
　Trazido, se é possível que se creia,
　Na dispersão das gentes da Caldéia.

LXXVII

Perguntá-lo dos bárbaros quisera;
　Mas como o aceno e língua mais engana,
　Acaso soube que à Gupeva viera
　Certa dama gentil brasiliana:
Que em Taparica um dia compreendera
　Boa parte da língua lusitana,
　Que português escravo ali tratara[14],
　De quem a língua, pelo ouvir, tomara.

LXXVIII

Paraguaçu gentil (tal nome teve),
　Bem diversa de gente tão nojosa,
　De cor tão alva como a branca neve,
　E donde não é neve, era de rosa:
O nariz natural, boca mui breve,
　Olhos de bela luz, testa espaçosa;
　De algodão tudo o mais, com manto espesso,
　Quanto honesta encobriu, fez ver-lhe o preço.

---

　14. *Português escravo* – Ficção poética sobre o verossímil, não sendo difícil que alguns dos portugueses deixados por Cabral, ou por outros capitães, na costa para aprenderem a língua, comunicassem parte dela aos habitantes.

LXXIX

Um principal das terras do contorno
    A bela americana tem por filha;
    Nobre sem fasto, amável sem adorno,
    Sem gala encanta e sem concerto brilha:
Servia aos carijós que tinha em torno,
    Mais que de amor, de objeto a maravilha;
    De um desdém tão gentil, que a quem olhava,
    Se mirava imodesto, horror causava.

LXXX

Foi destinada de seus pais valentes,
    Esposa de Gupeva; mas a dama
    Fugia de seus olhos impacientes,
    Nem prenda lhe aceitou, porque o não ama:
Nada sabem de amor bárbaras gentes,
    Nem arde em peito rude a amante chama;
    Gupeva, que não sente o seu despeito,
    Tratava-a sem amor, mas com respeito.

LXXXI

Deseja vê-la o forte lusitano,
    Porque interprete a língua que entendia,
    E toma por mercê do céu sob'rano
    Ter como entenda o idioma da Bahia:
Mas quando esse prodígio avista, humano,
    Contempla no semblante a louçania,
    Pára um vendo o outro, mudo e quedo,
    Qual junto de um penedo outro penedo.

LXXXII

Só tu, tutelar anjo, que o acompanhas,
    Sabes quanto a virtude ali se arrisca
    E as fúrias da paixão, que acende, estranhas
    Essa de insano amor doce faísca:
Ânsias no coração sentiu tamanhas
    (Ânsias que nem na morte o tempo risca)
    Que houvera de perder-se naquel'hora,
    Se não fora cristão, se herói não fora.

LXXXIII

Mas desde o céu a santa inteligência
    Com doce inspiração mitiga a chama,
    Onde a amante paixão ceda à prudência
    E a razão pode mais que a ardente flama:
Em Deus, na natureza e na consciência
    Conhece que quer mal quem assim ama,
    E que fora sacrílego episódio
    Chamar à culpa amor, não chamar-lhe ódio.

LXXXIV

No raio deste heróico pensamento
    Entanto Diogo refletiu consigo,
    Ser para a língua um cômodo instrumento
    Do Céu mandado, na donzela amigo:
E por ser necessário ao santo intento,
    Estuda no remédio do perigo;
    Que pode ser? Sou fraco; ela é formosa...
    Eu livre... ela donzela... será esposa.

LXXXV

Bela (lhe disse então) gentil menina,
   (Tornando a si do pasmo, em que estivera)
   Sorte humana não é, mas é divina,
   Ver-me a mim, ver-te a ti na nova esfera:
Ela a frase, em que falo, aqui te ensina,
   Ela, se não me engana o que a alma espera,
   Um fogo em nós acende, que de resto
   Eterno haja de arder, se arder honesto.

LXXXVI

Desde hoje, se a meus olhos corresponde
   O meigo olhar das lúcidas pupilas,
   Se amor é... porque amor quem é que o
                            [esconde?
   Se por ele essas lágrimas destilas:
Com que chamas meu peito te responde,
   Com mão de esposa poderás senti-las;
   Disse; e estendendo a mão, ofereceu-lha.
   Ela que nada diz, sorriu-se e deu-lha.

LXXXVII

Põe-lhe de fuga os olhos, que abaixara;
   E ou de amante ou também de vergonhosa,
   Um tão belo rubor lhe tinge a cara,
   Como quando entre os lírios nasce a rosa:
Três vezes quis falar, três se calara;
   E ficou de soçobro tão formosa,

Quanto ele ficou cego; e em tal porfia,
Nem um, nem outro então de si sabia.

LXXXVIII

Mas refletindo logo o herói prudente,
    Fixou no coração, com fé segura,
    Não cumprir as promessas de presente,
    Antes que lhe entre n'alma a formosura:
Rende-lhe o seu amor, mas inocente;
    E faz-lhe prometer, que com fé pura,
    Enquanto se não lava e regenera,
    Em continência viverão sincera.

LXXXIX

E esta fé (diz-lhe), esposa em Deus querida,
    Guardar-te hoje prometo em laço eterno,
    Até banhar-se n'água prometida,
    Por cândida afeição de amor fraterno:
Amor que sobreviva à própria vida,
    Amor que preso em laço sempiterno,
    Arda depois da morte em maior chama,
    Que assim trata de amor quem por Deus ama.

XC

Esposo (a bela diz), teu nome ignoro;
    Mas não teu coração, que no meu peito
    Desde o momento em que te vi, que o adoro:
    Não sei se era amor já, se era respeito;

Mas sei do que então vi, do que hoje exploro,
   Que de dous corações um só foi feito.
   Quero o batismo teu, quero a tua igreja,
   Meu povo seja o teu, teu Deus meu seja.

XCI

Ter-me-ás, caro, ter-me-ás sempre a teu lado;
   Vigia tua, se te ocupa o sono;
   Armada sairei, vendo-te armado;
   Tão fiel nas prisões como num trono:
Outrem não temas, que me seja amado;
   Tu só serás, Senhor, tu só meu dono;
   Tanto lhe diz Diogo, e ambos juraram;
   E em fé de juramento, as mãos tocaram.

CANTO III

I

Já nos confins extremos do horizonte
    Dourava o Sol no ocaso rubicundo
    Com tíbio raio acima do alto monte,
    E as sombras caem sobre o vale fundo:
Ia morrendo á cor no prado e fonte;
    E a noite, que voava ao Novo Mundo,
    Nas asas traz com viração suave
    O descanso aos mortais no sono grave.

II

Só com Gupeva a dama e com Diogo,
    Gostosa aos dous de intérprete servia;
    E perguntado sobre o sacro fogo,
    A qual fim se inventara? a que servia?
Deu-lhe simples razão Gupeva logo:
    Supre de noite (disse) a luz do dia;

E como Tupá ao mundo a luz acende,
Tanto fazer-se aos hóspedes empreende.

III

Se pecado ao mau espírito solevas,
   Sucede que talvez, cruel, se enoje;
   E como é pai da noite e autor das trevas,
   Tanto aborrece a luz, que em vendo-a foge:
Porém se à luz eterna o peito elevas,
   Não há fúria do averno que se arroje;
   Talvez por lhe excitar tristes idéias,
   Das chamas que tiveram por cadeias.

IV

Admira o pio herói, que assim conheça
   A nação rude as legiões do averno[1];
   Nem já duvida que do céu lhe desça
   Clara luz de um princípio sempiterno.
Dize-me, hóspede amigo, se professa
   Este teu povo, diz, com culto externo
   Adorar algum Deus? qual é? onde ande?
   Se seja um Deus somente, ou que outros
                          [mande?

---

1. *Legiões do averno* – É constante o conhecimento que têm os bárbaros da América dos espíritos infernais. De quem o aprenderam? Quem lhes inspirou estes sentimentos? Respondam os materialistas e libertinos. Como era possível que concordassem com as outras gentes estas nações ferinas e sem algum comércio. Como era factível que conservassem, depois de tantos séculos, tão clara noção de espíritos separados?

V

Um Deus (diz), um Tupá, um ser possante[2]
    Quem poderá negar que reja o mundo,
    Ou vendo a nuvem fulminar tonante,
    Ou vendo enfurecer-se o mar profundo?
Quem enche o céu de tanta luz brilhante?
    Quem borda a terra de um matiz fecundo?
    E aquela sala azul, vasta, infinita,
    Se não está lá Tupá, quem é que a habita?

VI

A chuva, a neve, o vento, a tempestade
    Quem a rege? a quem segue? ou quem a
                                        [move?
    Quem nos derrama a bela claridade?
    Quem tantas trevas sobre o mundo chove?
E este espírito amante da verdade,
    Inimigo do mal, que o bem promove,
    Cousa tão grande, como fora obrada,
    Se não lhe dera o ser quem vence o nada?

VII

Quem seja este grande ente, e qual seu nome,
    (Feliz quem saber pode) eu cego o ignoro;

---

2. *Um Deus* – É injúria que se faz por alguns autores aos brasilienses, supondo-os sem conhecimento de Deus, lei e rei. Eles têm a voz *Tupá*, com especial significação de um ente supremo, como sabemos dos missionários e dos peritos dos seus idiomas.

E sem que a empresa de sabê-lo tome,
Sei que é quem tudo faz e humilde o adoro:
Nem duvido que os céus e terra dome,
    Quando nas nuvens com terror o exploro,
Deixando o mortal peito em vil desmaio,
Ameaçar no trovão, punir no raio.

VIII

Só pasmo, se nos fez, como não veio,
    Devendo amar o que obra de mão sua,
    Ao mundo de anhangás, cercado e cheio,
    A livrar o homem dessa besta crua!
Como é possível que não desse um meio,
    Com que a mente ignorante, enferma e nua
    Tratar com ele possa, quando é claro
    Que o pai não deixa o filho em desamparo?

IX

Sinto bem remorder dentro em meu peito
    Lembrança, que me acusa: por mim fica,
    Se mais bem do que faz, me não tem feito,
    Que é néscio quem o ingrato benefica.
Outro povo talvez mereça eleito
    A assistência dos céus, de graças rica;
    Nem contra Deus se justifica a queixa,
    Que costuma deixar quem o não deixa.

X

Mas se do trono celestial e eterno,
    Apesar da malícia, nos visita,
    Quem sabe se por zelo hoje paterno
    A nosso bem mandar-te aqui medita.
Pois creio bem que contra o fogo averno
    Trazes a chama que a do raio imita,
    Ou que vens como luz do etéreo assento,
    Por levar-nos contigo ao firmamento.

XI

Pasmava o lusitano da eloqüência
    Com tão alto pensar numa alma rude,
    Notando como a eterna sapiência
    A face a todos mostra da virtude.
E reputava por maior clemência,
    Que a quem, se a fé conhece, ingrato
                         [a ilude,
    Negasse Deus a luz, que os outros viam,
    Porque tendo-a maior, mais cegariam.

XII

Não deixa nunca os seus o céu piedoso
    (Diogo respondeu), que à terra indigna
    Manda o seu Unigênito glorioso
    Que of'reça, a quem o invoca, a mão
                         [benigna:

Mas se antevisse no homem pernicioso[3]
   Uma livre eleição sempre maligna,
   Por dar-lhe menos pena em menor falta
   Em sombra, como à voz, deixa tão alta.

XIII

Tendes entanto um claro sentimento,
   Que espírito imortal se nos concede...[4]
   Sim, diz Gupeva, que o decide atento
   Quem tudo quanto sente parte ou mede:
Mas mirando ao seu próprio pensamento,
   Vê que a medida sempre intacto excede;
   E sendo indivisível desta sorte,
   Como pode a razão sofrer a morte?

XIV

Quantas vezes em mim, se ser pudesse,
   Um pensamento d'alma eu dividira;

---

3. *Mas se antevisse* – Não admitimos em Deus ciência condicionada e exploratória; mas é certo que com determinado conhecimento conhece nos objetos as suas condições, e que na execução ao menos priva da sua graça alguns que antevê que abusaram livremente dela.

4. *Espírito imortal* – Os bárbaros americanos têm distinta idéia da imortalidade da alma, do paraíso, do inferno, da lei, etc. Veja-se o Martinière, Osório *de rebus Emmanuelis*, e outros. Grande argumento contra os libertinos e materialistas. Pois quem lhes transfundiu estes conhecimentos, senão a antiga tradição dos tempos diluvianos, e a harmonia que estas tradições têm com a natureza?

Que todo o mal enfim que o homem
[padece
Vem d'imagem cruel, que dentro gira.
Mas a interna impressão tanto mais cresce
Quanto o peito ansiado mais suspira;
E vejo que há em mim mesmo oculto
[e interno
Entre a mente e a verdade um laço eterno[5].

XV

Sendo a mente mortal, tornara ao nada,
Ao apagar-se a luz no extremo dia,
E antes de ser punida ou premiada,
Uma alma justa ou ré pereceria,
Sempre em desejos nunca saciada,
Mas sem castigo e sem fortuna pia,
Sem chegar ao seu fim perder a essência...
Como é crível que Deus tem providência?[6]

---

5. *Laço eterno* – A verdade e indelével impressão que dela sentimos no espírito é um grande argumento da imortalidade, a que recorreram maiormente Platão, Santo Agostinho, etc. Convence-se dos costumes e ritos dos brasilienses a antiga persuasão que têm da imortalidade da alma.

6. *Providência* – O argumento da pena e castigo que se deve aos injustos, e do prêmio que se concede aos bons é prova inegável da imortalidade da alma, suposta a Divina Providência, porque vemos morrer sem prêmio a piedade de muitos e sem castigo a injustiça.

XVI

Se o fim do inerte bruto se inquirisse,
    No contexto das obras respondera
    Que fora feito porque nos servisse
    E que eterno destino não tivera:
Onde era bem que a morte destruísse
    Quem para imortal fim nunca nascera;
    Porque lhe dera, a tê-lo, o céu divino
    Outro corpo, outra forma, outro destino[7].

XVII

Que o bruto elege, pensa, que discorre
    Do que o vemos obrar fica evidente;
    Mas cada espécie a um curto fim concorre,
    Sem órgãos e aptidão com que outro intente.
O homem tudo quer, por tudo corre,
    Tem órgãos para tudo e tudo sente;
    Infinito em pensar e no que vejo
    Maior que no pensar no seu desejo.

XVIII

Tudo domina só, tudo governa,
    Sem que a outro animal servir costume;

---

    7. *Destino* – É esta a invencível e universal prova de ser mortal a alma do bruto; porque por experiência, e pela sua organização, vemos que tem um fim limitado, temporal e ordenado a servir o homem na vida mortal. Tudo ao contrário o homem mesmo.

Toda outra espécie à sua é subalterna,
E se imortal nascera, fora um nume[8]:
Arbítrio universal, razão eterna,
 Capaz de receber o imenso lume,
 E fora mais, se a morte o dissipara,
 Que se céu, terra e inferno aniquilara.

XIX

Pasmado Diogo do que atento escuta,
 Não crê que a singular filosofia
 Possa ser da invenção da gente bruta,
 Mas a intérprete bela lhe advertia
Que a antiga tradição, nunca interrupta,
 Em cantigas que o povo repetia,
 Desde a idade infantil todos compreendem,
 E que dos pais e mães cantado o aprendem.

XX

Que eram pedaços das canções, que entoam[9]
 As que ouvia a Gupeva (e talvez tudo)
 Que em poético estilo doces soam
 Feitas por sábios de sublime estudo.

---

8. *E se imortal nascera* – A imortalidade por natureza e essência é privilégio da divindade. Adão nasceu imortal por graça.

9. *Canções* – Sei que Martinière afirma não ter ouvido nas canções brasilienses indícios de religião. Mas suponho bem que não veria todas; e creio que seja impossível terem eles conservado as tradições que o mesmo autor confessa, sem este, ou igual meio.

Que alguns entre eles com tal estro voam,
    Que envolvendo-se o harmônico no agudo,
    Parece que lhe inflama a fantasia
    Algum nume, se o há, da poesia.

XXI

Tendo Paraguaçu dito discreta,
    Prossegue então Gupeva os seus assuntos:
    Que se as almas morressem, que indiscreta
    A memória seria dos defuntos?
A que servira a lei que nos decreta[10]
    Que no sepulcro se lhe ponham juntos
    Comidas, arcos, frechas? quem resiste
    A quem depois da morte não subsiste?

XXII

O inimigo anhangá, logo que deixa
    A nossa alma esta carne, em fúria a invade,
    E do mal, que cá fez, cruel se queixa,
    Até que em sombras entre ou claridade:
O rito do sepulcro expresso deixa,
    Que enterrando-se em pé, na eternidade
    O fim buscamos, a que Deus nos cria
    E que antes de o alcançar se segue a via.

---

10. *Que nos decreta* – Todos estes ritos, que subsistem nos americanos, convencem que as almas sobrevivem aos corpos, e que são, portanto, imortais.

XXIII

Deste princípio nasce que com prantos
    Noite e dia se chora o seu decesso;
    Louvam-se nos congressos como santos,
    E põe-se no sepulcro um marco expresso:
Tantas memórias, pois, ofícios tantos,
    A que fim, se a alma acaba, eu não conheço;
    A expiação e obséquio era frustrado,
    Se ela não vive ou purga algum pecado.

XXIV

Costumes são da oculta antigüidade
    Que o grão Tamandaré desde alta origem[11]
    Às gentes ensinou, com que à piedade
    Todas no mundo as almas se dirigem:
E quando algum conteste esta verdade,
    Provam-na os anhangás que nos afligem,
    Pedindo aos nigromantes que a alma vendam
    No que uma alma imortal nos recomendam.

XXV

Que é desde nossos pais fama constante
    Que aonde o sol se põe nessas montanhas[12]

---

    11. *Tamandaré* – Noé, segundo as noções do dilúvio, que depois veremos.
    12. *Montanhas* – Crêem os brasilienses que no meio das montanhas que dividem o Brasil do Peru há vales pro-

Há um fundo lugar, de que é habitante
O pérfido anhangá com cruéis sanhas:
Ali de enxofre a escuridão fumante
Com portas encerrou Tupá tamanhas,
Que as não pode forçar nem todo o inferno:
A morte é a chave, e o cadeado é eterno.

XXVI

Dentro nada se vê na sombra escura;
Mas no vislumbre fúnebre e tremendo
Distingue-se com vista mal segura
Um antro vasto, tenebroso e horrendo:
Ordem nenhuma tem; tudo conjura
Ao sempiterno horror, que ali compreendo:
Mutuamente mordendo-se de envolta,
Um noutro agarra, se o primeiro o solta.

XXVII

Se viste onda sobre onda procelosa,
Quando bate escumando a areia funda,

---

fundíssimos, aonde são punidos os impios. Idéia expressa do inferno, em que concordam com todas as gentes, e dão claro sinal nesta persuasão de saberem-no por tradição original dos primeiros que povoaram a América. Não pode haver argumento mais convincente para encher de confusão os deístas, libertinos e materialistas. Uma tradição tão antiga, tão firme nestes bárbaros, é ela uma invenção porventura de alguns homens supersticiosos e impostores das nações d'Ásia, ou da nossa Europa?

Como esta aquela engole; e mais furiosa
Montanha d'água vem, que ambas afunda:
Tal na caverna lôbrega horrorosa
   Onda e onda de fogo os maus inunda:
   Este sobe; este desce; e um cataclismo
   Alaga as nuvens e descobre o abismo.

XXVIII

Aqui o fero anhangá caiu (se conta),
   Quando do grão Tupá rompia o jugo;
   E vem dos astros, que soberbo monta,
   A ser em pena vil do homem verdugo:
Ali com mão cruel, com fúria pronta
   Pune da nossa espécie o vil refugo;
   E em vez de mãos as miserandas gentes
   Enrosca em laços de cruéis serpentes.

XXIX

Ali, do grão Tupá por lei severa,
   No incêndio está, que o tempo não apaga,
   Quem torpe incesto faz, quem adultera,
   Quem é réu de lascívia infame e vaga:
Cada um, como a culpa cometera,
   Tanto e no próprio membro o crime paga:
   Fere-se a quem feriu; mas o homicida,
   Só porque morra mais, não perde a vida.

XXX

Sentada em meio da morada horrenda,
   Branca de cãs e imóvel na manobra,
   Imensa sombra faz que a cauda prenda
   Dentro na boca horrível uma cobra:
Com rouca voz e intimação tremenda
   Ao tempo preso na vipérea dobra
   Diz, retumbando em eco a cavidade:
   Oh vida! oh tempo! oh morte! oh eternidade!

XXXI

Além da grã montanha, em que se oculta[13]
   O cárcere das sombras horroroso,
   De mil delícias num terreno exulta
   Quem vive justo ou quem morreu piedoso:
Não se acha imagem nesta terra inculta
   Que seja sombra do país ditoso;
   O templo ali da paz foi levantado,
   Sempre aberto ao prazer e à dor fechado.

XXXII

Há do ameno jardim na vasta entrada
   Uma grã porta de safiras belas,
   Onde da etérea luz reverberada
   Se pinta em vasto fundo um mar de estrelas;

---

   13. *Além da grã montanha* – Os bárbaros crêem que haja lugar destinado para prêmio dos bons, e colocam-no além das montanhas do Peru.

Toda ela em torno, em torno decorada
  De floridas belíssimas capelas:
  Junto voragem há de um precipício,
  Que sorve a quem se encosta infecto em vício.

XXXIII

Vêem-se dentro campinas deleitosas,
  Geladas fontes, árvores copadas,
  Outeiros de cristal, campos de rosas,
  Mil frutíferas plantas delicadas:
Coberto o chão das frutas mais mimosas,
  Com mil formosas cores matizadas;
  E à maneira, entre as flores, de serpentes,
  Vão volteando as líqüidas correntes.

XXXIV

Latadas de martírios há sombrias,
  Que com a rama e flor formam passeios,
  Onde passam sem calma os claros dias
  Gozando sem temor de mil recreios:
Chuvas ali não há, nem brumas frias,
  Nem das procelas hórridas receios;
  Nem há na primavera e verdes maios
  Quem receie o trovão, nem tema os raios.

XXXV

Entre o sussurro ali das fontezinhas,
  Harmônica se escuta a voz sonora,

Com que mil inocentes avezinhas
Entoam a alvorada à fresca aurora:
Muitas com vôos vão ao céu vizinhas,
Outra segue o consorte, a quem namora,
E mil doces requebros gorjeando,
De raminho em raminho vai saltando.

XXXVI

Uma ave entre outras há que se discorre[14],
Ou fama certa seja ou voz fingida,
Que do jardim a nós, de nós lá corre,
Como fiel correio da outra vida:
Dizem que voa, quando algum já morre,
E exprime no seu canto enternecida
O que alma passa nas eternidades,
E que nos leva e traz doces saudades.

XXXVII

Neste ameno jardim vivem contentes
As almas que no mundo valerosas
A santa lei guardaram diligentes,
Obrando ações na vida gloriosas:
Os que foram na guerra mais valentes,
E a pátria com ações guardam honrosas;

---

14. *Uma ave* – Persuadem-se os brasilienses haver uma ave, que chamam colibri, a qual leva e traz notícia do outro mundo. Argumento inegável da sua crença sobre a imortalidade da alma.

E os que em bélico horror com peito forte
Temem mais uma afronta do que a morte.

XXXVIII

Aqui do grão Tupá no amado seio
   Conversam, dançam, jogam sem fastio;
   Uns dos males passados sem receio
   Contam da crua guerra o caso impio:
Outros da própria morte o golpe feio
   Recordam sem pavor, contam com brio,
   Que o recordar um mal que é já passado
   Dá depois mais prazer que então cuidado.

XXXIX

Ali dos pais as almas venturosas
   Unidas sempre estão ao filho amado;
   E o prêmio das fadigas laboriosas
   Gozam no seio um doutro sem cuidado:
A mãe abraça as filhas amorosas,
   Como o esposo a consorte em puro agrado;
   Sem guerra, sem contenda, sem porfia
   Passam tranqüila a noite e alegre o dia.

XL

Mas o que é mais suave, o que é mais doce,
   É gozar-se entre tanta amenidade
   De todo o bom desejo a inteira posse,
   Nem ter de cousa vã necessidade:

Oh quem de tanto bem possessor fosse!
   Grato país! amável liberdade!
   Onde por graça de Tupá infinita
   Ninguém padece, teme ou necessita.

XLI

Dizendo assim, Gupeva enterneceu-se,
   Sentindo a força que o mortal levanta
   À bem-aventurança. Comoveu-se
   Também Diogo, vendo que em luz tanta
Tão pouco de Deus sabe; a todos deu-se
   O eterno lume, cópia da lei santa;
   Mas bem que de esplendor inunde um pego,
   Quem é indigno de Deus fica mais cego.

XLII

Que valem (disse ao bárbaro ignorante)
   Jardins, flores, delícias e prazeres,
   Faltando o objeto enfim mais importante,
   Que é a face de Tupá? pois de a não veres,
Todo outro bem, que gozes por brilhante,
   Por belo, por maior que o conceberes,
   Para a nossa cobiça mal saciada
   É vil, é vão, é pouco, é fumo, é nada.

XLIII

Finge que possa o homem gozar junto
   Destes bens cá da terra um vasto rio,

Quanto Deus criar pode, tudo e munto;
Quem dele não gozar fica vazio:
Se o mundo a uma alma basta eu não pergunto;
Que ela goze infinitos sempre eu fio,
Que, qual hidropisia verdadeira,
Quantos mais possuir, tantos mais queira.

XLIV

Toda essa glória, que me tens pintado,
Sem mais que um bem do mundo
[circunscrito,
Não é, Gupeva meu, mais que um bocado
Para quem só se farta do infinito:
E quando tudo o mais se haja logrado,
Se é um bem transitório, se é finito,
Em breve hás de sentir, e sem remédio,
Do futuro ânsia e do passado tédio.

XLV

Deus, caro amigo meu, é Deus somente
Quem pode saciar nossa vontade;
Chegar à parte aonde o ver contente,
E vê-lo ali por toda a eternidade:
Todo o bem nele está sumo e eminente,
Honra, glória, grandeza, majestade,
Esta é, se discorreres em bom siso,
A idéia que hás de ter de um paraíso.

XLVI

Porém narra-me entanto o que se pensa
    Entre vós dos princípios deste mundo:
    Quando? como? por quem na idéia imensa
    Se tomou a medida ao céu profundo?
Qual foi o homem primeiro e de qual crença?
    Ou se notícias tens do Adão segundo?
    De qual origem sois ou de qual gente?
    Ou quem veio a povoar tal continente?

XLVII

Memória nunca ouvi (Gupeva disse)[15]
    Onde o homem nascesse; mas compreendo
    Que houve princípio enfim que o
                    [produzisse;
    Que sem fim e princípio eu nada entendo.
Como o criou não sei; e bem que o visse,
    Não pudera entendê-lo, conhecendo
    Que entre o nada e o ser há tal distância,
    Que a ti te creio igual nesta ignorância.

---

15. *Memória* – Não têm os indígenas do Brasil idéia da criação, mas só de Noé e do dilúvio, e mui confusa dos homens antediluvianos. Tudo argumento para convencer os incrédulos da história sagrada e do dilúvio universal nela referido. Veja-se Sebastião da Rocha Pita e Francisco de Brito Freire, na *História brasílica*.

XLVIII

O primeiro homem na geral lembrança,
   A tradição dos velhos mais antigos,
   Antes do grão dilúvio não alcança:
   Sabemos só que uns homens inimigos,
Do forte braço na falaz confiança,
   Encheram todo o mundo de perigos
   E deram causa que o dilúvio extenso
   Num pego sepultasse a terra imenso.

XLIX

Do renovado mundo o patriarca
   Desde o alto monte, onde escapou, descendo,
   Depois que a grã canoa e imensa barca,
   Em que ao alto subiu, foi fundo tendo,
Na prole imensa dominou monarca,
   E as várias tribos dividido havendo
   Por continentes e ilhas no mar fundo,
   De toda a gente é pai que habita o mundo.

L

Precise o justo velho o grão castigo,
   E os homens exortando à penitência,
   Nem à vista do próximo perigo
   Chamá-los pôde à justa obediência:
Cansado então Tupá da paz amigo
   Do cruel latrocínio e da violência,
   Quis por vingar-se o Padre onipotente
   Com águas apagar a chama ardente.

LI

Faz que se abram do céu, que águas encerra,
    A catadupas, como imensos rios,
    E que a face inundando-se da terra,
    Se afoguem bons e maus, justos e impios.
Os elementos em desfeita guerra
    Confundem-se em medonhos desafios;
    Cai um mar desde o céu, e na mesma hora
    Manda a terra do centro outro mar fora.

LII

Já rota a margem, que nas brancas praias
    Às ondas posto tinha o grão Sob'rano,
    Passam as águas das extremas raias
    Onde se ajunta com o monte o plano:
O peixe nadador nas altas faias
    No ninho está do alígero tucano;
    E em seios as baleias ver puderas,
    Covis dos tigres e antros de panteras.

LIII

Iam entanto os homens miserandos
    De um monte a outro por fugir das águas,
    E sem destino algum bandos e bandos
    Correndo gritam com piedosas mágoas:
E os céus deprecam, que os escutem brandos;
    Mas a ira de Tupá com justas fráguas
    Fulminando centelhas e coriscos,
    Faz maiores os danos do que os riscos.

LIV

Via-se em longa tábua mal segura
    Nadar sobr'água a mãe desventurada
    E tendo ao colo apensa a criatura,
    Ora é n'água abatida, ora elevada
Quem desde o alto das casas se pendura,
    Quem fabrica de lenhos a jangada,
    Qual da fome mortal horror concebe,
    E crê que é menos mal, se a morte bebe.

LV

Tamandaré, porém, de Tupá amigo,
    Enquanto a grã procela horrível soa,
    Salva o náufrago mundo pelo abrigo
    Que aos filhos procurou na grã canoa:
E a barca, por memória do castigo,
    Elevada deixou sobre a coroa
    Das altas serras, que na fama claras,
    Têm nome semelhante ao das Araras[16].

LVI

Daqui por várias terras espalhados
    Os homens foram que seus netos cremos;
    Uns que a fronte de nós deixou queimados,
    O claro sol que nasce em seus extremos[17]:

---

16. *Araras* – Entende o poeta os montes Ararat, onde ficou a arca.

17. *O claro sol* – Entende os africanos, que ficam ao oriente da América.

Outros, que habitam climas apartados,
    Dessa cor branca que em teu rosto vemos,
    Divididos do mar, por onde as proas
    Endireitam a nós vossas canoas.

LVII

Se sois de nós, se nós das vossas gentes,
    São cousas que nós todos ignoramos,
    Pois de paterno chão sempre contentes,
    Doutras terras e tempos não cuidamos:
Mas vós, que os mares passeais ingentes,
    Podereis inferir se os que aqui estamos,
    Depois que de um pai só todos nascemos,
    Com alguns entre vós nos parecemos.

LVIII

Que se em vós houve ou há quem assim trate[18],
    Quem se governe assim, quem edifique,
    Ou quem com armas, como nós combate,
    Quem todo à caça como nós se aplique:
Se há quem devore os homens quando os mate,
    A quem o feroz vulto imberbe fique,
    Desde Tamandaré, que é pai das gentes,
    Podemos crer que são nossos parentes.

---

18. *Que se em vós houve* – A maior parte destes sinais se acham nos tártaros da Coréia, e em outros salvagens fronteiros à Califórnia. Nem duvidamos que estes, gelando-se ali os mares, passassem ao continente da América pela parte mais setentrional.

LIX

Conserva-se num povo o antigo rito,
    Se o não altera o rito do estrangeiro,
    E sempre algum vestígio fique escrito
    Por tradição do século primeiro.
Vós sabereis, se a História tenha dito,
    Que houve tempo em que o mundo quase
                                 [inteiro,
    Sem sabermos uns doutros se habitasse,
    E como nós erramos, tudo errasse.

LX

Se os mares nunca dantes navegados
    Discorrestes por climas diferentes,
    Sabereis doutros homens separados,
    Descobertos talvez das vossas gentes:
Que por estreitos, pode ser, gelados,
    Transitaram nos nossos continentes;
    Vós direis se homens há na roxa aurora
    Nus e pintados, como nós agora?

LXI

E porque saibas mais nosso costume,
    Onde julgues melhor da antiga origem,
    Dir-te-ei como, seguindo o impresso lume,
    As prudentes nações cá se dirigem:
Nem do vício de muitas se presume
    Contra aquelas que sábias se corrigem;

Que também entre vós, creio, se escuta,
Quem tendo boas leis, tem má conduta.

LXII

De Tupá, que o trovão com fogo manda,
    Trememos, como vês, espavoridos;
    Mas quando vemos que a procela abranda,
    Ficam os homens de Tupá esquecidos:
E bem suspeito que nes'outra banda
    Suceda assim, se o horror vem dos sentidos;
    E que entre vós também gente se veja
    Que não temem Tupá se não troveja.

LXIII

Quem o blasfeme, afronte, ou quem o chame
    A ser-lhe testemunha quando mente,
    Nunca se ouve entre nós com fúria infame[19]
    E só de o imaginar se assombra a gente.
É raro quem o adore ou quem o ame;
    Mas mais raro será quem insolente
    Tenha do sumo ser tão cega incúria
    Que trate o nome seu com tanta injúria.

---

19. *Nunca se ouve* – O juramento, blasfêmia e imprecação são vícios ignorados entre os nossos salvagens, e raríssimos entre os tártaros.

LXIV

De externo culto a Deus há pouco indício;
   Se não é no que estimas bruto engano
   De fazermos cruento sacrifício,
   Não do sangue brutal, porém do humano[20].
Vejo à luz da razão que é feio vício
   Que ao instinto repugna por tirano;
   Mas matar quem nos mais o crime atiça
   Não é vítima digna da justiça?

LXV

A justiça do céu reconhecemos
   Contra quem delinqüente a profanasse;
   Pondo suplícios contra os maus extremos,
   E em justo sacrifício a pena dá-se.
O malfeitor, o réu, quando o prendemos,
   Com sacro rito a cerimônia faz-se:
   De quem no sangue impio a Deus vindica,
   Este o aplaca somente e sacrifica[21].

---

20. *Do humano* – Não há indício de sacrifício nos indígenas brasilienses; mas sendo as vítimas humanas praticadas no México, Peru e em outras nações da América, persuadimo-nos que a solenidade dos homicídios nos habitantes do sertão é um vestígio dos sacrifícios costumados entre os mais americanos.

21. *Sacrifício* – O sacrifício é com efeito uma destruição da vítima, e, como expiatório, satisfazia à justiça com o sangue.

LXVI

A forma do governo por abuso
  Anárquico entre nós sem lei se of'rece;
  Mas nos que fazem da razão bom uso
  Justa legislação reinar parece:
Nem nos tomes por povo tão confuso,
  Que um público poder não conhecesse;
  Há senado entre nós, sábio e prudente[22],
  A quem o nobre cede e a humilde gente.

LXVII

Vagamos sempre e nunca um firme acento
  Nos deixam ter da caça os exercícios;
  Buscamos nela os próprios alimentos,
  E habitamos onde a há ou dela indícios:
E estes são de ordinário os fundamentos
  De ocupar-nos em bélicos ofícios;
  Verás as gentes em contínuo choque
  Sobre a quem o terreno ou praia toque.

LXVIII

Em várias castas e nações diversas
  Dividido o sertão vagar costuma;

---

22. *Há senado* – Todos os que escrevem os costumes dos brasilianos confessam que presidem ao seu governo os anciãos e os príncipes das tabas, ou aldeias: e que outra cousa é o senado?

E bem que vagabundas e dispersas,
Confederam-se as tabas de cada uma[23]:
Em guerra e paz e em sedições perversas
　　Ao pátrio nome não se nega alguma;
　　E se o senado o quer, por justos modos
　　Põem-se todos em paz e armam-se todos.

LXIX

São nos senados membros e cabeças
　　Os velhos sábios, capitães valentes,
　　Os que têm socorrido em grandes pressas
　　Com conselhos à pátria mais prudentes:
Destes as ordens dimanando expressas,
　　Um só se não verá nas nossas gentes
　　Que rompa, não cedendo a potestade,
　　Este laço da humana sociedade.

LXX

Destes uns da suprema divindade
　　Ministros são, que nos festivos dias[24],
　　Fazendo-se qualquer solenidade,
　　O povo exortam com lembranças pias:

---

23. *Tabas* – Assim chamam os brasilienses às suas aldeias. Veja-se o *Dicionário da gramática e língua brasílica* na voz "Taba".

24. *Ministros são* – Espécie de sacerdócio nos brasilianos; e consta que os povos concorrem para o seu sustento com ofertas.

Honram cantando a eterna majestade,
   Com sons, que para nós são melodias;
   Cousas, que se anhangá corrompeu tanto,
   Vê-se que nascem de princípio santo.

LXXI

Estes chefes do culto venerando
   Mantêm-nos a oblação do povo crente;
   São mestres santos, e por nós orando,
   O lume da razão mostra evidente
Que em tão sublime ofício ministrando,
   Têm direito a que o público os sustente:
   Pois neles é mais justo que a lei valha
   De comer cada um donde trabalha.

LXXII

Punimos o homicídio; quem mutila,
   Quem bate ou fere não evita a pena:
   A sentença ele a dá. Deve subi-la[25],
   Qual foi a culpa, com justiça plena:
Quem matou morrer deve: assim se estila
   Por lei sagrada, que a eqüidade ordena:
   Quem cortou pé ou mão, braço ou cabeça,
   No pé, no braço e mão tanto padeça.

---

25. *A sentença ele a dá* – Os autores da história brasílica descobrem nos bárbaros do sertão a lei célebre de Talião. Da mesma sorte lhes atribuem leis para punir o adultério e o incesto em primeiro e segundo grau.

LXXIII

A fé do matrimônio bem declara[26]
    Que o vago amor a lei ofenderia,
    Se se pudera usar sem que um casara,
    Quem é que neste mundo casaria?
Deve morrer quem quer que adulterara;
    Sem isso quem seu pai conheceria?
    E o que extermina a pátria potestade
    Quem não vê que repugna a humanidade.

LXXIV

Quem pai ou mãe conhece com incesto,
    Ou quem corrompe a irmã, padece a morte:
    Nos ofícios dos pais é manifesto[27]
    Que confusão nascera desta sorte:
Ser a filha mulher não fora honesto,
    Dominando em seu pai como consorte:
    Se o irmão no matrimônio à irmã seguira,
    Sempre o gênero humano mal se unira.

---

26. *A fé do matrimônio* – Martinière afirma que os brasilienses celibes não guardam alguma honestidade. Será dissolução da gente bárbara; mas a constante tradição de conjugarem-se em matrimônio é argumento de que repugna aos seus costumes a Vênus vaga e sem freio.

27. *Nos ofícios dos pais* – É a razão suficiente por onde se faz ilícito o incesto. Repugna à pátria potestade servir à esposa e entregar-lhe o poder sobre o seu corpo, sendo ela sua filha, isto é, inteiramente sujeita ao seu domínio.

LXXV

Deve a humana geral sociedade,
   Para gozar da paz com doce laço,
   Vincular dos mortais a variedade[28]
   De um consórcio feliz no caro abraço:
Deu-nos o céu por órgão da amizade,
   Deu-nos como outra mão, como outro braço
   A consorte, em que o amor com fé excite,
   Não por pasto brutal de um apetite.

LXXVI

E houvera sem prisão, que é tão suave,
   Dominando entre os homens desde o averno
   A discórdia cruel e a inveja grave,
   A conter-se o himeneu no amor fraterno:
Nasce do amor a paz; o amor é a chave,
   É o doce grilhão, vínculo eterno,
   Que se o vil interesse algum desune,
   Os peitos abre e os corações nos une.

LXXVII

Movidos deste fim por são costume,
   Julgaram nossos pais na antiga idade

---

28. *Dos mortais a variedade* – Razão suficiente, por onde repugna aos direitos da sociedade o incesto em segundo grau. Impediria o comércio e confederação do gênero humano o restringirem-se os matrimônios aos irmãos; e naturalmente se restringiriam pela ocasião, se fossem lícitos.

Que se ofende no incesto o impresso lume,
Como contrário à paz da sociedade:
E se do céu preside o santo Nume
    Ao sossego da triste humanidade,
    Quem duvida que estime pouco honesto
Conhecer-se os irmãos com feio incesto?

LXXVIII

Entre nós, quem elege a esposa amada
    Pede ao pai ou parente; e sem pedi-la,
    Não se julgara a fêmea desposada,
    Por deixar a família assim tranqüila;
Que se órfã fosse acaso abandonada,
    Só pertence ao vizinho o permiti-la;
    E convindo ou seu pai ou seu parente,
    É sem mais matrimônio de presente.

LXXIX

Furto entre nós não há: de que há de havê-lo?
    O que há, come-se logo; e sem que o enfade,
    Um tira doutro o que acha, por comê-lo;
    E anda ao pé da pobreza a caridade.
A calúnia, a traição, o amargo zelo
    Têm por pena a comua inimizade:
    Nem há, se o entendo bem, maior castigo
    Que o mundo todo ter por inimigo.

LXXX

Outra lei depois desta é fama antiga,
    Que observada já foi das nossas gentes;
    Mas ignoramos hoje a que ela obriga,
    Porque os nossos maiores, pouco crentes,
Achando-a de seus vícios inimiga,
    Recusaram guardá-la, mal contentes:
    Mas da memória o tempo não acaba,
    Que pregará Sumé, santo imboaba[29].

LXXXI

Homem foi de semblante reverendo,
    Branco de cor e, como tu, barbado,
    Que desde donde o Sol nos vem nascendo,
    De um filho de Tupá vinha mandado:
A pé sem se afundar (caso estupendo!)
    Por esse vasto mar tinha chegado;
    E na santa doutrina que ensinava,
    Ao caminho dos céus todos chamava.

LXXXII

Com grande mágoa ignora-se o que disse;
    Mas não se ignora que da santa boca

---

29. *Sumé* – O padre Nóbrega, primeiro e insigne missionário do Brasil, refere quanto aqui dizemos do apóstolo S. Thomé. Veja-se o padre Antônio Franco na *Imagem da virtude*, escrevendo a vida do mesmo Nóbrega.

Um conselho utilíssimo se ouvisse
De plantar e moer a mandioca;
Que havia de tornar, também predisse,
    Desde o Céu, a que amigo nos convoca,
    E na terra ou no Céu, que ele estivera,
    Eu o iria encontrar, se ele não viera.

LXXXIII

Contam que quando aos nossos cá pregava,
    Poder mostrara tal nos elementos,
    Que às ondas punha lei, se o mar se irava,
    E de um aceno só domava os ventos:
Os matos se lhe abriam, quando entrava,
    E os tigres feros a seus pés atentos,
    Pareciam ouvir, como a outra gente,
    Festejando-o co'a cauda brandamente.

LXXXIV

As águas donde quer, em rio ou lago,
    Se as chegava a tocar com pé ligeiro,
    Não pareciam de elemento vago,
    Mas pedra dura ou sólido terreiro:
Só com chamar seu nome, cessa o estrago,
    Se o furacão com hórrido chuveiro,
    Quando na nuvem negra se levanta,
    Ou derriba a cabana, ou quebra a planta.

LXXXV

Porém, negando às pregações o ouvido,
    Vinha o caboclo do sertão mais bruto
    Contra o justo Sumé, de Deus querido,
    A matá-lo e comê-lo, resoluto:
Pudera ele fazer, sendo ofendido,
    Que eles colhessem da cegueira o fruto;
    Mas pede só prostrado a Deus que o croe
    E que a ignorância aos míseros perdoe.

LXXXVI

Os feros, pois, na fúria contumazes
    Tomam as frechas e, brandindo, atiram;
    (Mas quanto pelos teus, Tupá, não fazes!)
    Contra quem atirou pelo ar se viram:
E nem assim se mostram mais capazes
    Dos anúncios de paz que em tanto ouviram,
    Deixa-os Sumé, e um rio aborda cheio,
    E, só com pôr-lhe um pé, partiu-o ao meio.

LXXXVII

Contam (e a vista faz que a gente o creia)
    Que onde as correntes d'água arrebatadas,
    Se vão bordando com a branca areia,
    Ficaram de seus pés quatro pegadas;
Vêem-se claras, patentes, sem que a veia
    As tenha d'água no seu ser mudadas:
    E enxerga-se mui bem sobre os penedos
    Toda a forma do pé, com planta e dedos.

LXXXVIII

Assim Gupeva concluiu dizendo,
   Nem mais tempo ao discurso haver podia,
   Por aviso, que os campos vem batendo
   Turba inimiga, em vasta companhia:
Às armas, grita, às armas, e o eco horrendo,
   Retumbando nas árvores sombrias
   Fez que as mães, escutando os murmurinhos,
   Apertassem no peito os seus filhinhos.

LXXXIX

Não te espantes, diz Diogo, não alteres
   A paz dentro as cabanas belicosas;
   Enquanto novas certas não souberes,
   Basta pôr guardas nos confins, forçosas:
De noite não te empenhes; se temeres
   Que te invadam com tropas numerosas,
   Põe-te na defensiva; e bem que freme,
   Quem te busca de noite é quem te teme.

XC

Quanto mais que o trovão nas mãos preparo
   Contra teus inimigos neste afogo;
   Nem duvides que logo que o disparo,
   Tudo em chamas não vá, tudo arda em fogo:
Disse, e ao favor saiu de um lugar claro,
   Disparando o mosquete em márcio jogo;
   E enquanto atira, todo o bosque atroa
   Pelo horror da buzina com que soa.

XCI

Qual dos monos talvez tropa nojosa,
    Saiu do int'rior mato em negro bando;
    E se a frecha um derriba, vai, medrosa,
    Em fuga pelas árvores saltando:
Tal ouvindo a buzina pavorosa
    E o arcabuz com trovão relampagueando,
    Correm, caem, despenham-se na estima
    De que o céu todo lhe caía em cima.

CANTO IV

I

Era o invasor noturno um chefe errante,
    Terror do sertão vasto e da marinha,
    Príncipe dos caetés, nação possante,
    Que do grão Jararaca o nome tinha:
Este de P'raguaçu perdido amante,
    Com ciúmes da donzela ardendo vinha;
    Ímpeto que à razão, batendo as asas,
    Apaga o claro lume e acende as brasas.

II

Dormindo está Paraguaçu formosa,
    Onde um claro ribeiro à sombra corre;
    Lânguida está, como ela, a branca rosa,
    E nas plantas com calma o vigor morre:
Mas buscando a frescura deleitosa
    De um grão maracujá, que ali discorre,

Recostava-se a bela sobre um posto,
Que encobrindo-lhe o mais, descobre o rosto.

III

Respira tão tranqüila, tão serena,
    E em languor tão suave adormecida,
    Como quem, livre de temor ou pena,
    Repousa, dando pausa à doce vida:
Ali passar a ardente sesta ordena
    O bravo Jararaca, a quem convida
    A frescura do sítio e sombra amada,
    E dentro d'água a imagem da latada.

IV

No diáfano reflexo da onda pura
    Avistou dentro d'água buliçosa,
    Tremulando a belíssima figura,
    Pasma, nem crê que imagem tão formosa
Seja cópia de humana criatura;
    E remirando a face prodigiosa,
    Olha de um lado e doutro, e busca atento
    Quem seja original deste portento.

V

Enquanto tudo explora com cuidado,
    Vai dar co'os olhos na gentil donzela;
    Fica sem uso d'alma, arrebatado,
    Que toda quanto tem se ocupa em vê-la:

Ambos fora de si, desacordado
　　Ele mais, de observar cousa tão bela;
　　Ela absorta no sono em que pregara,
　　Ele encantado a contemplar-lhe a cara.

VI

Quisera bem falar, mas não acerta,
　　Por mais que dentro em si fazia estudo;
　　Ela de um seu suspiro olhou, desperta;
　　Ele, daquele olhar ficou mais mudo:
Levanta-se a donzela mal coberta,
　　Tomando a rama por modesto escudo;
　　Põe-lhe os olhos então, porém tão fera,
　　Como nunca a beleza ser pudera.

VII

Voa, não corre pelo denso mato
　　A buscar na cabana o seu retiro;
　　E, indo ele a suspirar, vê que num ato,
　　Em meio ela fugiu do seu suspiro:
Nem torna o triste a si por longo trato,
　　Até que, dando à mágoa algum respiro,
　　Por saber donde habite ou quem seja ela,
　　Seguiu, voando, os passos da donzela.

VIII

De Taparica um príncipe possante,
　　Que domina e dá nome à fértil ilha,

Veio em breve a saber o cego amante
   Ter nascido a formosa maravilha:
Pediu-lha Jararaca, vendo diante,
   Ao lado de seus pais, a bela filha;
   Convêm todos; mas ela não consente,
   Porque a mais aguardava o céu potente.

IX

Ardendo, parte o bravo Jararaca
   De ânsia, de dor, de raiva, de despeito;
   E quanto encontra, embravecido ataca
   Com sombras na razão, fúrias no peito:
E, vendo a chama, o pai, que não se aplaca,
   Por dar-lhe esposo de maior conceito,
   Por consorte Gupeva lhe destina,
   Com quem no sangue e estado mais confina.

X

Logo que por cem bocas vaga a fama
   Do esposo eleito a condição divulga,
   Irado o caeté, raivando brama;
   Arma todo o sertão, guerra promulga,
Tudo acendendo em belicosa chama,
   Investir por surpresa astuto julga,
   Com que a causa da guerra se conclua,
   Ficando P'raguaçu ou morta, ou sua.

XI

Mas sendo de improviso em terror posto,
    E ouvindo do arcabuz a fama e efeito,
    Não permite que o susto assome ao rosto,
    Mas reprime o temor dentro em seu peito:
Convoca um campo das nações composto,
    Com quem tinha aliança em guerra feito;
    E excitando na plebe a voraz sanha,
    Cobre de legiões toda a campanha.

XII

Em seis brigadas da vanguarda armados,
    Trinta mil caetés vinham raivosos[1],
    Com mil talhos horrendos deformados,
    No nariz, face e boca monstruosos.
Cuidava a bruta gente que espantados
    Todos de vê-los, fugirão medrosos;
    Feios como demônios nos acenos,
    Que certo se o não são, são pouco menos.

XIII

Da gente fera e do brutal comando
    Capitão Jararaca eleito veio,
    Porque na catadura e gesto infando
    Entre outros mil horrendos é o mais feio:

---

    1. *Caeté* – Gentio ferocíssimo, que infestava o sertão da Bahia.

Que uma horrível figura pelejando,
   É nos seus bravos militar asseio;
   E traz entre eles gala de valente
   Quem só co'a cara faz fugir a gente.

XIV

Dez mil a negra cor trazem no aspecto,
   Tinta de escura noite a fronte impura;
   Negreja-lhe na testa um cinto preto,
   Negras as armas são, negra a figura.
São os feros margates, em que Alecto
   O averno pinta sobre a sombra escura;
   Por timbre nacional cada pessoa
   Rapa no meio do cabelo a coroa.

XV

Cupaíba, que empunha a feral maça,
   Guia o bruto esquadrão da crua gente;
   Cupaíba, que os míseros que abraça,
   Devora vivos na batalha ardente:
À roda do pescoço um fio enlaça,
   Onde, de quantos come, enfia um dente,
   Cordão que em tantas voltas traz cingido,
   Que é já mais que cordão longo vestido.

XVI

Urubu, monstro horrendo e cabeludo,
    Vinte mil ovecates fero doma[2];
    Por toda a parte lhe encobria tudo
    Com terrível figura a hirsuta coma:
Monstro disforme, horrendo, alto e membrudo,
    Que a imagem do leão rugindo toma,
    Tão feio, tão horrível por extremo,
    Que é formoso a par dele um Polifemo.

XVII

Fogem todo o comércio da mais gente;
    Ou se se vissem a tratar forçados,
    Que lhe possam chegar nenhum consente,
    Senão trinta ou mais passos apartados:
Se algum se chega mais, por imprudente,
    Como leões ou tigres esfaimados,
    Mordendo investem os que incautos foram,
    E a carne crua, crua lhes devoram.

XVIII

Sambambaia outra turba conduzia,
    Que as aves no frechar tão certo vexa,
    Que nem voando pela etérea via
    Lhe erravam tiro da volante frecha:

---

    2. *Ovecates* – Nação feríssima.

Era de pluma o manto que o cobria;
   De pluma um cinto, que ao redor se fecha;
   E até grudando as plumas pela cara,
   Nova espécie de monstro excogitara.

XIX

Seguem-no dez mil maques, gente dura,
   Que, em cultivar mandioca exercitada,
   Não menos útil é na agricultura
   Que valente em batalhas com a espada:
Tomaram estes, como própria cura,
   De víveres prover a gente armada;
   Quais torravam o aipi; quem mandiocas[3],
   Outros na cinza as cândidas pipocas.

XX

O bom Sergipe aos mais confederado
   Consigo conduzia os petiguares,
   Que havendo pouco dantes triunfado,
   Têm do dente inimigo amplos colares:
Seguem seu nome em guerras decantado
   De gentes valerosas dez milhares,
   Que do ferro madeiro usando o estoque,
   Disparavam com balas o bodoque.

---

   3. *Aipi* – Raiz de que se faz uma espécie de farinha. *Mandioca*, outra semelhante. *Pipocas* chamam o milho, que lançado na cinza quente, rebenta como em flores brancas.

XXI

Nem tu faltaste ali, grão Pessicava,
    Guiando o carijó das áureas terras;
    Tu que as folhetas do ouro que te ornava,
    Nas margens do teu rio desenterras;
Torrão que do seu ouro se nomeava,
    Por criar do mais fino ao pé das serras;
    Mas que feito, enfim, baixo e mal prezado,
    O nome teve de ouro inficionado[4].

XXII

Muitos destes é fama que traziam
    Deste alto cerro, que habitavam dantes,
    Com pedras, que nos beiços embutiam,
    Formosos e belíssimos diamantes:
Outros áureos topázios lhe ingeriam,
    Alguns safiras e rubis flamantes,
    Pedras, que eles desprezam, nós amamos:
    Nem direi quais de nós nos enganamos.

XXIII

O feroz Sabará move animoso
    Dos de agirapiranga seis mil arcos;

---

    4. *Inficionado* – Povo importante das Minas do Mato Dentro, chamado assim porque o ouro, que tinha mui subido, perdeu os quilates mais altos, e ficou chamando-se ouro inficionado. Assim o soube o poeta dos antigos daquela paróquia, de que ele é natural.

Homens de peito em armas valeroso,
Que de sangue em batalhas nada parcos,
Deixaram seu terreno deleitoso
   Por matos densos, pantanosos charcos,
E ouvindo dos canhões o horrendo estouro,
Passaram desde o mar às minas do ouro.

XXIV

Seguia-se nas forças tão robusto,
   Quanto no aspecto feio, e em traje horrendo,
Um, que com fogo sobre o torpe busto,
Dous tigres esculpira combatendo.
Este é o bravo Tatu, que enche de susto
   Tudo c'o grão tacape acometendo[5]:
E que mil cutiladas dando espessas,
Derriba troncos, braços e cabeças.

XXV

Debaixo do seu mando, em dez fileiras,
   Doze mil itatis formados iam;
Surdos, porque, habitando as cachoeiras,
   Com o grão rumor d'água ensurdeciam:
Pendem os seus marraques por bandeiras[6]
   De longas hastes, que pelo ar batiam,

---

5. *Tacape* – Espada de pau ferro, ou semelhante, de que usam os bárbaros.
6. *Marraque* – É uma haste, de que pende um cabaço, ou coco, cheio de pedras miúdas que, sacudindo-o, fazem rumor. É insígnia sacerdotal e militar entre estes bárbaros.

Suprindo nos incônditos rumores
O ruído dos bélicos tambores.

XXVI

Em guerreiras colunas, feroz gente,
    Que no horror da figura assombra tudo,
    Trazem por armas uma maça ingente,
    Tendo de duro lenho um forte escudo;
Frechas e arco no braço armipotente,
    Nas mãos um dardo de pau-santo agudo,
    Sobre os ombros a rede, à cinta as cuias,
    Tal era a imagem dos cruéis tapuias.

XXVII

Quarenta mil de cor todos vermelha
    Conduz ao campo o forte Sapucaia:
    Dez mil que têm furada a longa orelha,
    São amazonas de femínea laia:
É o amor conjugal que lhe aconselha
    A descer dos sertões à vasta praia,
    Por achar-se nos lances mais temidos
    Ao lado sem temor dos seus maridos.

XXVIII

Brava matrona de coragem cheia,
    A quem o márcio jogo não perturba,
    Na forma bela, mas por arte feia,
    Vai comandando na femínea turba:

Deram-lhe o nome os seus da grã Baleia,
   Nome que ouvido os bárbaros disturba,
   De namorados uns que a têm por bela.
   Mas outros com mais causa por temê-la.

XXIX

Ouve-se rouco som, que o ouvido atroa,
   Retumbando com eco a voz horrenda
   De um grosseiro instrumento, que a arma soa,
   Com que se inflama entre eles a contenda:
E quando o horrível som mais desentoa,
   Faz que no peito mais furor se acenda;
   De retorcidos paus são as cornetas,
   De ossos humanos frautas e trombetas.

XXX

Com batalhões a espaços separados
   Triplicado cordão se vê composto,
   E em silêncio admirável ordenados,
   Ao redor vão do outeiro em meio posto;
Costuma um orador falar-lhe a brados,
   E ardendo-lhe mil fúrias sobre o rosto,
   O ar co'a espada furibundo corta,
   E a combater valente a turba exorta.

XXXI

Jararaca, no mando então primeiro,
   Ao sacro e civil rito presidia,

E no mais alto do sublime outeiro
Entre um senado ancião se distinguia;
Aos outros na estatura sobranceiro
Às costas de um tapuia, que o trazia,
De um lado a outro majestoso corre,
E com geral silêncio assim discorre.

XXXII

Paiaiás generosos, hoje é o dia
Que aos vindouros devemos mais honrado,
Em que mostreis que a vossa valentia
Não receia o trovão, subjuga o fado:
Sabeis que de Gupeva a cobardia
Por filho do trovão tem aclamado
Um imboaba, que do mar viera[7],
Por um pouco de fogo que acendera.

XXXIII

Prostrado o vil aos pés desse estrangeiro,
Rende as armas com fuga vergonhosa,
E corre voz que o adora, lisonjeiro,
E até lhe cede com o cetro a esposa:
E que pode nascer do erro grosseiro,
Senão que em companhia numerosa
As nossas gentes o estrangeiro aterre,
E que a uns nos devore, outros desterre?

---

7. *Imboaba* – Nome que dão aqueles bárbaros aos nossos europeus.

XXXIV

Se o sacro ardor que ferve no meu peito,
    Não me deixa enganar, vereis que um dia
    (Vivendo esse impostor) por seu respeito
    Se encherá de imboabas a Bahia:
Pagarão os tupis o insano feito;
    E vereis entre a bélica porfia
    Tomar-lhe esses estranhos já vizinhos,
    Escravas as mulheres co'os filhinhos.

XXXV

Vereis as nossas gentes desterradas
    Entre os tigres viver no sertão fundo,
    Cativa a plebe, as tabas arrombadas,
    Levando para além do mar profundo
Nossos filhos e filhas desgraçadas;
    Ou, quando as deixam cá no nosso mundo,
    Poderemos sofrer, paiaiás bravos,
    Ver filhos, mães e pais feitos escravos?

XXXVI

Mas teme o seu trovão: e tanto oprime
    O medo àquele vil, que não pondera
    Que por esse trovão, que não reprime,
    Há de ver cheia de trovões a esfera?
Que grande mal será , se o raio imprime?
    Se o mundo por um raio se perdera,
    Susto pudera ter, cobrar espanto:
    Porém morre de medo, que é outro tanto.

XXXVII

Eu só, eu próprio, no geral desmaio,
    Ao relâmpago irei sem mais socorro;
    E quando ele dispare o falso raio,
    Ou descubro a impostura, ou, forte, morro:
Será de nigromancia um torpe ensaio,
    Com que o astuto pretende, ao que discorro,
    Fazer que a nossa tropa desfaleça,
    Antes que a causa do terror conheça.

XXXVIII

Que se for (que o não creio) o estrondo infando
    Do sublime Tupá triste ameaça,
    Fará como costuma, trovejando,
    Que, matando um ou outro, a mais não passa:
Se eu vir que o raio horrível vai vibrando,
    A um homem como eu, nada embaraça:
    Se for mortal quem causa tanto abalo,
    Por meio ao próprio raio irei matá-lo.

XXXIX

Su, valentes; su, bravos companheiros!
    Tomai coragem! que será no extremo?
    Embora seja um raio verdadeiro,
    Se não é Deus que o lança, eu não temo.
Seja quem quer que for o autor primeiro,
    Como não seja o Criador Supremo,
    Não há forças criadas que nos domem:
    Que sobre tudo o mais domina o homem.

XL

Disse o grão chefe assim, e entre os furores,
 Com a mão que já tinha levantada,
 Bate na espádua aos príncipes maiores,
 E dá-lhes, *Orsú* dizendo, uma palmada[8]:
Uns nos outros as deram não menores,
 Que assim se incita a multidão armada:
 Vinguemo-nos, (gritando) companheiros,
 Bem que foram seus raios verdadeiros.

XLI

Jararaca depois (que é sacro rito)
 Lança furioso as mãos a quanto abrange,
 E abrindo a enorme boca em fero grito,
 E escuma e freme e ruge e os dentes range;
Como do mal hercúleo o enfermo aflito
 A convulsão a retrocer constrange:
 Depois, falando aos príncipes, bafeja,
 E o espírito de força lhes deseja.

XLII

Cerimônia esta foi do pátrio uso,
 Vestígio nacional da antiga idade,
 Que acaso corrompeu mágico abuso,
 Tendo talvez princípio na piedade:

---

8. *Palmada* – Rito militar, com que se exortam à guerra.

Retumba do marraque o som confuso,
    E, pondo em alto o seu, com gravidade,
    À insígnia, no chão tudo se inclina,
    Como a sinal de cousa mais divina[9].

XLIII

Corresponde o belígero instrumento
    Da feral frauta ao bárbaro marraque;
    E promulgando a marcha àquele acento,
    Tudo em ordem se pôs ao fero ataque:
Marcham contra Gupeva, com intento
    De meter nas cabanas tudo a saque;
    E porque tudo assombrem com terrores,
    Rompem o ar com bélicos clamores.

XLIV

Entanto no arraial do bom Gupeva,
    Sendo a invasão noturna rechaçada,
    Convocam-se reclutas, fazem leva
    De tropa nacional e da aliada.
Enquanto Diogo, a quem a ação releva,
    Toma na gruta a pólvora guardada,
    E em vários fogos, que arrojou volantes,
    Imita o raio em bombas fulminantes.

---

9. *Divina* – Usam nas suas solenidades os bárbaros de um marraque, ou haste (já em outra parte descrita) que pelas circunstâncias parece insígnia religiosa.

XLV

Era a Bahia então, donde imperava
  O bom Gupeva, povoada em roda
  Pelos tupinambás, de quem contava
  Trinta mil arcos, brava gente toda:
Taparica seis mil valente armava;
  E por cumprir-se a prometida boda,
  Mil amazonas mais à guerra manda:
  Paraguaçu gentil todas comanda.

XLVI

Paraguaçu, que de Diogo esposa
  (Porque mais Jararaca se confunda)
  Ia a seu lado a combater briosa,
  Nem teme a multidão que o campo inunda:
Usa com ela a tropa belicosa
  Da vulgar seta, do botoque e funda;
  Leva a amazona um rígido colete,
  E co'a espada de ferro o capacete.

XLVII

Com estas forças só (que mais recusa)
  Sai Diogo à campanha guarnecido,
  Nem sofre a forma do marchar confusa,
  Mas tudo tem com ordem repartido:
Outro corpo maior de que não usa
  Deixa em guarda das tabas prevenido;

Tupinaquis, viatanos, poquiguaras[10],
Tumimvis, tamviás, canucajaras.

XLVIII

Não mais de duas léguas adiantado,
   O arraial se alojava de Diogo,
   Quando o ardente planeta vai queimando
   A tórrida região com vivo fogo;
E enquanto expira no ar zéfiro brando,
   Buscando numa sombra o desafogo,
   Medita a grande ação, mede o perigo,
   Nem despreza por bárbaro o inimigo.

XLIX

Vê bem que espanto causa a invenção nova,
   Mais que o tempo consome a novidade.
   Tem sim um peito d'aço feito à prova,
   Mas, vendo do inimigo a imensidade,
Por mais que balas o mosquete chova,
   Reconhece em vencer dificuldade,
   Tendo notado já na bruta gente
   Que era tão contumaz, como valente.

L

Pensava assim com reflexão madura,
   Quando à roda do outeiro divisava

---

10. *Tupinaquis*, etc. – Nomes das nações do sertão.

Densa nuvem de pó, que em sombra escura
A multidão confusa levantava:
Não cessa um ponto mais: tudo assegura,
E sem temer a turba que observava,
Marcha a ganhar o alto; e posto à fronte,
Deu à tropa em cordão por centro o monte.

LI

Já se avistava o bárbaro tumulto
Das inimigas tropas em redondo;
E antes que empreendam o primeiro insulto,
Levanta-se o infernal medonho estrondo:
Os marraques, uapis e o brado inculto[11],
Todos um só rumor, juntos compondo,
Fazem tamanha bulha na esplanada,
Como faz da tormenta uma trovoada.

LII

Tu, rápido Pagé, foste o primeiro
De quem o negro sangue o campo inunda;
Que com seres no salto o mais ligeiro,
Mais ligeira te colhe a cruel funda:
Paraguaçu lh'atira desde o outeiro;
Chovem as pedras, de que o monte abunda;
E do lado, e de cima do cabeço,
Tudo abatem com tiros de arremesso.

---

11. *Uapis* – Instrumento que tocam nas batalhas.

LIII

Não ficou no combate entanto ociosa
    A frecha do inimigo, que o ar encobre;
    Começa Jararaca a ação furiosa,
    Dando estímulo ousado ao valor nobre:
E a turba de Diogo receosa
    Foge do grão tacape, onde o descobre:
    Que tanto estrago faz, que qualquer fera
    Maior entre cordeiros não fizera.

LIV

Mas quando tudo com terror fugia,
    O bravo Jacaré se lhe põe diante:
    Jacaré, que se os tigres combatia,
    Tigre não há que lhe estivesse avante.
Treme de Jararaca a companhia,
    Vendo a forma do bárbaro arrogante,
    Que, com pele coberto de pantera,
    Ruge com mais furor que a própria fera.

LV

Avista-se um co'outro: a maça ardente
    Deixam cair com bárbaro alarido;
    Corresponde o clamor da bruta gente
    E treme a terra em roda do mugido:
Aparou Jacaré no escudo ingente
    Um duro golpe, que o deixou partido;
    E enquanto Jararaca se desvia,
    Quebra a maça no chão, com que o batia.

LVI

Nem mais espera o caeté furioso,
   E qual onça no ar, quando destaca,
Arroja-se ao contrário impetuoso,
E um sobr'outro co'as mãos peleja ataca:
Não pode discernir-se o mais forçoso;
   E sem mover-se em torno a gente fraca,
Olham lutando os dous no fero abraço,
Pé com pé, mão com mão, braço com braço.

LVII

Porém enquanto a luta persistia,
   No sangue em terra lúbrico escorrega
O infeliz Jacaré, mas na porfia
Nem assim do adversário se despega:
Sobre o chão um com outro às voltas ia,
   E qual o dente, qual o punho emprega,
Até que Jararaca um golpe atira,
Com que rota a cabeça o triste expira.

LVIII

Nem mais espera de Gupeva a gente;
   Porque voltando em rápida fugida,
Deixam nas mãos do bárbaro potente
Toda a batalha numa ação vencida:
Não tarda mais Diogo já presente;
   E tendo ao lado a esposa protegida,
Do outeiro desce, donde tudo observa,
E invade armado a bárbara caterva.

LIX

Quem poderá dizer da turba imbele
  Quantos a forte mão talha em pedaços?
  Paraguaçu valente ao lado dele
  Muitos mandava aos lúgubres espaços:
Semeando por donde o golpe impele
  Troncos, bustos, cabeças, pernas, braços;
  Nem um momento a fraca gente aguarda
  Vendo-a brandir a lúcida alabarda.

LX

O membrudo pai com três potentes
  Robustos filhos degolou co'a espada,
  E a dous nobres caetés dos mais valentes,
  Tendo a mão para o golpe levantada,
Com dous reveses, que lhe atira ardentes,
  Deixou pendentes no ar co'a mão cortada;
  Bambu de um talho que a assaltá-la veio,
  Co'a cabeça ficou partida ao meio.

LXI

Muitos sem nome despojou da vida.
  E a quanto encontra o ferro não perdoa:
  Qual se os cachorros perde embravecida,
  No caçador se arroja a fera leoa,
E entre mil dardos, de que a tem cingida,
  Dando-lhe asas a dor, saltando voa,
  E ruge e morde, e no que encontra embarra,
  E onde não pode dente, imprime a garra.

LXII

Tal a forte donzela move a espada,
   Ou talvez lança mão do dardo agudo,
   E de mil e mil golpes fulminada,
   Rebate todos no colete e escudo.
As amazonas, de que vem rodeada,
   Vendo sobre a heroína correr tudo,
   Onde quer que os contrários se apresentam,
   Acometem, degolam, e afugentam.

LXIII

Por outro lado o valeroso Diogo
   A multidão dos bárbaros subjuga,
   E uns precipita no tartáreo fogo,
   Outros obriga com terror à fuga:
Mas uns detém co'a espada, outros com rogo
   Urubu, que do sangue a fronte enxuga,
   E, opondo-se entre os mais a Diogo ardente,
   Restitui a batalha e anima a gente.

LXIV

Urubu, que na brenha exercitado
   Um tigre, que na caça à mãe roubara,
   Tendo-o junto de si domesticado,
   A combater consigo acostumara,
Lança-o a Diogo: o monstro arrebatado
   Entre as presas cruéis, que arreganhara,
   Ia apesar dos férreos embaraços,
   Com garra e dente a pô-lo em mil pedaços.

LXV

Mas o herói, bem que de outros investido,
    Enquanto a fera no ar saltando tarda,
    Tendo-se ao fero assalto prevenido,
    Dispara-lhe na fronte uma espingarda:
E qual raio da nuvem despedido,
    Quando a fera que o ímpeto retarda,
    Trêmula ao golpe a vacilar começa,
    Salta-lhe em cima e corta-lhe a cabeça.

LXVI

Ao estrépito, ao fogo, ao golpe horrendo,
    À fumaça do tiro ocasionada,
    Ao ver o busto sobre o chão tremendo,
    E a terrível cabeça sobre a espada,
A imensa multidão que o estava vendo,
    Cai por terra sem ânimo assombrada,
    E alguns, que em pé tremendo se suspendem,
    Ao grão Caramuru todos se rendem.

LXVII

Jararaca entretanto que seguira
    Os que fugiram no primeiro insulto,
    Por encontrar Gupeva tudo gira,
    Que nas cabanas se emboscara oculto:
Ia-o buscando o bárbaro, que ouvira
    Daquela parte o bélico tumulto,
    Com tenção de expugnar a taba ingente,
    Matar Gupeva e cativar-lhe a gente.

LXVIII

Na toca algum das árvores imensas,
    Algum em meio às ramas se escondia;
    Muitos se emboscam pelas selvas densas,
    Outro em covas profundas que sabia:
Porque andando em contínuas desavenças,
    Qualquer ao noto asilo recorria,
    Onde entrando o inimigo, sem prevê-lo,
    Saem de toda a parte a acometê-lo.

LXIX

Enquanto a selva passeava escura
    De imortais arvoredos rodeada,
    Foi Jararaca que a cuidou segura,
    Ferido sobre o pé de uma frechada:
Ficou-lhe a planta sobre a terra dura
    Em tal maneira com o chão cravada,
    Que por mais que arrancá-la dali prove,
    Despedaça-se o pé, mas não se move.

LXX

Corre a turba a salvá-lo, e em continente
    Voam mil setas desde a espessa rama,
    E cad'árvore ali do bosque ingente
    Um chuveiro de tiros lhe derrama:
Cada tronco é um castelo: ao lado e frente
    A oculta multidão bramindo clama;
    E o resto, que em cavernas se escondia,
    Ao rumor da vitória concorria.

LXXI

Já mal resiste o Caeté cercado,
    E o bom Gupeva, que ao rumor concorre,
    Um corpo de reserva trouxe armado,
    Que à inclinada batalha invicto corre.
Jararaca, que o pé tinha encravado,
    Vendo que outro remédio o não socorre,
    Por ter a vida e liberdade franca,
    Deixa parte do pé e a seta arranca.

LXXII

Nos braços vai dos seus mal defendido,
    Mas com a maça, que meneia horrenda,
    Reprime forte o bárbaro atrevido,
    Porque não haja quem se acoste e o prenda:
E tendo a sorte o caso decidido,
    Cede raivoso da cruel contenda,
    E ao sertão retirado não descansa,
    Maquinando em furor nova vingança.

LXXIII

Paraguaçu, porém, de glória avara,
    Seguia na vitória o gênio ativo;
    E, incauta, de Diogo se apartara,
    Cortando a retirada ao fugitivo:
Anima a multidão, que se emboscara,
    Pessicava potente, por motivo,
    Se prevalece a força do contrário,
    De acudir ao socorro necessário.

LXXIV

Este vendo a donzela valerosa
    Turbar com fúria a gente amedrontada,
    Desde o alto lança de árvore frondosa
    Grosso ramo, que cai de uma pancada.
Debaixo dele a heroína valerosa,
    Co'grande peso pelo chão prostrada,
    Ficou, falta de alento e semiviva,
    Nas mãos do cruel bárbaro cativa.

LXXV

Corre a turba feroz contra a donzela,
    Que depois que das armas deixa o peso,
    Descobre a todos a presença dela,
    E fica quem a prende ainda mais preso.
Da rude multidão, que corre a vê-la,
    Há quem de a ver tão linda fica aceso,
    Outro que de a ter visto em guerra armada
    Ainda a teme com vê-la desmaiada.

LXXVI

Logo que respirou, novo ar tomando,
    Sente no coração mais desafogo,
    E alento pouco a pouco vai cobrando,
    Até que, entrando em si, chama o seu Diogo:
Mas na turba que a cerca reparando,
    Conhece-se cativa, e desde logo
    Noutro fero desmaio fica absorta,
    E cuida quem a vê que ficou morta.

LXXVII

Salvagem há que cuida de comê-la,
    Nem muito se está morta se assegura;
    E com fúria voraz contra a donzela
    A gula acende com a chama impura.
Nem prezar-se costuma a forma bela
    No fero coração da gente dura;
    E em morrendo qualquer mulher, ou homem,
    Choram muito e depois assam-no e comem.

LXXVIII

Paté com este intento a degolara,
    Se a bela Mangarita que isto via
    Desde o mato escondida o não frechara,
    Deixando-lhe suspensa a mão que erguia:
Um troço de amazonas volta a cara,
    E a peleja de novo se acendia,
    Sendo Paraguaçu, que jaz no meio,
    O preço da vitória neste enleio.

LXXIX

Cotia, que marcara sempre ao lado
    Da desmaiada heroína em paz ou guerra,
    Por vingar, ou remir o corpo amado,
    Co'fulmíneo tacape o campo aterra:
Piã, Cipô, Açû, deixou prostrado,
    E faz que a grã Baleia morda a terra,
    Baleia, que acomete vingativa,
    Por guardar a donzela semiviva.

LXXX

Nem tu, Guarapiranga, à mão formosa
    Pudeste evadir na horrível luta,
    Que enquanto a inúbia soas horrorosa[12],
    Com que às armas se acende a gente bruta,
Cotia com a espada valerosa
    A música feral que se te escuta,
    Nos antros retumbar te faz no averno
    Melodia que é digna só do inferno.

LXXXI

Tudo cede à amazona, e já salvava
    Paraguaçu mortal da gente fera,
    Quando o grão Pessicava, que observava
    O estrago, que a amazona ali fizera,
Acomete o esquadrão com fúria brava,
    E tudo afugentando o tempo espera,
    Em que a impulso do braço alcance forte
    Degolar a Cotia de um só corte.

LXXXII

Espera ela sem medo, apenas vira
    Do bárbaro feroz o golpe incerto,
    E veloz a uma toca se retira,
    Que tinha em duro tronco o tempo aberto:

---

12. *Inúbia* – Espécie de corneta usada dos brasilienses.

Porém repete ali com maior ira
    Pessicava outro golpe, e por acerto
    Na valerosa Paca imprime o tiro,
    Que tomou com Cotia este retiro.

LXXXIII

Enquanto entrava o bárbaro, e na luta
    Um e outro se abraça, o forte Diogo,
    Que o caso da sua bela infausto escuta,
    Toma a espingarda e parte em fúria, logo:
Qual pólvora encerrada dentro à gruta,
    Quando na oculta mina se deu fogo,
    Arroja penha e monte, e o que tem diante,
    Tal se envia em furor o aflito amante.

LXXXIV

Tinha afogado Pessicava entanto
    A amazona infeliz, e a mão lançava
    Já de Paraguaçu, que, no quebranto
    Apenas levemente respirava.
E eis que inventando Diogo um novo
                     [espanto,
    Traz um tambor que horríssono soava;
    E logo que o arcabuz com bala atira,
    Cai Pessicava e morde o chão com ira.

LXXXV

Mas não espera a tímida manada,
    Ouvindo o estrondo e os hórridos efeitos:
    Quem parte logo em fúria declarada,
    E quem lhe rende humilde os seus respeitos:
Paraguaçu, porém, desassombrada,
    Sendo os contrários com terror desfeitos,
    Acordou num suspiro, e solta viu-se;
    E, conhecendo Diogo, olhou-o e riu-se.

CANTO V

I

Débil entanto a luz sobre o horizonte
    Os seus trêmulos raios apagava,
    E desde o ocidental imenso monte
    A noite pelas terras se espalhava:
Morfeu, deixando os montes de Aqueronte,
    Nos seios dos mortais se derramava,
    Mas da bárbara gente que fugia
    Só s'entregava ao sono a que morria.

II

Fatigado Diogo ao lado estava
    E a bela esposa numa grã floresta;
    Nem ao preciso sono lugar dava
    Na atenção de a guardar da gente infesta:
Um de outro os sucessos escutava,
    Nutrindo em novo fogo a chama honesta;

Que depois de um triunfo do inimigo,
Faz-se doce a memória do perigo.

III

Ao resplendor da lua que saía,
   Misturava-se o horror com a piedade,
   Porque em lagos de sangue só se via
   Sanguinolenta, horrível mortandade:
O vale igual ao monte parecia,
   E do estrago na vasta imensidade,
   O outeiro estava donde foi o assalto,
   Com montes de cadáveres mais alto.

IV

Não pôde vê-lo a bela americana,
   Sem que a tocasse um triste sentimento;
   E ou fosse condição da gente humana,
   Ou do seu sexo um próprio movimento:
Chorou piedosa a sorte desumana
   Dos que apartados do terreno assento
   Jaziam, como ouvira de Diogo,
   Nas labaredas de um eterno fogo.

V

E como (compassiva disse) é crível
   Que um Deus, como me pintas, bom
                           [e amável,

　　　　Sabendo o que há de ser e o que é possível,
　　　　Nos crie para fim tão miserável?
Antevendo um sucesso tão terrível,
　　　　Não parece crueldade inescusável
　　　　Dar-lhe o ser, dar-lhe a vida, dar-lhe a mente,
　　　　Para vê-los arder eternamente?

VI

Quantos criar pudera que o servissem,
　　　　Deixando de criar quem o agravasse,
　　　　Onde todos a vê-lo ao céu subissem,
　　　　E as obras que produz todas salvasse?
Nossos pais se dos filhos tal previssem,
　　　　Quanto fora cruel quem os gerasse?
　　　　E creremos da excelsa grã bondade
　　　　Que ceda a nossos pais na humanidade?

VII

Segredos são (diz Diogo) da inscrutável
　　　　Majestade de Deus: que saberemos
　　　　Do seu modo de obrar sempre inefável,
　　　　Se o que somos e obramos não sabemos?
Faltando-nos razão clara e provável
　　　　Nos conselhos de Deus, que ocultos vemos,
　　　　E bem que toda a dúvida se acabe,
　　　　Porque ele pode mais, do que o homem sabe.

VIII

Mas, se há lugar à humana conjectura
   Dos possíveis na longa imensidade,
   Não se podia achar uma criatura,
   Que goze d'impecável liberdade:
Uma firme inocência é a graça pura,
   É mercê liberal da Divindade,
   E quem entanto a perguntar se atreve,
   Porque lha não quis dar quem lha não deve?

IX

Desde a origem da imensa eternidade,
   Que tudo sem princípio ordena e rege,
   Devemos presumir da Divindade
   Que onde o ótimo encontra, em tudo o elege:
E sendo em nós tão grande a iniqüidade,
   Não temos cousa que a qualquer se inveje,
   Onde se os mais possíveis vendo fores,
   Nós fomos os eleitos por melhores.

X

Embora seja assim (disse a donzela);
   Mas que culpa têm estes, que o ignoravam?
   Não cuida acaso Deus, ou pouco zela
   As almas, que entre nós se condenavam?
E senão, porque causa aos mais revela
   As doutrinas que aos nossos se ocultavam?
   Distava mais do céu a nossa gente,
   Porque medeia o mar d'este a poente?

XI

Tornai a culpa a vós, e a vós somente
    (O herói responde assim). Se com estudo
    Procurais sobre a terra o bem presente,
    Porque não procurais o autor de tudo?
Para o mais tendes lume, instinto e mente;
    Somente contra Deus buscais o escudo
    Em a vossa ignorância à brutal culpa!
    Essa ignorância é crime e não desculpa.

XII

Porém já da fatiga desvelada
    Cerrava P'raguaçu seus olhos claros,
    Tendo-a Diogo na fé mais confirmada,
    Com responder prudente aos seus reparos:
Enquanto a bruta gente aprisionada,
    Mostrando-se da vida nada avaros,
    Dançam e bebem com tripúdio forte,
    E esperam, como boda, a cruel morte.

XIII

Gupeva triunfante na grã taba
    O infausto prisioneiro à morte guia,
    E antevendo que a vida se lhe acaba,
    A mulher cada um lhe oferecia:
Trazem-lhe o peixe, as carnes, a mangaba,
    Brindando-lhe o licor, que a taça enchia,
    Até que quando menos se recorda,
    Dous salvagens o prendem numa corda.

XIV

Soltas as mãos lhe ficam, que maneia,
   Nem o tem mais que em meio da cintura
   A soga de algodão, como cadeia,
   Que de uma parte e de outra os assegura:
Qual leoa feroz na maura areia,
   Quando o laço no ventre a tem segura,
   Toda da fronte a cauda se retorce,
   E ruge e vibra a garra, e o corpo torce.

XV

Muitos então da furibunda gente
   Dizem-lhe injúrias mil, com mil insultos,
   Que ele se esforça a rebater valente,
   Sem que receie os bárbaros tumultos:
Algum ali chegando ao paciente
   (Que tem por cousa vil morrer inultos)
   Dá-lhe um cesto de pedras recalcado,
   Com que atirando aos mais, morra vingado.

XVI

Embiara e Mexira, dous possantes
   Mancebos caetés de um parto vindos,
   Que Ainubá dera à luz tão semelhantes,
   Como tenros na idade e em gesto lindos,
Muitas donzelas, que os amaram dantes,
   Os belos dias seus choravam findos,
   Mitigando o desgosto de perdê-los
   Com a intenção que tinham de comê-los.

XVII

Estes na corda têm os da Bahia,
    Dispostos a morrer no torpe abuso
    De celebrar com sangue o fausto dia
    Das vítimas triunfais ao pátrio uso:
Embiara, que com arte a pedra envia,
    Muitas no povo disparou confuso,
    E apesar dos escudos, que põe diante,
    Alguns feriu da turba circunstante.

XVIII

Uma grã pedra ao ar nas mãos levanta,
    E erguendo os braços sobre a fronte a atira,
    Lança por terra alguns, outros quebranta,
    E esmaga com o peso o grão Tapira:
Outras três arrojou com fúria tanta,
    Que, se d'atorno a gente não fugira,
    Com os tiros, que o bravo lhe dispara,
    Em vingança cruel no chão ficara.

XIX

Mexira noutro lado era detido
    Com o duro cordão; porém, sem medo,
    Ao bárbaro Piri, que o tem cingido,
    Esmigalha a cabeça c'um penedo:
Foge o povo com pedras rebatido;
    Mas Mexira, na corda atado e quedo,
    Com três pedaços de uma ingente roca
    Uns derriba no chão e outros provoca.

XX

Sai então Tojucane em campo ardente,
    E ao som dos seus marraques aplaudido,
    Um cinto tem de plumas sobre a frente,
    Manto ao ombro de pluma entretecido:
Tinto de negro todo, a cor somente
    Traz natural no vulto enfurecido;
    E por meter no horror maior respeito,
    Com o beiço inf'rior varria o peito.

XXI

A cara, peito, braços (vista horrenda!)
    Traz com golpes cruéis acutilados,
    Golpes com que o valor se recomenda,
    Feitos da própria mão com talhos dados:
Onde se a chaga apodreceu tremenda,
    Em meio do asco e horror desfigurados,
    Vendo a gente brutal que um não se dói,
    Este então (que ignorância!) é o seu herói.

XXII

Desta arte Tojucane armado vinha,
    Posto ao vê-lo em silêncio, em pasmo tudo;
    Atira-lhe Embiara (que ainda o tinha)
    Um penedo, que rompe o forte escudo:
O tacape ele não desembainha,
    Que de plumas ornou com belo estudo,
    E encostando-se ousado à longa corda,
    Aos dous fortes irmãos falando aborda.

XXIII

Não sois vós (disse o bárbaro), traidores,
    Os que a matar-nos com furor viestes,
    E sem respeito aos míseros clamores
    Os nossos tenros filhos já comestes?
Somos (disseram) nós: os teus furores
    Sem o laço, em que agora nos prendestes,
    Soubéramos domar; e assim cativo,
    A ver-me solto, te comera vivo.

XXIV

Vivo, nem morto a mim me não tocaras,
    Porque se braço a braço te mediras,
    Ou imóvel de espanto em pé ficaras,
    Ou de um só golpe (diz) no chão caíras:
Verias bem, se agora nos soltaras,
    Como logo (responde) me fugiras;
    Não queira de valente ser louvado,
    Quem pretende triunfar de um desarmado.

XXV

Esse vão pensamento melhor fora
    Que o tiveras, como eu, no campo, bravo;
    Mas tu (diz Tojucane) na mesma hora
    Te viste combatido e foste escravo:
Como te atreves a gloriar-te agora
    Com vil jactância, com soberbo gavo?
    A quem de resistir falta a constância
    Vão fica mais lugar para a jactância.

XXVI

Dizendo assim, na fronte a espada ingente
   Deixa o fero cair com golpe horrendo,
   Cai por terra Embiara ainda vivente;
   Mexira morto já, porém tremendo:
Mordeu aquele o chão com fúria ardente,
   E em cima o matador co'pé batendo:
   Morre, soberbo, diz, e serás vasto
   Para nosso troféu vingança e pasto.

XXVII

Qual se diz que a Tifeu subjuga um monte,
   Tal a planta cruel Embiara oprime;
   E como a cobra faz, se junto à fonte
   Toda em nós quebrantada se comprime:
Retorcendo em mil voltas cauda e fronte,
   Que ergue, vibrando a língua, no ar sublime,
   Tal o infeliz morrendo em voltas anda,
   E o espírito exalado às sombras manda.

XXVIII

Chega às cruentas vítimas chorosa,
   Femínea tropa, que com dor lamenta;
   E urlando todas com a voz maviosa,
   Tudo vai repetindo a plebe atenta.
Depois daquela lástima enganosa,
   Qualquer junto aos cadáveres se assenta,
   E vão talhando pés, cabeças, braços,
   E as vítimas fazendo em mil pedaços.

XXIX

Chamam *moquem* as carnes, que se cobrem,
    E a fogo lento sepultadas assam;
    Tudo em cima com terra e rama encobrem,
    Onde o fogo depois com lenha façam:
Entanto as voltam, cobrem e descobrem,
    Até que do calor se lhe repassam;
    Detestável empresa, que escondiam
    Da indignação de Diogo, a quem temiam.

XXX

Foi avisado o herói do ato execrando,
    Horrível pasto de nação perversa.
    E a maneira oportuna meditando
    Da bárbara função deixar dispersa:
Mil fogos de artifício ia espalhando,
    De horrível forma e de invenção diversa.
    Treme a vil turba, e sem que a mais se arroje,
    Deixa o pasto cruel e ao mato foge.

XXXI

Confusa a infana gente do sucesso,
    Do grão Caramuru temia a vista,
    Foge Gupeva, de terror opresso,
    Nem sabe, em que maneira ao mal resista:
Mas o novo pavor na gente impresso
    Mitiga P'raguaçu, que o dano avista,
    Se, como teme, o povo de espantado,
    O terreno deixasse abandonado.

XXXII

Jararaca entretanto conduzido
    Dos bravos caetés à taba nota,
    Diligente curava o pé ferido,
    E em reparar cuidava a grã derrota:
E havendo no conselho a liga unido,
    As forças representa, os meios nota,
    E nigromante crê por perda tanta
    O grão Caramuru, que o fogo encanta.

XXXIII

Já na grã taba os bárbaros se ajuntam,
    Onde contra Diogo arte se estude,
    E por magos famosos, que perguntam,
    Recorriam de encantos à virtude:
Os nigromantes vêm que os corpos untam,
    E nos sussurros do seu canto rude
    Esperam que também ao forte Diogo,
    Matando privem do temido fogo.

XXXIV

Um deles, que por sábio se acredita,
    Não há (disse) quem possa a ardente frágua
    Apagar no trovão, que o raio excita,
    Lastimosa ocasião da nossa mágoa:
Que se o antídoto ao fogo se medita,
    Mais natural não há que lançar-lhe água:
    Dentro n'água se apaga o fogo ardente;
    E este é o meio, que ocorre de presente.

XXXV

Contra as vossas canoas não se atreve
    O Filho do Trovão, se desce ao porto;
    Vós o vereis sem força em tempo breve
    Sair, qual já saiu das águas morto:
Ninguém há que não saiba como esteve,
    Quando o encontramos náufrago no porto:
    Nem usou do trovão, que espanta em terra,
    Nem fez com fogo n'água a horrível guerra.

XXXVI

São n'água, terra, e mar mui diferentes
    Os anhangás, que reinam divididos;
    Uns, que só no ar e fogo são potentes,
    Causam ventos, trovões, raios temidos;
O terremoto e pestes sobre as gentes
    Movem outros na terra conhecidos:
    Este porém, que ao estrangeiro acode,
    N'água não poderá, se em fogo pode.

XXXVII

Parece à rude gente este discurso,
    Segundo os seus princípios concludente;
    E ouvido com aplauso no concurso,
    Votam na execução concordemente.
Toma a guerra portanto um novo curso,
    E ao mar se envia a belicosa gente;
    Nem capitão há mais, nem há pessoa,
    Que não embarque em rápida canoa.

XXXVIII

Chamam canoa os nossos nesses mares
  Batel de um vasto lenho construído,
  Que escavado no meio, por dez pares
  De remos, ou de mais voa impelido:
Com tropas e petrechos militares,
  Vai de impulso tão rápido movido,
  Que ou fuja da batalha, ou a acometa,
  Parece mais ligeiro que uma seta.

XXXIX

Concorrendo as nações do sertão junto,
  Trezentas, ou mais, arma Jararaca;
  E tendo escolha, porque o povo é munto,
  Deixa em terras das gentes a mais fraca.
E sendo da Bahia tão conjunto
  O ilhéu de Taparica, este se ataca,
  Na esperança que Diogo acudiria,
  Vendo o sogro em perigo, que o regia.

XL

Repousava sem susto Taparica,
  E confiado em Diogo e na vitória,
  Gozava de uma paz tranqüila e rica,
  Depois que a guerra terminou com glória;
E quando a rouca inúbia arma publica,
  Tão longe tinha as armas na memória,
  Que ignorando em sossego os seus perigos,
  Nas mãos se foi meter dos inimigos.

XLI

Prendem o inerme chefe de improviso,
   Acometendo a taba descuidada,
   A chama e fumo dão infausto aviso
   Ao bom Diogo da bárbara assaltada:
Nem impulso maior lhe era preciso,
   Vendo a ilha dos bárbaros tomada:
   Ocupa em pressa as armas e as canoas,
   Sem mais que P'raguaçu com cem pessoas.

XLII

Vinte bombas de pólvora tem cheias,
   De que uma parte já das naus salvara;
   Quatro férreos canhões, que entre as areias
   Por nadadores bons do mar tirara:
Metralhas, palanquetas e cadeias,
   Pistolas e fuzis, que preparara;
   Canoas três de pólvora e resina,
   Que lançar nas contrárias determina.

XLIII

Forma-se em meia-lua a vasta armada,
   Cuidando de encerrar Diogo em meio,
   E com nuvens de frechas condensada
   A áurea luz do sol a impedir veio:
Firme estava do herói a turba irada;
   E coalhando-se o mar de lenhos cheio,
   Retumba o eco na Bahia toda
   Pela gente brutal que urlava em roda.

XLIV

Até que a tiro os vê do bronze horrendo;
　　E sem mais esperar, dispara fogo,
　　Que tudo com metralha ia varrendo,
　　E a pique dez canoas meteu logo:
Saltam muitos de horror no mar, tremendo;
　　Alguns, deixando o remo, as mãos de Diogo
　　Com bombas ardem, que feroz lhe lança,
　　Outros a espada de vizinho alcança.

XLV

Confusas entre si vão flutuando
　　As canoas, que a gente não regia,
　　E uma vai sob'outras embarrando
　　Na desordem que todas confundia:
As três incendiárias arrojando,
　　Um dilúvio de fogo n'água ardia,
　　Com tal fumaça nas ardentes fráguas,
　　Que cobrindo-se o ar, fervem as águas.

XLVI

Qual, se na selva densa o fogo ateia,
　　Em colunas de fumo voa a chama,
　　E a labareda, que pelo ar ondeia,
　　Traspassando se vai de rama em rama:
Tal na Bahia de canoas cheia
　　Um dilúvio de fogo se derrama;
　　E o bárbaro, de horror, de espanto e mágoa,
　　Foge à morte do fogo e escolhe a d'água.

XLVII

Jararaca entretanto em terra estava,
    Donde prendera o incauto Taparica,
    E raivoso nas praias observava
    Toda a frota naval, que em cinzas fica:
Foge dispersa a tropa que levava;
    E logo que a vitória se publica,
    Toda a ilha, que as armas arrebata,
    O time do caeté subjuga, ou mata.

XLVIII

Nem já dos inimigos se descobre
    Uma canoa só no lago ingente,
    E o mar de mil cadáveres se cobre,
    Sem que saiba aonde fuja a infeliz gente,
Que Gupeva entretanto a praia encobre
    Embaraçando a fuga ao continente;
    Grande parte desde a água o braço estende
    E a liberdade com a vida rende.

XLIX

Não assim Jararaca, que na praia
    Põe por escudo o infausto Taparica;
    E ameaça matá-lo, quando saia
    Em terra Diogo, que suspenso fica.
Vê o transe a filha e sobre as mãos desmaia
    Do caro esposo, e pelo pai suplica:
    E vê-se Diogo em lance embaraçado,
    Sem saber como salve o desgraçado.

L

Atirar-lhe quisera; mas duvida,
    Na intenção de matá-lo vacilante;
    Vendo do sogro ameaçada a vida,
    E quase sem alento a esposa amante:
Três vezes pôs a mira dirigida;
    Três vezes se deteve a mão constante;
    E em terra e mar a um tempo a ação retarda,
    Jararaca ao bastão; ele à espingarda.

LI

Que mais espero (diz), feri-lo é incerto;
    Mas é claro na mão desse inimigo
    Que em qualquer caso enfim o dano é certo,
    E cresce na tardança o seu perigo:
Disse e toma por alvo descoberto
    A fronte do contrário, e neste artigo
    Dispara o tiro e a bala lhe atravessa
    De uma parte à outra parte da cabeça.

LII

Cai Jararaca em terra ao mesmo instante,
    Qual penhasco que do alto se derroca,
    Quando o raio, que o arroja fulminante,
    Desde cima o arrancou da excelsa roca:
Num rio a terra se banhou fumante
    Do negro sangue, donde pondo a boca
    Morde raivoso a areia em que caíra,
    E o torpe alento com a vida expira.

LIII

Já neste tempo se encontrava amigo
    Taparica e Diogo em terno abraço,
Vendo por terra o pérfido inimigo,
    Que tremendo ocupava um vasto espaço:
Paraguaçu, que aflita do perigo,
    Sem sentido ficou no horrível passo,
Torna a si do desmaio e vê piedoso
O pai, que a tem nos braços, com o esposo.

LIV

Alegre vem do oposto continente
    Em canoas Gupeva a Taparica,
Congratular-se com o herói valente
    Que, morto Jararaca, em calma fica:
Pasma de ver o estrago a insana gente,
    Que os arcos abatendo a paz suplica,
E respeitando a sup'rior potência,
Compensavam a paz com a obediência.

LV

Chegaram do sertão dez mensageiros
    Em nome das nações que em guerra
                     [andavam,
Confirmando com pactos verdadeiros
    A inteira sujeição que ao luso davam:
Vêm entr'eles os príncipes primeiros,
    E com os ritos que na pátria usavam,

Príncipe aclamam com festivo modo
O Filho do Trovão do sertão todo.

LVI

Nem duvidou Diogo, imaginando
　　Quanto domar importa a gente bruta,
　　Aceitar das nações o excelso mando,
　　E consigo prudente os fins reputa:
Ouve-se em nome seu público bando,
　　Que a bárbara caterva humilde escuta,
　　Em que todo o homicídio se proíbe,
　　E com pena de morte a culpa inibe.

LVII

Julga, porém, ao ver inveterada
　　A bárbara paixão na gente cega,
　　Que a grave pena ao crime decretada
　　Convém dissimular, se ao caso chega:
A tudo a gente bárbara humilhada
　　Só na gula cruel a emenda nega
　　Por bárbara vingança carniceira,
　　Que tanto pode a educação primeira.

LVIII

Não tardou logo a ocasião de vê-lo,
　　Porque, apenas deixara a companhia,
　　O próprio Taparica sem temê-lo
　　Ao convite cruel se prevenia:

Bambu, que fora ao ponto de prendê-lo,
   Quem lhe lançara as mãos com ousadia,
   Preso em canoa o régulo conserva,
   Por pasto infando à bárbara caterva.

LIX

Estava o desditoso encadeado,
   E exposto a mil insetos que o mordiam;
   Nem se lhe via o corpo ensangüentado
   Que todo os *marimbondos* lhe cobriam[1]:
Corria o negro sangue derramado
   Das cruéis picaduras que lhe abriam;
   E ele, imóvel e tanto em tosco assento,
   Parecia insensível no tormento.

LX

Vendo Diogo o infeliz quanto padece
   No modo de penar mais desumano,
   Maior a tolerância lhe parece
   Do que possa caber num peito humano:
E como autor do crime reconhece
   Do cruel sogro o coração tirano,
   Oferece a Bambu, que a morte ameaça,
   Socorro amigo na cruel desgraça.

---

1. *Marimbondos* – Espécie de vespa mordacíssima no Brasil.

LXI

Perdes comigo o tempo (disse o fero)[2],
　　Ao que vês, e ainda a mais vivo disposto;
　　A liberdade, que me dás, não quero,
　　E da dor, que tolero, faço gosto:
Assim vingar-me do inimigo espero,
　　Disse; e sem se mudar do antigo posto,
　　As picadas cruéis tão firme atura,
　　Como se penha fora, ou rocha dura.

LXII

Se o motivo, diz Diogo, porque temes,
　　É porque escravo padecer receias,
　　E tens por menos mal este, em que gemes,
　　Do que uma vida em míseras cadeias:
Depõe o susto, que sem causa tremes;
　　Penhor te posso dar, porque onde creias,
　　Depondo a obstinação do torpe medo,
　　Que a vida e liberdade te concedo.

LXIII

Aqui da fronte o bárbaro desvia
　　Dos insetos co'a mão a espessa banda;

---

2. *Disse o fero* – Um gravíssimo áulico da nossa corte me asseverou ter sucedido caso semelhante no Pará, em reinado do fidelíssimo rei o Senhor D. José I, onde ele era contemporaneamente ocupado em cargo distintíssimo do real serviço.

E a Diogo, que assim se condoía,
Um sorriso em resposta alegre manda.
De que te admiras tu? Que serviria
    Dar ao vil corpo condição mais branda?
Corpo meu não é já, se anda comigo,
Ele é corpo em verdade do inimigo.

LXIV

O espírito, a razão, o pensamento
    Sou eu e nada mais; a carne imunda
Forma-se cada dia do alimento,
    E faz a nutrição, que se confunda:
Vês tu a carne aqui, que mal sustento?
    Não a reputes minha: só se funda
    Na que tenho comido aos adversários;
    Donde minha não é, mas dos contrários.

LXV

Da carne me pastei continuamente
    De seus filhos e pai; dela é composto
Este corpo, que animo de presente,
    Por isso dos tormentos faço gosto.
E quando maior pena a carne sente,
    Então mais me consolo, no suposto
    De me ver no inimigo bem vingado,
    Neste corpo, que é seu, tão maltratado.

LXVI

Impossível parece ao sábio herói
    O que vê e o que escuta, e que assim possa,
    Quando a carne mortal tanto se dói,
    Vencer-se a dor da fantasia nossa:
Magoado interiormente se condói
    De ver que no infeliz nada faz mossa,
    Mostrando na brutal rara constância,
    Com tal valor tão bárbara ignorância.

LXVII

Tinham disposto entanto no terreiro
    As nações do sertão pompa festiva,
    Criando Diogo principal primeiro
    Com aplauso geral da comitiva.
Vê-se ornado de plumas o guerreiro,
    E como em triunfo a multidão cativa,
    E sobre os mais num trono levantado
    Cingem de pluma o vencedor croado.

LXVIII

À roda, como em círculo, prostrados,
    Sessenta principais das nações feras
    Em nome de seus povos humilhados,
    Submissões rendem com temor sinceras:
Tujucupapo, estando os mais calados,
    Grão Filho do Trovão (disse) que imperas
    Em terra e mar com glória combatendo,
    Tudo domaste com o raio horrendo.

LXIX

Não te cedera, não, dos nossos peitos
    A varonil constância em guerra humana;
    Nem da morte tememos os efeitos,
    Se a contenda não fora sobre-humana:
Rendemos-te fiéis nossos respeitos
    Depois que o teu valor nos desengana
    Que em teus combates todo o céu te assiste;
    E a quem socorre o céu quem lhe resiste?

LXX

As nações do sertão, já convencidas,
    Põem a teus pés os arcos e as espadas;
    Suspende o raio teu; protege as vidas
    Desde hoje ao teu império sujeitadas:
E se tens, como creio, submetidas
    As procelas, as chuvas e as trovoadas,
    Não espante com fogo a humilde gente,
    Mas faze-nos gozar da paz clemente.

LXXI

A teu comando estão sem replicar-te
    Os povos deste vasto continente;
    E farás com teu nome em qualquer parte
    Que te obedeça a valerosa gente.
Faze com o favor que haja de amar-te,
    Como a tens com terror feito obediente;
    Que se troveja o céu na esfera escura,
    A luz manda também formosa e pura.

LXXII

Não foi acaso (disse o herói prudente,
　Respondendo ao discurso), foi destino
　Querer o grão Tupá que a vossa gente
　A mão conheça do poder divino:
Do céu, que sobre vós brilha luzente,
　Se receberdes o sagrado ensino,
　Livres com glória do tirano averno
　Sobre ele reinareis num sólio eterno.

LXXIII

Porém, por serdes na ignorância rude,
　Incapazes de ouvir o mais entanto,
　Buscai com a razão maior virtude,
　Implorando o favor do trono santo:
E quando a vossa fé pedi-lo estude,
　Vereis da antiga serpe no quebranto
　Florescer nesta pátria d'improviso
　Uma imagem do ameno paraíso.

LXXIV

Disse o herói generoso; a turba imensa,
　Em sinal de prazer com grata dança,
　Vão em fileiras com a mão extensa,
　Fazendo com os pés vária mudança:
Uma perna bailando têm suspensa,
　E turma sobre turma em modo avança,
　Que idéia dão dos bélicos ataques,
　Retumbando entretanto os seus marraques.

LXXV

Os nigromantes, que o Brasil respeita,
  Um marraque descobrem venerado;
  Insígnia da nação, que ao povo aceita,
  Consideram por símbolo sagrado:
O sacerdócio, como turma eleita
  No ministério ao culto dedicado,
  Pôs o bárbaro termo à função toda,
  Bafejando nos príncipes à roda.

CANTO VI

I

Descansava no seio então Diogo,
    Extinta a guerra, de uma paz dourada,
    E o pavor do sulfúreo horrível fogo
    Trazia a gente bárbara assombrada:
A remotas nações concorrem logo,
    Desde a interna região mais apartada;
    E tendo-o do trovão por viva imagem,
    Vinha todo o sertão dar-lhe homenagem.

II

Muitos deles, dos povos subjugados,
    Que o efeito viram da terrível chama,
    Outros vinham somente convocados
    Das heróicas ações, que conta a fama:

Trazem plumas e bálsamos prezados,
   E outra rude opulência, que o povo ama,
   E com os dons da americana Ceres
   Oferecem-lhe as filhas por mulheres.

III

Era antigo dos bárbaros costume,
   Quando algum capitão foi bravo em guerra,
   Ou se julgavam que o regia um nume,
   Emparentá-lo aos principais da terra:
Qualquer que de nobreza então presume
   Do grão Caramuru que tudo aterra,
   Procura, como nobre preminência,
   Ter na sua prosápia a descendência.

IV

Tuibaé, dos tapuias chefe antigo,
   Tiapira lhe of'rece celebrada;
   E com a mão da filha deixa amigo
   Uma ilustre aliança confirmada:
Xerenimbó trazia-lhe consigo
   A formosa Moema já negada
   A muitos principais, por dar-lhe esposo
   Digno do tronco de seus pais famoso.

V

Muitas outras donzelas brasilianas
   A mão do claro Diogo pretendiam,

Ou por prendas, que notam soberanas,
Ou por grandes ações, que dele ouviam:
A todos ele deu mostras humanas
　　Sem a fé lhe obrigar que pretendiam;
　　Mas, por não ofender as brutas gentes,
　　Trata os pais e os irmãos como parentes.

VI

Paraguaçu, porém, com fé de esposo
　　Parecia estimar distintamente,
Mostrando-lhe no afeto carinhoso
　　A sincera afeição que n'alma sente:
Amava nela o peito valeroso,
　　E o gênio dócil, com que à fé consente;
　　Amor que ocasionou, como é costume,
　　Em algumas inveja e noutras ciúme.

VII

Todas à bela dama aborrecendo,
　　Conspiram feras em tirar-lhe a vida;
Mas ela que o projeto alcança horrendo,
　　Deixar pretende a pátria aborrecida:
E na viagem da Europa discorrendo,
　　Deseja renascer à melhor vida;
　　Impulso santo, que com justa idéia
　　Move Diogo a deixar aquela areia.

VIII

Agitado do vário pensamento,
   Na margem se entranhou do vasto rio,
   Que invocando o seráfico portento,
   Chama de S. Francisco o luso pio:
E estando o sol no seu maior aumento,
   Quando sítio no ardor busca sombrio,
   Numa lapa, que esconde alto mistério[1],
   Foi achar para a calma o refrigério.

IX

Por mil passos a penha milagrosa
   Estende em roda o giro dilatado;
   Obra da natureza prodigiosa,
   Quando o globo terráqueo foi criado.
Concavidade há ali vasta, espaçosa,
   Onde tinha o Criador delineado,
   Com capela maior, nave e cruzeiro,
   Um templo, como os nossos, verdadeiro.

X

Largo trinta e três passos se estendia
   O grão cruzeiro; a longitud da mole
   Por mais de outros oitenta discorria,
   Lugar que não pisara humana prole:

---

    1. *Lapa* – Esta é a célebre igreja da Lapa, em que parece que a natureza preparou à graça um admirável edifício. Veja-se Sebastião da Rocha Pita.

O prospecto ext'rior de pedraria,
   O interior pavimento é terra mole;
   De jaspe se levanta a grã portada,
   Entre torres marmóreas fabricada.

XI

Dentro vêem-se magníficas capelas,
   Sustentadas de esplêndidas colunas;
   Pelo teto entre nuvens giram estrelas,
   E sobre o rio a um lado tem tribunas,
Que servindo-lhe a um tempo de janelas,
   Dão luz a todo o templo; e quando lhe unas
   Quantos prodígios o lugar encerra,
   Maravilha maior não cobre a terra.

XII

Capela ali se vê de entalho nobre,
   Obrado com desenho estranho e vário.
   Onde efigiado em mármore, se cobre
   Um natural belíssimo Calvário:
Vê-se a base da cruz, mas nada sobre,
   De jaspe ainda melhor que Egísio, ou Pário,
   E ao lado um posto em proporção distinta,
   Onde a mãe e discípulo se pinta.

XIII

Chegado Diogo a ver prodígio tanto,
   Pelo estranho espetáculo suspenso,

Penetra-se no peito de horror santo,
Por não sei que sagrado oculto senso:
Depois rompendo num devoto pranto,
    Prostrado em terra, adora o Deus imenso,
    Que quando ser ao mar e à terra dava,
    O alicerce à grã fábrica lançava.

XIV

Eis aqui preparado (disse) o templo,
    Falta a fé, falta o culto necessário;
    E quanto era de Deus, feito contemplo
    Tudo o que é de salvar meio ordinário:
Desta intenção parece ser exemplo
    Este insígne prodígio extraordinário,
    Onde parece que no templo oculto
    Tem disposto o lugar e espera o culto.

XV

Quis mostrar nesta imagem porventura
    Que esta gente brutal não desampara;
    E que a qualquer humana criatura
    O remédio da cruz justo prepara;
Que a estes do seu sangue dera a cura,
    Se aos instintos, que têm, não repugnara;
    Que advogada nos deu de empresa tanta,
    Preparando o lugar à Virgem Santa.

XVI

Oh queira, grão Senhor, vossa bondade
　　Suprir neles e em mim tanta miséria;
　　Pois de todos salvar tendes vontade,
　　Que por estes sinais mostrais tão séria:
Que se olhais para a nossa iniqüidade,
　　Achareis de punir tanta matéria,
　　Que a antiga culpa pelos seus abrolhos
　　A ninguém deixa justo aos vossos olhos.

XVII

Dali surcando o rio caudaloso,
　　Vai o noto recôncavo buscando,
　　Por ver se inchada vela o pego undoso
　　A rumo oriental vai navegando:
Nem temeria o pélago espaçoso
　　Ir na leve canoa atravessando,
　　Se o perigo, que imenso considera,
　　Pelo dano da esposa não temera.

XVIII

Ergue-se sobre o mar alto penedo,
　　Que uma angra à raiz tem, das naus amparo,
　　Onde das ramas no intrechado enredo
　　Causa o verde prospecto um gosto raro:
Ali morro coberto de arvoredo
　　A quem passeia o mar serve de faro;
　　Dão-lhe nome da costa os exp'rientes
　　Do glorioso apóstolo das gentes.

XIX

Aqui vê Diogo um casco, que encalhara,
    Onde n'água se oculta hórrida penha,
    Porque, ignorando a costa se arrojara,
    Sem que esperança de socorro tenha:
Vê, como a chusma em terra se salvara,
    Que a brutal gente cativar se empenha;
    E presumindo o que era, na canoa
    A defender os seus remando voa.

XX

E, temendo que cedam enganados
    Ao bárbaro cruel os naufragantes,
    Ou que fiquem sem armas cativados
    Nas mãos desses penhascos ambulantes,
Faz-lhes sinais e deixa-os avisados,
    Fazendo ver as armas rutilantes,
    Da areia infinda e do cruel perigo,
    E o seu socorro lhe oferece amigo.

XXI

E quando o tiro de canhão se via,
    Fez que se ouvisse a formidável tromba,
    E ao eco do tambor que lhe batia
    Dispara ao tempo mesmo a horrível bomba:
Treme de espanto o bárbaro, que ouvia;
    E este pasma, outro foge, aquele tomba;
    E o grão Caramuru já divisando,
    Correm todos humildes ao seu mando.

XXII

Unidos do bom Diogo à comitiva
    Socorrem com presteza a vela rota,
    Onde a gente das águas semiviva
    Vão leves conduzindo à praia nota:
Salvou-se-lhe a equipagem toda viva;
    E para os preparar à grã derrota,
    Faz que a bárbara gente, dando ajuda,
    À aflita multidão piedosa acuda.

XXIII

Paraguaçu, porém, com pio aviso
    Cuida em prover de roupas e sustento;
    E quanto lhe é possível, de improviso
    Restab'lece-lhe as forças co'alimento,
Depois que se saciaram do preciso,
    Diogo que o caso seu recorda atento,
    Logo que a turba vê contente e junta,
    Donde vêm? aonde vão? quem são? pergunta.

XXIV

Um entre outros, que o chefe parecia,
    E sobre os mais da chusma dominava,
    Depois de agradecer-lhe a cortesia
    Na castelhana língua em que falava,
Somos (disse) da nobre Andaluzia,
    Onde o chão hispalense o Bétis lava,
    Sócios se ouviste o nome de Arelhano,
    E desde o Reino viemos Peruano.

XXV

Se a fama a vós chegou do valeroso
    Domador das províncias peruanas;
    E se Pizarro na orbe tão famoso
    Não se ignora das gentes lusitanas:
Fomos dele mandados pelo undoso
    Grão rio, que em correntes desce insanas,
    Desde a grã cordilheira, que iminente
    Aqui separa o ocaso do oriente.

XXVI

Novas ilhas buscando e novos mares
    Depois de longos dias navegamos;
    Já com procelas, já com brandos ares,
    Ao conhecido oceano chegamos:
Os perigos, os casos singulares,
    Que por mais de mil léguas toleramos,
    Não contara, depois que no mar erro,
    A ter o peito de aço e a voz de ferro.

XXVII

De sessenta e mais línguas diferentes
    Vimos, descendo o rio, em curso imenso,
    Incógnitas nações, bárbaras gentes,
    E um povo inumerável, vasto e denso:
Montanhas vimos, campos mil patentes,
    E um terreno nas margens tão extenso,
    Que poderá ele só neste hemisfério
    Formar com tanto povo um vasto império.

XXVIII

Mil vezes com canoas belicosas
    Combatemos no rio e mil em terra,
    Perseguidos de tropas numerosas,
    Que ocupavam talvez o vale e a serra:
Nem cessava nas margens perigosas
    De mil bravas nações a dura guerra,
    Até que entrando nas ardentes zonas,
    Chegamos à região das amazonas.

XXIX

Discorre com furor pela ribeira
    Vasto esquadrão de tropa feminina,
    Que em postura e contenho de guerreira,
    Assaltar nossa frota determina.
Sobre o sexo viril, turba grosseira,
    O feminino sexo ali domina,
    Onde no rio, porque a fama o conte,
    Recordamos o antigo Termodonte.

XXX

E já o hispano leão domado houvera
    Das amazonas o terreno infausto,
    Se do clima infeliz nos não morrera
    De mil fadigas Arelhano exausto.
A gente, pois, que o capitão perdera,
    Não podendo esperar sucesso fausto,
    Sobre este bergantim, que ali se adorna,
    Ao solar pátrio, navegando torna.

XXXI

Não duvideis, responde o herói clemente,
    De achar em mim socorro poderoso;
    Que achais quem como vós do mar fremente
    Aprendeu na desgraça a ser piedoso:
Tendes amiga mão, madeira e gente,
    Com que o casco, que vedes ruinoso,
    Reformando-se, torne do céu nosso
    À desejada Espanha e Bétis vosso.

XXXII

Disse; e ordenando a turba americana,
    Assiste ao fabro na naval fadiga;
    E quanto lhe permite a força humana,
    Faz que em breve o baixel seu rumo siga:
Nem se demora mais a gente hispana,
    Que a convida a monção e o vento obriga:
    Soltam a branca vela ao fresco vento,
    E vão raspando o líqüido elemento.

XXXIII

Felizes vós, diz Diogo, afortunados,
    A quem da cara pátria é concedido
    Tornar hoje aos abraços desejados,
    Depois de tanto tempo a ter perdido!
Enquanto eu nestes climas apartados
    Me vejo de seguir-vos impedido;
    Que fiar temo de tão débil lenho
    Outra vida que em mais que a própria tenho.

XXXIV

Dizendo assim, com calma vê lutando
    Formosa nau de gálica bandeira,
    Que a terra ao parecer vinha buscando,
    E a proa mete sobre a própria esteira:
Vem seguindo a canoa, e sinais dando,
    Até que aborda a embarcação veleira;
    E de paz dando a mostra conhecida,
    Às praias da Bahia a nau convida.

XXXV

A Gupeva entretanto e Taparica
    Dava o último abraço, e à forte esposa
    A intenção de levá-la significa,
    A ver de Europa a região famosa:
Suspensa entre alvoroço e pena fica
    Paraguaçu contente, mas saudosa:
    E quando o pranto na sentida fuga
    Começava a saudade, amor lho enxuga.

XXXVI

É fama então que a multidão formosa
    Das damas que Diogo pretendiam,
    Vendo avançar-se a nau na via undosa,
    E que a esperança de o alcançar perdiam:
Entre as ondas com ânsia furiosa
    Nadando o esposo pelo mar seguiam,
    E nem tanta água, que flutua vaga,
    O ardor que o peito tem, banhando apaga.

XXXVII

Copiosa multidão da nau francesa
    Corre a ver o espetáculo assombrada;
    E ignorando a ocasião da estranha empresa,
    Pasma da turba feminil, que nada:
Uma que às mais precede em gentileza,
    Não vinha menos bela, do que irada;
    Era Moema, que de inveja geme,
    E já vizinha à nau se apega ao leme.

XXXVIII

Bárbaro (a bela diz), tigre e não homem...
    Porém o tigre por cruel que brame,
    Acha forças amor que enfim o domem;
    Só a ti não domou, por mais que eu te ame:
Fúrias, raios, coriscos, que o ar consomem,
    Como não consumis aquele infame?
    Mas pagar tanto amor com tédio e asco...
    Ah! que o corisco és tu... raio... penhasco.

XXXIX

Bem puderas, cruel, ter sido esquivo,
    Quando eu a fé rendia ao teu engano;
    Nem me ofenderas a escutar-me altivo,
    Que é favor, dado a tempo, um desengano:
Porém deixando o coração cativo
    Com fazer-te a meus rogos sempre humano,
    Fugiste-me, traidor, e desta sorte
    Paga meu fino amor tão crua morte?

XL

Tão dura ingratidão menos sentira
　　E esse fado cruel doce me fora,
　　Se o meu despeito triunfar não vira
　　Essa indigna, essa infame, essa traidora:
Por serva, por escrava te seguira,
　　Se não temera de chamar senhora
　　A vil Paraguaçu, que, sem que o creia,
　　Sobre ser-me inf'rior, é néscia e feia.

XLI

Enfim, tens coração de ver-me aflita,
　　Flutuar, moribunda entre estas ondas;
　　Nem o passado amor teu peito incita
　　A um ai somente, com que aos meus
　　　　　　　　　　　　　　[respondas:
Bárbaro, se esta fé teu peito irrita,
　　(Disse, vendo-o fugir) ah não te escondas;
　　Dispara sobre mim teu cruel raio...
　　E indo a dizer o mais, cai num desmaio.

XLII

Perde o lume dos olhos, pasma e treme,
　　Pálida a cor, o aspecto moribundo;
　　Com mão já sem vigor, soltando o leme,
　　Entre as salsas escumas desce ao fundo:
Mas na onda do mar, que irado freme,
　　Tornando a aparecer desde o profundo,

Ah Diogo cruel! disse com mágoa,
E sem mais vista ser, sorveu-se n'água.

XLIII

Choraram da Bahia as ninfas belas,
    Que nadando a Moema acompanhavam;
    E vendo que sem dor navegam delas,
    À branca praia com furor tornavam:
Nem pode o claro herói sem pena vê-las,
    Com tantas provas, que de amor lhe davam;
    Nem mais lhe lembra o nome de Moema,
    Sem que ou amante a chore, ou grato gema.

XLIV

Voava então a nau na azul corrente,
    Impelida de um zéfiro sereno,
    E do brilhante mar o espaço ingente
    Um campo parecia igual e ameno:
Encrespava-se a onda docemente,
    Qual aura leve, quando move o feno;
    E como o prado ameno rir costuma,
    Imitava as boninas com a escuma.

XLV

Du Plessis, que os franceses governava,
    Em uma noite clara à popa estando,
    Os casos de Diogo, que escutava,
    Admira no naufrágio memorando:

Depois do herói prudente perguntava
    Quem achara o Brasil, o como e quando
    Ganhara no recôndito hemisfério
    Tanto tesouro o lusitano império?

XLVI

Dous monarcas (responde o lusitano)
    Já sabes que no ocaso e no oriente
    Novos mundos buscaram pelo oceano,
    Depois de haver domado a Líbia ardente:
E que onde não chegou grego, ou romano,
    Passeia o forte hispano e a lusa gente,
    Que instruídos na náutica com arte,
    Descobriram do mundo outra grã parte.

XLVII

Do Tejo ao China o português impera,
    De um pólo ao outro o castelhano voa,
    E os dous extremos da redonda esfera
    Dependem de Sevilha e de Lisboa[2]:
Mas depois que Colon sinais trouxera
    (Colon, de quem o mundo a fama voa)
    Deste novo admirável continente,
    Discorda com Castela o luso ardente.

---

    2. *Sevilha* – Então corte de Espanha.

XLVIII

Já se dispunha a guerra sanguinosa;
   Porém o comum pai aos dous intima
   Arbítrio na contenda duvidosa,
   Que a parte competente aos reis estima.
Desde Roma Alexandre imperiosa,
   Deixando ambos em paz à empresa anima,
   E uma linha lançando ao céu profundo,
   Por Fernando e João reparte o mundo.

XLIX

Na vasta divisão que ao luso veio,
   O precioso Brasil contido fica,
   País de gentes e prodígios cheio,
   Da América feliz porção mais rica:
Aqui do vasto oceano no meio
   Por horrível tormenta a proa aplica
   O ilustre Cabral com fausto ocaso
   Sobre graus dezesseis do nosso ocaso.

L

Da nova região, que atento observa,
   Admira o clima doce, o campo ameno,
   E entre o arvoredo imenso, a fértil erva
   Na viçosa extensão do áureo terreno:
Coberta a praia está de grã caterva
   De incógnita nação, que com o aceno,
   Porque a língua ignorava, à paz convida,
   Erguendo-se o troféu do autor da vida.

LI

Era o tempo em que alegre ressuscita
    A verde planta, que murchou no inverno;
    E quando a solar meta o tempo excita,
    Em que o rei triunfou da morte eterno:
Tão sagrada memória a frota incita
    A celebrar ao vencedor do inferno
    O sacrifício, dando a fé venera,
    A paixão, que em tal tempo sucedera.

LII

Em frondosa ramada o lusitano
    Um altar fabricou no prado extenso,
    Donde assista ao mistério soberano
    Da lusitana esquadra o povo imenso:
Ao rei triunfante do infernal tirano,
    Odorífero fuma o sacro incenso,
    E a vítima do céu, que a paz indica
    A gente e nova terra santifica.

LIII

Notar o americano ali contende
    Do sacrossanto altar o ato sublime;
    E tanto a simples gente o aceno entende,
    Que parece que a ação por santa estime:
Algum que olhava ao celebrante, empreende
    O gesto arremedar, que orando exprime,
    E as mãos une e levanta, e talvez solta,
    E quando o vê voltar também se volta.

LIV

Como as nossas ações talvez espia
    O peloso animal, que o mato hospeda,
    E quando vê fazer, como à porfia,
    Tudo posto a observar, logo arremeda:
Tal o gentio simples parecia,
    Que nem um pé, nem passo dali arreda,
    E ao santo sacrifício atento e mudo,
    O que aos mais viu fazer, fazia-o tudo.

LV

Aqui depois que às turbas eloqüente
    Dita o sacro orador pelo conceito,
    E a fé dispensa no ânimo valente
    Do nobre povo a propagá-la eleito,
Participa da ceia a cristã gente,
    E o dom recebem com fiel respeito;
    E é fama que Cabral, que os convocara,
    Montando sobre um alto, assim falara:

LVI

Gloriosa nação, que a terra vasta
    Vais a livrar do paganismo imundo,
    A quem esse orbe antigo já não basta,
    Nem a imensa extensão do mar profundo:
Neste oculto país, que o mar afasta,
    Tem teu zelo por campo um novo mundo;
    E quando tanta fé seus termos sonde,
    Outro mundo acharás, se outro se esconde.

LVII

Oh profundo conselho! Abismo imenso
    Do poder e saber do Onipotente!
    Que estivesse escondida no orbe extenso
    Tanta parte do mundo à sábia gente!
Cinqüenta e cinco séculos sem senso
    Das nações deste vasto continente,
    E em tanta indagação dos sábios feita,
    Não cair-nos na mente nem suspeita!

LVIII

Mas combine-se o dia, o tempo, a hora,
    Em que a alta Providência aqui nos guia;
    Quando à ignorância Cristo o perdão ora,
    Quando morre na cruz, no próprio dia:
Na bandeira do mar triunfadora
    Tremulamos as chagas com fé pia,
    E nelas quis à grei, que em sombras langue,
    Vir neste dia a oferecer seu sangue.

LIX

Goza de tanto bem, terra bendita,
    E na cruz do Senhor teu nome seja;
    E quanto a luz mais tarde te visita,
    Tanto mais abundante em ti se veja:
Terra de Santa Cruz tu sejas dita,
    Maduro fruto da Paixão na igreja,
    Da fé renovo pelo fruto nobre,
    Que o dia nos mostrou, que te descobre.

LX

Dizendo assim, ajoelha, e cruz entanto
    Sublime num outeiro se coloca;
    O exército formado ao sinal santo
    Se prostra humilde, pondo em terra a boca:
Pasma o gentio, e admira com espanto
    A melodia com que o céu se invoca,
    Hino entoando à cruz pios cantores,
    E respondendo as tropas e os tambores.

LXI

Terra, porém, depois chamou a gente
    Do Brasil, não da Cruz; porque atraída
    Doutro lenho nas tintas excelente,
    Se lembre menos do que o foi da vida:
Assim ama o mortal o bem presente,
    Assim o nome esquece, que o convida
    Aos interesses da futura glória,
    Aos bens atento só da transitória.

LXII

Observa o bom Cabral todo o prospecto
    Da imensa costa; e pelo clima puro,
    Pelo abordo tranqüilo e mar quieto,
    Chama o seio em que entrou Porto Seguro:
E olhando com saudade o doce objeto,
    Do seu destino, se lamenta escuro,
    Que pela empresa a que mandado fora
    Não permite na armada outra demora.

LXIII

Manda depois ao luso dominante
　Um aviso do clima descoberto;
　Nem tarda Manuel então reinante
　A enviar um cosmógrafo, que experto
Da escola fora que o famoso infante[3]
　Para a náutica ciência tinha aberto,
　E Américo dispõe que ao Brasil parta,
　De quem deu nome ao continente a carta.

LXIV

E por ter quem aos nossos interprete
　Do ignorado idioma a escura sorte,
　Alguns em terra condenados mete,
　Devidos por delito à crua morte:
A vida como prêmio lhes promete,
　Quando com peito se atravessem forte
　A esperar no sertão nova viagem,
　Aprendendo os rodeios da linguagem.

---

3. *Do famoso infante* – A escola náutica e matemática, fundada em Sagres pelo senhor Infante D. Henrique, deu os últimos lumes a Colon, Américo Vespucci, e outros cosmógrafos estranhos, que em nenhuma outra região da terra podiam achar estudos àquele tempo tão célebres como os de Portugal.

LXV

Com acenos depois à gente bruta
    Os seus, que lhe deixava, recomenda,
    E no claro perigo, em que os reputa,
    Arma lhe deixa que na guerra ofenda:
Dá-lhe a espécie, que ali bem se comuta,
    Em que possam tratar por compra e venda;
    Espelhos, cascavéis, anzóis, cutelos,
    Campainhas, fuzis, serras, martelos.

LXVI

Nem se demora mais a forte armada;
    E convidando o vento, estende a vela,
    Corre a bárbara gente amontoada
    Ao embarque das naus da tropa bela:
E, ao que pode entender-se, magoada
    Por saudade, que tem de mais não vê-la,
    Com acenos e voz enternecida
    Faziam a seu modo a despedida.

LXVII

Mais saudosos os tristes desterrados,
    Correndo imenso risco a língua aprendem,
    Recebendo alimentos comutados
    Pelas espécies que ao gentio vendem:
Talvez os têm co'a cítara encantados,
    Talvez com cascavéis todos suspendem;
    Mas o objeto que a vista mais lhe assombra
    É ver dentro do espelho a própria sombra:

LXVIII

Extático qualquer notando admira
    Dentro ao terso cristal a horrível cara:
    Pergunta-lhe quem é, como se ouvira,
    E crendo estar no inverso o que enxergara,
De uma parte a outra parte o espelho vira;
    E não topando o vulto na luz clara,
    Tal há que o vidro quebra, por ver dentro
    Se a imagem acha que observou no centro.

LXIX

Mas enquanto estes erram vagabundos,
    Américo Vespucci e o forte Coelho
    A longa costa e os seios mais profundos
    Demarcavam no náutico conselho:
Descobridor também dos novos mundos
    Foi Jacques na marinha esperto e velho,
    De quem já demarcado em carta ouvimos
    Esse ameno recôncavo que vimos.

LXX

Eu depois destes na ocasião presente,
    Quanto o vasto sertão nos encobria,
    Descobri, pondo em fuga a bruta gente,
    O recôncavo interno da Bahia:
Notei na vasta terra a turba ingente
    Que mais Europa toda não teria,
    Se da grã cordilheira ao mar baixando,
    Desde o Prata ao Pará se for contando.

LXXI

Dá princípio na América opulenta
    Às províncias do império lusitano,
    O Grão-Pará, que um mar nos representa,
    Êmulo em meio à terra do oceano;
Foi descoberto já (como se intenta)
    Por ordem de Pizarro, de Arelhano;
    País que a linha equinocial tem dentro,
    Onde a tórrida zona estende o centro.

LXXII

Em nove léguas só de comprimento,
    Vinte e seis de circuito se espraia
    No vasto Maranhão d'água opulento,
    Uma ilha bela que se estende à praia:
Regam-lhe quinze rios o áureo assento,
    E um breve estreito, que lhe forma a raia,
    Pode passar por istmo, que a encadeia
    À terra firme por mui breve areia.

LXXIII

O Ceará depois, província vasta,
    Sem portos e comércio, jaz inculta;
    Gentio imenso, que em seus campos pasta,
    Mais fero que outros o estrangeiro insulta:
Com violento curso ao mar se arrasta
    De um lago do sertão, de que resulta,
    Rio, onde pescam nas profundas minas
    As brasílicas pérolas mais finas.

LXXIV

Da fértil Paraíba não ocorre
    Que informe a gente vossa, sendo empresa
    Do comércio francês, que ali concorre
    A lenhos carregar que a Europa preza:
Não mui longe da costa, que ali corre,
    Uma ilha vedes de menor grandeza,
    Que amena, fértil, rica e povoada,
    É de Itamaracá de nós chamada.

LXXV

A oito graus do equinócio se dilata
    Pernambuco, província deliciosa,
    A pingue caça, a pesca, a fruta grata,
    A madeira entre as outras mais preciosa:
O prospecto, que os olhos arrebata
    Na verdura das árvores frondosa,
    Faz que o erro se escuse a meu aviso
    De crer que fora um dia o paraíso.

LXXVI

Sergipe então d'el-rei, logo o terreno
    De que viste a beleza e perspectiva;
    Nem cuido que outro visses mais ameno,
    Nem onde com mais gosto a gente viva:
Clima saudável, céu sempre sereno,
    Mitigada na névoa a calma ativa;
    Palmas, mangues, mil plantas na espessura,
    Não há depois do céu mais formosura.

LXXVII

A quinze graus do sul, na foz extensa
    De um vasto rio, por ilhéus cortado,
    Outra província de cultura imensa
    Tem dos próprios ilhéus nome tomado:
Depois Porto Seguro, a quem compensa
    O espaço da província limitado,
    Outra de âmbito vasto, que se assoma,
    E do Espírito Santo o nome toma.

LXXVIII

Niterói, dos tamoios habitada,
    Por largas terras seu domínio estende,
    Famosa região pela enseada
    Que uma grã barra dentro em si compreende:
Esta praia dos vossos freqüentada,
    Que pomo de discórdia entre nós pende,
    Custará, se pressago não me engano,
    Muito sangue ao francês e ao lusitano.

LXXIX

S. Vicente e S. Paulo os nomes deram
    Às extremas províncias que ocupamos;
    Bem que ao Rio da Prata se estenderam
    As que com próprio marco assinalamos.
E por memória de que nossos eram,
    De *Marco* o nome no lugar deixamos,
    Povoação que aos vindouros significa
    Onde o termo espanhol e o luso fica.

CANTO VII

I

Era o tempo em que o sol na vasta esfera
　　O claro dia com a noite iguala,
　　E o velho outono, que o calor modera,
　　De seus pâmpanos tece a verde gala:
E quando todo monte Baco altera,
　　E os capazes tonéis na adega abala,
　　Tocava a franca nau do claro Sena
　　Na deliciosa foz a praia amena.

II

Na grã Lutécia, capital do estado,
　　A ligeira falua dava fundo,
　　E esse orbe na cidade abreviado
　　Enchia Diogo de um prazer jucundo:
Templos, torres, palácios, casas, prados,
　　O famoso Ateneu mestre do mundo,

A corte mais augusta, que se avista,
Enche-lhe o coração e assombra a vista.

III

Paraguaçu, porém, que jamais vira
    Espetáculo igual, suspensa pára;
    Nem fala, nem se volta, nem respira,
    Imóvel a pestana e fixa a cara:
E cheia a fantasia do que admira,
    Causa-lhe tanto pasmo a visão rara,
    Que estúpida parece ter perdido
    O discurso, a memória, a voz e o ouvido.

IV

Qual pende o terno infante ao colo da ama,
    Se um novo e belo objeto tem presente,
    Que nem a doce mãe, que ao peito o chama,
    Nem os mimos do pai pasmado sente:
Tod'a alma no que vê fixo derrama,
    E só parece pelo olhar vivente,
    Não foi da americana o ar diverso,
    Vendo em Paris a suma do universo.

V

Por fama que se ouviu da novidade,
    A admirar o espetáculo se ajunta

Curiosa do sucesso a grã cidade,
E um se admira, outro o conta, algum
                            [pergunta:
Cresce o vago rumor sobre a verdade;
E a plebe, que a Diogo acode junta,
Dele e da esposa divulgada tinha
Que era o rei do Brasil e ela a rainha.

VI

E já avistavam do palácio augusto
   Em bela perspectiva o régio espaço,
   E o átrio vendo de troféus onusto,
   Entram do franco rei no excelso paço:
Cinge as portas exército robusto,
   Brilhante guarda, de que o invicto braço,
   Ao lado sempre da real pessoa,
   Sustenta as lises e defende a croa.

VII

Era ali cristianíssimo reinante
   Entre os franceses o segundo Henrique,
   Meta então do germano fulminante,
   Que opôs de Carlos às vitórias dique:
Ortodoxo monarca, da fé amante,
   Que faz que em toda a França imóvel fique
   O antigo culto e religião paterna,
   Que invadiu de Calvino a fúria averna.

VIII

Senta-se ao régio lado a grã princesa,
    Formosa Lis, que do Arno florentino
    Trouxe à França um tesouro de beleza,
    E outro maior no engenho peregrino:
Formoso par, que a sábia natureza
    Não sem instinto conjugou divino;
    Porque roubando Henrique a dura morte,
    Sustente França Catarina a forte.

IX

Ao trono cristianíssimo prostrado,
    A régia mão dos dous monarcas beija
    O bom Diogo, tendo a esposa ao lado,
    E faz que atenta toda a corte esteja:
E havendo por três vezes humilhado,
    A fronte aos reis, que respeitar deseja,
    É fama que com gesto reverente
    Falara deste modo ao rei potente.

X

Tendes a vossos pés, Sire, invocando
    No trono da grandeza a majestade,
    Estes dous peregrinos, que surcando
    Do proceloso mar a imensidade,
No império, que regeis com sábio mando,
    Buscam asilo na real piedade;
    E a vós e ao vosso reino se dirigem,
    Donde tem Portugal o nome e a origem.

XI

O Brasil, Sire, infunde-me a confiança
   Que ali renasça o português império,
   Que estendendo-se ao Cabo da Esperança,
   Tem descoberto ao mundo outro
                     [hemisfério:
Tempo virá, se o vaticínio o alcança,
   Que o cadente esplendor do nome
                     [hespério
   O século, em que está, recobre de ouro,
   E lhe cinja o Brasil mais nobre louro.

XII

E tu, que ao luso reino um germe augusto
   No grão Burgundo a propagar mandaste,
   Contempla, ó França heróica, o império justo
   Como ramo do teu, que ali plantaste;
E se o inculto Brasil, se o cafre adusto
   Por teus famosos netos subjugaste,
   Admite ao trono do solar primeiro
   Este teu não indigno aventureiro.

XIII

E esta, que ao lado meu teu cetro beija,
   Princesa do Brasil, que um tempo fora,
   No seio da cristã piedosa igreja,
   Como mãe pia regenera agora.
É bem que a mãe primeira o Brasil veja,
   Donde a gente nasceu, que lhe é senhora;

E quando a Lusitânia lhe é rainha,
Tome o Brasil a França por madrinha.

XIV

Disse o herói generoso, e o rei potente,
   Recordando os anais de antiga história,
Com vista majestosa, mas clemente,
   Deu sinal de agradar-lhe esta memória.
Com sussurro entretanto a áulica gente
   Celebra, como própria, a lusa glória;
   E, impondo-lhe silêncio alto respeito,
   Respondem com os olhos e co'peito.

XV

Mongomery, que serve na assembléia
   De intérprete do rei, falou benigno;
Conforme na resposta à justa idéia,
   De que o bom Diogo se mostrou tão digno:
Nem vendo a Lísia de conquistas cheia
   Lhe inspira o impulso da ambição maligno,
   A invejar-lhe já mais troféus tamanhos,
   Que em prole sua não reputa estranhos.

XVI

Ide, disse a rainha, ó par ditoso,
   Que o banho santo, donde a culpa amara,
Se apague nesse peito generoso,
   Comigo a França apadrinhar prepara.

E quando o sol seu curso luminoso
    Três vezes repetir na esfera clara,
    Será das nódoas do tartáreo abismo
    Lavada a bela dama no batismo.

XVII

Era o dia em que é fama que o homem feito
    De terra foi na estátua preciosa,
    Em que Deus lhe infundira no seu peito
    Do soberano ser cópia formosa.
Dia do nosso rito ao culto eleito
    De Simão e Tadeu, quando formosa
    Entrou Paraguaçu, com feliz sorte
    No banho santo, rodeando-a a corte.

XVIII

À roda o real clero e grão jerarca
    Forma em meio à capela a augusta linha;
    Entre os pares seguia o bom monarca,
    E ao lado da neófita a rainha.
Vê-se cópia de lumes nada parca,
    E a turba imensa que das guardas vinha;
    E dando nome a augusta à nobre dama,
    Põe-lhe o seu próprio e Catarina a chama.

XIX

Banhada a formosíssima donzela
    No santo Crisma, que os cristãos confirma,

Os desposórios na real capela
Com o valente Diogo amante firma.
Catarina Alvres se nomeia a bela,
De quem a glória no troféu se afirma[1],
Com que a Bahia, que lhe foi senhora,
Noutro tempo, a confessa, e fundadora.

XX

Prepara-se um banquete com grandeza,
Em que a cópia compita co'a elegância,
E aos dous consortes se dispõe a mesa
No magnífico paço em régia estância:
Nem se dedigna a Soberana Alteza,
Depois de os regalar com abundância,
De dar rainha e rei, de ouvir curiosos,
Uma audiência privada aos dous esposos.

XXI

Depois (disse o monarca) que informado
De meus ministros tenho a história ouvido,
Como foste das ondas agitado,
Como da gente bárbara temido:
Sabendo que os sertões tens visitado,
E o centro do Brasil reconhecido,
Quero das terras, dos viventes, plantas,
Que a história contes de províncias tantas.

---

1. *Troféu* – Alude-se à imagem de Catarina Alvres, pintada sobre a casa da pólvora na Bahia.

XXII

Mandas-me, rei augusto, que te exponha
 (Diz cheio de respeito o herói prudente),
 E aos olhos teus em um compêndio ponha
 A história natural da oculta gente:
Se esperas de mim, Sire, que componha
 Exata narração da cópia ingente,
 Empresa tanta é, quando obedeça,
 Que faz que o tempo falte e a voz faleça.

XXIII

Mil e cinqüenta e seis léguas de costa,
 De vales e arvoredos revestida,
 Tem a terra brasílica composta
 De montes de grandeza desmedida:
Os Guararapes, Borborema posta
 Sobre as nuvens na cima recrescida,
 A serra de Aimorés, que ao pólo é raia,
 As de Ibo-ti-catu e Itatiaia.

XXIV

Nos vastos rios e altas alagoas
 Mares dentro das terras representa;
 Coberto o Grão-Pará de mil canoas,
 Tem na espantosa foz léguas oitenta.
Por dezessete se deságua boas
 O vasto Maranhão; léguas quarenta
 O Jaguaribe dista; outro se engrossa
 De S. Francisco, com que o mar se adoça.

XXV

O Sergipe, o real de licor puro,
    Que com vinte o sertão regando correm,
    Santa Cruz, que no porto entra seguro,
    Depois de trinta, que no mar concorrem;
Logo o das Contas, o Taigipe impuro,
    Que abrindo a vasta foz no oceano morrem,
    O Rio Doce, a Cananéia, a Prata,
    E outros cinqüenta mais, com que arremata.

XXVI

O mais rico e importante vegetável
    É a doce cana, donde o açúcar brota,
    Em pouco às nossas canas comparável;
    Mas nas do milho proporção se nota:
Com manobra expedita e praticável,
    Espremido em moenda o suco bota,
    Que acaso a antigüidade imaginava,
    Quando o néctar e ambrósia celebrava.

XXVII

Outra planta de muitos desejada,
    Por fragrância que o olfato ativa sente,
    Erva santa dos nossos pais chamada,
    Mas tabaco depois da hispana gente,
Pelo franco Nicot manipulada,
    Expele a bile, e o cérebro cadente
    Socorre em modo tal, que em quem o tome
    Parece o impulso de o tomar que é fome.

XXVIII

É sustento comum, raiz prezada,
    Donde se extrai com arte útil farinha,
    Que saudável ao corpo, ao gosto agrada,
    E por delícia dos Brasis se tinha.
Depois que em *bolandeiras* foi ralada[2],
    No *tapiti* se espreme e se convinha;
    Fazem a *puba* então e a *tapioca*,
    Que é todo o mimo e flor da mandioca.

XXIX

Chama o agricultor raiz gostosa
    Aipi por nome; e em gosto se parece
    Com a mole castanha saborosa,
    De que tira o país vário interesse.
Ótimo arroz em cópia prodigiosa
    Sem cultura nos campos aparece,
    No Pará, Cuiabá, por modo feito,
    Que iguala na bondade o mais perfeito.

XXX

Ervilhas, feijão, favas, milho e trigo,
    Tudo a terra produz, se se transplanta;
    Fruta também, o pomo, a pêra, o figo
    Com bífera colheita e em cópia tanta:

---

2. *Bolandeiras* e *tapitis* – Instrumentos com que se fabrica a farinha de mandioca. Puba (ou fubá) é a flor da mesma farinha.

Que mais que no país que o dera antigo,
   No Brasil frutifica qualquer planta;
   Assim nos deu a Pérsia e Líbia ardente
   Os que a nós transplantamos de outra gente.

XXXI

Nas comestíveis ervas é louvada
   O quiabo, o jiló, os maxixeres,
   A maniçoba peitoral prezada,
   A taioba agradável nos comeres:
O palmito de folha delicada,
   E outras mil ervas, que se usar quiseres,
   Acharás na opulenta natureza
   Sempre com mimo preparada a mesa.

XXXII

Sensível chama-se erva pudibunda,
   Que quando a mão chegando alguém lhe
                                    [ponha,
   Parece que do tato se confunda
   E que fuja ao que a toca por vergonha.
Nem torna a si da confusão profunda,
   Quando ausente o agressor se lhe não
                                    [ponha
   Documento à alma casta, que lhe indica
   Que quem cauta não foi nunca é pudica.

XXXIII

D'ervas medicinais cópia tão rara
    Tem no mato o Brasil e na campina,
    Que quem toda a virtude lhe explorara,
    Por demais recorrera à medicina.
Nasce a gelapa ali, a sene amara,
    O filopódio, a malva, o pau da China,
    A caroba, a capeba, e mil que agora
    Conhece a bruta gente e a nossa ignora.

XXXIV

Tem mimosos legumes, que não cedem
    Aos que usamos na Europa mais prezados,
    Gengibre, gergelim, que os mais excedem,
    Mendubim, mangaló, que usam guisados:
Alguns medicinais, com que despedem
    Do peito estilicídios radicados;
    Tem o cará, o inhame, e em cópia grata
    Mangarás, mangaritos e batata.

XXXV

Das flores naturais pelo ar brilhante
    É com causa entre as mais rainha a rosa,
    Branca saindo a aurora rutilante,
    E ao meio-dia tinta em cor lustrosa:
Porém crescendo a chama rutilante,
    É purpúrea de tarde a cor formosa;
    Maravilha que a Clície competira,
    Vendo que muda a cor, quando o sol gira.

XXXVI

Outra engraçada flor, que em ramos pende
   (Chamam de S. João), por bela passa
   Mais que quantas o prado ali compreende,
   Seja na bela cor, seja na graça:
Entre a copada rama que se estende,
   Em vistosa aparência a flor se enlaça,
   Dando a ver por diante e nas espaldas
   Cachos de ouro com verdes esmeraldas.

XXXVII

Nem tu me esquecerás, flor admirada,
   Em quem não sei se a graça, se a natura
   Fez da Paixão do Redentor sagrada
   Uma formosa e natural pintura:
Pende com pomos mil sobre a latada,
   Áureos na cor, redondos na figura,
   O âmago fresco, doce e rubicundo
   Que o sangue indica que salvará o mundo.

XXXVIII

Com densa cópia a folha se derrama,
   Que muito à vulgar hera é parecida,
   Entressachando pela verde rama
   Mil quadros da Paixão do Autor da vida:
Milagre natural, que a mente chama
   Com impulsos da graça, que a convida,
   A pintar sobre a flor aos nossos olhos
   A cruz de Cristo, as chagas e os abrolhos.

XXXIX

É na forma redonda, qual diadema
    De pontas, como espinhos, rodeada,
    A coluna no meio, e um claro emblema
    Das chagas santas e da cruz sagrada:
Vêem-se os três cravos e na parte extrema
    Com arte a cruel lança figurada,
    A cor é branca, mas de um roxo exangue,
    Salpicada recorda o pio sangue.

XL

Prodígio raro, estranha maravilha,
    Com que tanto mistério se retrata!
    Onde em meio das trevas a fé brilha,
    Que tanto desconhece a gente ingrata:
Assim do lado seu nascendo filha
    A humana espécie, Deus piedoso trata,
    E faz que quando a graça em si despreza,
    Lhe pregue co'esta flor a natureza.

XLI

Outras flores suaves e admiráveis
    Bordam com vária cor campinas belas,
    E em vária multidão por agradáveis
    A vista encantam, transportada em vê-las:
Jasmins vermelhos há, que inumeráveis
    Cobrem paredes, tetos e janelas;
    E, sendo por miúdos mal distintos,
    Entretecem purpúreos labirintos.

XLII

As açucenas são talvez fragrantes,
    Como as nossas na folha organizadas;
    Algumas na candor lustram brilhantes,
    Outras na cor reluzem nacaradas.
Os bredos namorados rutilantes,
    As flores de courana celebradas;
    E outras sem conto pelo prado imenso,
    Que deixam quem as vê como suspenso.

XLIII

Das frutas do país a mais louvada
    É o régio ananás, fruta tão boa,
    Que a mesma natureza namorada
    Quis como a rei cingi-la da coroa:
Tão grato cheiro dá, que uma talhada
    Surpreende o olfato de qualquer pessoa;
    Que a não ser do ananás distinto aviso,
    Fragrância a cuidará do paraíso.

XLIV

As fragrantes pitombas delicadas
    São como gemas d'ovos na figura;
    As pitangas com cores golpeadas
    Dão refrigério na febril secura:
As formosas goiabas nacaradas,
    As bananas famosas na doçura,
    Fruta, que em cachos pende e cuida a gente
    Que fora o figo da cruel serpente.

XLV

Distingue-se entre as mais na forma e gosto,
    Pendente de alto ramo o coco duro,
    Que em grande casca no ext'rior composto,
    Enche o vaso int'rior de um licor puro:
Licor que à competência sendo posto,
    Do antigo néctar fora o nome escuro;
    Dentro tem carne branca como a amêndoa,
    Que a alguns enfermos foi vital, comendo-a.

XLVI

Não são menos que as outras saborosas
    As várias frutas do Brasil campestres,
    Com gala de ouro e púrpura vistosas,
    Brilha a mangaba e os mucujês silvestres:
Os mamões, muricis, e outras famosas,
    De que os rudes caboclos foram mestres,
    Que ensinaram os nomes, que se estilam,
    Janipapo e caju vinhos distilam.

XLVII

Nas preciosas árvores se conta
    O cacau, droga em Espanha tão comua,
    Pouco n'altura mais que arbusto monta,
    E rende novo fruto em cada lua;
A baunilha nos cipós desponta,
    Que tem no chocolate a parte sua,
    Nasce em bainhas, como paus de lacre,
    De um suco oleoso, grato o cheiro e acre.

XLVIII

Ótimo anil de planta pequenina
    Entre as brenhas incultas se recolhe;
    Tece-se a roupa do algodão mais fina,
    Que em cópia abundantíssima se colhe:
Que, se a abundância à indústria se combina,
    Cessando a inércia, que mil lucros tolhe,
    Houvera no algodão, que ali se topa,
    Roupa com que vestir-se toda a Europa.

XLIX

O uruçu, fruta d'árvore pequena,
    Como lima, em pirâmide elevada,
    De que um extrato a diligência ordena,
    Que a escarlata produz mais nacarada:
De imortal tronco a tarajaba amena
    Rende a áurea cor dos belgas desejada,
    O pau-brasil, de que o engenhoso norte
    Costuma extrair cor de toda a sorte.

L

Há de bálsamos árvores copadas,
    Que por léguas e léguas se dilatam;
    Folhas cinzentas, como a murta, obradas,
    E em grato aroma os troncos se desatam:
Se neles pelas luas são sangradas;
    E uso vário fazendo os que contratam,
    Lavram remédios mil e obras lustrosas,
    Contas de cheiro e caixas preciosas.

LI

A copaíba em curas aplaudida,
    Que a médica ciência estima tanto,
    A bicuíba no óleo conhecida,
    A almécega, que se usa no quebranto.
A preciosa madeira apetecida,
    Que o nome nos merece de pau-santo,
    O salsafraz cheiroso, de que as praças
    Se vêm cobertas com formosas taças.

LII

Quais ricas vegetáveis ametistas,
    As águas do violete em vária casta,
    O áureo pequiá com claras vistas,
    Que noutros lenhos por matiz se engasta:
O vinhático pau, que quando avistas,
    Massa de ouro parece extensa e vasta;
    O duro pau que ao ferro competira,
    O angelim, tataipeva, o supopira.

LIII

Troncos vários em cor e qualidade,
    Que inteiriças nos fazem as canoas,
    Dando a grossura tal capacidade,
    Que andam remos quarenta e cem pessoas:
E há por todo o Brasil em quantidade
    Madeiras para fábricas tão boas,
    Que trazendo-as ao mar por vastos rios,
    Pode encher toda a Europa de navios.

LIV

Nutre a vasta região raros viventes
    Em número sem conto e em natureza
    Dos nossos animais tão diferentes,
    Que enchem a vista da maior surpresa.
Os que têm mais comuns as nossas gentes
    Ignora esta porção de redondeza;
    O boi, cavalo, a ovelha, a cabra e o cão;
    Mas, levados ali, sem conto são.

LV

Todo o animal é fero ali, levado
    Donde tinha o seu pasto competente;
    Nem era lugar próprio ao nosso gado,
    Que fora o bruto manso e fera a gente:
Como entre nós é o tigre arrebatado,
    Cruel a onça, o javali fremente,
    Feras as antas são americanas,
    E próprias do Brasil as suraranas.

LVI

Vêem-se cobras terríveis, monstruosas,
    Que afugentam co'a vista a gente fraca;
    As jibóias, que cingem volumosas
    Na cauda um touro, quando o dente o ataca:
Vôa entre outras com forças horrorosas,
    Batendo a aguda cauda a jararaca,
    Com veneno, a quem fere tão presente,
    Que logo em convulsão morrer se sente.

LVII

.Entre outros bichos de que o bosque abunda,
    Vê-se o espelho da gente, que é remissa,
    No animal torpe de figura imunda,
    A que o nome pusemos de preguiça:
Mostra no aspecto a lentidão profunda,
    E quando mais se bate e mais se atiça,
    Conserva o tardo impulso por tal modo,
    Que em poucos passos mete um dia todo.

LVIII

Vê-se o camaleão, que não se observa
    Que tenha, como os mais, por alimento
    Ou folha, ou fruto, ou nota carne, ou erva,
    Donde a plebe afirmou que pasta em vento:
Mas sendo certo que o ambiente ferva
    De infinitos insetos, por sustento
    Creio bem que se nutra na campanha
    De quantos deles, respirando, apanha.

LIX

Gira o sareué, como pirata,
    Da criação doméstica inimigo;
    À canção da guariba sempre ingrata
    Responde o guassinin, que o segue amigo:
Da vária caça, que o caboclo mata,
    A narração por longa não prossigo,
    Veados, capivaras e coatias,
    Pacas, teús, periás, tatus, cotias.

LX

O mono, que a espessura habita astuto,
    De um ramo noutro buliçoso salta,
    E para não se crer que nasceu bruto,
    Parece que o falar somente falta:
O riso imita, e contrafaz o luto;
    E a tanto sobre os mais o instinto exalta,
    Que onde a espécie brutal chegar lhe veda
    Tem arte natural com que o arremeda.

LXI

Entre as voláteis caças mais mimosa,
    A zabelé, que os francolins imita,
    É de carne suave e deliciosa,
    Que ao tapuia voraz a gula incita:
Logo a enha-popé, carne preciosa,
    De que a titela mais o gosto irrita,
    Pombas verás também nesses países,
    Que em sabor, forma e gosto são perdizes.

LXII

Juritis, pararis, tenras e gordas,
    A hiraponga no gosto regalada,
    As marrecas, que ao rio enchem as bordas,
    As jacutingas, e a aracã prezada:
E se do lago na ribeira abordas
    De galeirões e patos habitada,
    Verás, correndo as águas na canoa,
    A turba aquátil, que nadando voa.

LXIII

Negou às aves do ar a natureza
    Na maior parte a música harmonia;
    Mas compensa-se a vista na beleza
    Do que pode faltar na melodia:
A pena do tucano mais se preza,
    Que feita de ouro fino se diria,
    Os guarazes pelo ostro tão luzidos,
    Que parecem de púrpura vestidos.

LXIV

Vão pelo ar loquazes papagaios,
    Como nuvens voando em cópia ingente,
    Iguais na formosura aos verdes maios,
    Proferindo palavras como a gente:
Os periquitos com iguais ensaios,
    O canindé, qual íris reluzente;
    Mas falam menos, da pronúncia avaras,
    Gritando as formosíssimas araras.

LXV

Como melros são negros os bicudos,
    Mais destros e agradáveis no seu canto,
    Na terra os sabiás sempre são mudos,
    Mas junto d'água têm a voz que é encanto:
Os coleirinhos no entoar agudos,
    As patatibas, que o saudoso pranto
    Imitam requebrando com sons vários,
    Os colibris e harmônicos canários.

LXVI

Das espécies marítimas de preço
    Temos pérolas netas preciosas,
    Nem melhores aljôfares conheço
    Que os das ostras brasílicas famosas:
Âmbar gris do melhor, mais denso e espesso,
    Nas costas do Ceará se vê espaçosas,
    Madrepérolas, conchas delicadas,
    Umas parecem de ouro, outras prateadas.

LXVII

Piscoso o mar de peixes mais mimosos,
    Entre nós conhecidos rico abunda,
    Linguados, sáveis, meros preciosos,
    A agulha, de que o mar todo se inunda:
Robalos, salmonetes deliciosos,
    O cherne, o voador, que n'água afunda,
    Pescadas, galo, arraias e tainhas,
    Carapaus, encharrocos e sardinhas.

LXVIII

Outros peixes, que próprios são do clima,
    Berupirás, vermelhos, e o garopa,
    Pâmpanos, corimás, que o vulgo estima,
    Ou dourados, que preza a nossa Europa:
Carapebas, parus, nem desestima
    A grande cópia, que nos mares topa,
    A multidão vulgar do xaréu vasto,
    Que às pobres gentes subministra o pasto.

LXIX

De junho a outubro para o mar se alarga,
  Qual gigante marítimo a baleia,
  Que palmos vinte e seis conta de larga,
  Setenta de comprido, horrenda e feia:
Oprime as águas com a horrível carga,
  E de oleosa gordura em roda cheia,
  Convida o pescador que ao mar se deite,
  Por fazer, derretendo-a, útil azeite.

LXX

Tem por espinhas ossos desmarcados,
  O ferro as duras peles representam,
  Donde pendem mil búzios apegados,
  Que de quanto lhe chupam se sustentam:
Não parecem da fronte separados
  Os vastos corpos que na areia assentam,
  Entre os olhos medonhos se ergue a tromba,
  Que ondas vomita como aquátil bomba.

LXXI

Na boca horrível, como vasta gruta,
  Doze palmos comprida a língua pende,
  Sem dentes, mas da boca imensa e bruta
  Barbatanas quarenta ao longo estende:
Com elas para o estômago transmuta
  Quanto por alimento n'água prende,
  O peixe ou talvez carne, e do elemento
  A fez imunda, que lhe dá sustento.

LXXII

Duas asas nos ombros tem por braços,
    Que aos lados vinte palmos se difundem,
    Com asa e cauda os líqüidos espaços
    Batendo remam, quando o mar confundem:
E excitando no pélago fracassos,
    Chorros d'água nas naus de longe infundem;
    E andando o monstro sobre o mar boiante,
    Crê que é ilha o inexperto navegante.

LXXIII

Brilha o materno amor no monstro horrendo,
    Que, vendo prevenida a gente armada,
    Matar se deixa n'água combatendo,
    Por dar fuga, morrendo, à prole amada:
Onde no filho o arpão caçam metendo,
    Com que atraindo a mãe dentro à enseada,
    Desde a longa canoa se alanceia,
    Ao lado de seus filhos a baleia.

LXXIV

Sobre a costa o marisco apetecido
    No arrecife se colhe e nas ribeiras,
    As lagostas e o polvo retorcido,
    Os lagostins, santolas, sapateiras:
Ostras famosas, camarão crescido,
    Caranguejos também de mil maneiras,
    Por entre os mangues, donde o tino perde
    A humana vista em labirinto verde.

CANTO VIII

I

Três vezes tinha o sol no giro oblíquo
　　A carreira dos trópicos voltado,
　　E três de Europa pelo clima aprico
　　Tinha as plantas o abril ressuscitado:
Depois que do Brasil se tinha rico
　　À França o nobre Diogo transportado,
　　Buscando nas viagens meio e lume
　　Com que reforme o bárbaro costume.

II

Mas da mísera gente na lembrança,
　　Que lhe excita da esposa a cara imagem,
　　Meditava deixar a amiga França,
　　Repetindo a brasílica viagem.
Na generosa empresa não descansa
　　De instruir a rudeza do salvagem,

E cuida com razão que é humanidade
Amansar-lhe a cruel barbaridade.

III

Enquanto nau e embarque negoceia,
   Do amigo Du Plessis solicitado,
   Foi-lhe do rei francês proposta a idéia
   De erguer as lises no país buscado:
Terás (lhe disse, e é fácil que se creia,
   Que lho dizia do seu rei mandado),
   Terás da França auxílio e tropa imensa,
   E maior que o serviço a recompensa.

IV

Que se o empenho te ocupa generoso
   De amansar do gentio a mente impia,
   Trazendo a França um povo numeroso,
   Melhor se amansará na companhia:
Que engano fora à Europa pernicioso,
   Quando colônias derramando envia,
   Extinguir sem remédio a infeliz gente
   E despovoar-se com a tropa ausente.

V

Desta arte Roma o império seu fazia,
   Que as colônias pelo orbe derramando,
   Do país conquistado outras unia,
   Com que ia a falta própria reparando:

Num século, que o bárbaro vivia,
   Na grã Roma romano ia ficando,
   E neste arbítrio de pensar profundo,
   Foi mundo Roma, e foi romano o mundo.

VI

Este meio, portanto, eu te sugiro[1],
   Que se a tua prudência hoje executa,
   Verás em pouco tempo, como aspiro,
   Francesa pelo trato a gente bruta:
Vive sempre brutal no seu retiro
   Quem ninguém comunica e nada escuta,
   Nem o salvagem tirarás da toca,
   Se outro país não trata e o seu não troca.

VII

E entanto que o terreno nosso habita,
   Transmigrada a infeliz gentilidade,
   A gente, que perdemos infinita,
   Suprirá com comua utilidade:
Assim a agricultura mais se excita,
   Cresce a plebe no campo e na cidade,
   E a turba inerte, que corrompe a terra,
   Ou se deixa emendada, ou se desterra.

---

1. *Este meio* – Projeto admirável de fazer úteis as conquistas à população das nações que as fazem, pois é certo que com esta política se formou e cresceu a antiga república de Roma.

VIII

Disse o francês prudente, e o nobre Diogo,
   Leal à amada pátria respondendo,
   Sábio projeto dás (replicou logo)
   Sobre a população; nada o contendo:
Mas não posso convir no exposto rogo,
   Sendo fiel ao rei, português sendo,
   Quando o luso monarca julgo certo
   Senhor de quanto deixa descoberto.

IX

Vivendo *ex lege* um povo na anarquia,
   Tem direito o vizinho a sujeitá-lo,
   Que a natureza mesma inspiraria
   Ao que fosse mais próximo a amansá-lo:
Deixo que o céu parece que o queria,
   Dando a Cabral o instinto de buscá-lo[2],
   E o ser em caso tal comum conceito,
   Que quem primeiro o ocupa tem direito.

---

   2. Note-se que Colon não foi o descobridor do Brasil, mas Pedro Álvares Cabral; que ao mesmo Colon, então habitante na Madeira, deu os roteiros com que descobriu a América Francisco Sanches, o qual fazem uns andaluz, outros biscainho, mas o espanhol Gomara, autor coevo e que militou entre os soldados de Colon, atesta que era português. Não é portanto ocasião de notar-se a expressão: *dando a Cabral o instinto*, etc.

X

E sem que ofenda a França a minha escusa,
   É bem que esta conquista a Lísia faça;
   Mas, enquanto a Bahia o não recusa,
   Ser-vos-á no comércio a melhor praça:
Cópia de drogas achareis profusa,
   E o lenho precioso ali de graça;
   E durando eu na pátria obediência,
   Serei francês na obrigação e agência.

XI

Admirou Du Plessis no peito nobre
   O generoso ardor e o pátrio zelo,
   Que a ilustre condição no obrar descobre
   Novo motivo para mais querê-lo;
Sem mais receio que o contrário ele obre,
   Na nova expedição quer sócio tê-lo.
   Mas antes de embarcar-se o herói prudente
   Avisa o luso rei da empresa ingente.

XII

Já pelo salso oceano navega
   A franca nau, e o Cabo se divisa
   Donde à Europa no ocaso ao termo chega,
   Tido do antigo nauta por baliza:
A terra ali se vê que o Minho rega,
   Correndo a costa da feliz Galiza;
   E o rumo então seguindo do ocidente
   Ao meio-dia se navega ardente.

XIII

Não longe do Equador o mar cortava,
  Quando Paraguaçu, já Catarina,
  Como era seu costume, atenta orava,
  Implorando o favor da Mão Divina:
E eis que à vista da turba, que a observava,
  Enquanto adora a majestade trina,
  Em sono fica suspendida e absorta,
  E algum cuida que dorme, outro que é morta.

XIV

Brilha no aspecto um ar do afeto interno;
  Mas em funda abstração com doce calma,
  Bem se lhe vê pelo semblante externo
  Que ocupa em grande objeto a feliz alma.
Vê-se nela arraiar do lume eterno,
  Que no céu goza quem já logra a palma,
  Admirável vislumbre, que suspende
  E infunde um pio afeto a quem o atende.

XV

Assim por longas horas abstraída
  Deixava o caro esposo na ansiedade,
  Se era sono, em que estava suspendida,
  Se era efeito de cruel enfermidade;
Ora suspeita que perigue a vida,
  Ora na celestial tranquilidade
  Crê que do claro empíreo habitadora
  Imortal sobre o céu reinando mora.

XVI

Até que a si tornada docemente,
    Corre a turba co'a vista em grato giro;
    E como quem esta aura ingrata sente,
    Rompe os longos silêncios num suspiro:
Oh doce (disse), oh pátria permanente!
    Que escuro ar parece que respiro!
    Feliz quem contemplando o céu formoso
    Vive no seio do celeste esposo!

XVII

Pasmado Diogo e a multidão que a ouvia,
    Calam todos no assombro de admirados,
    Nem já duvidam que visão seria
    Em que ouvira os mistérios revelados:
Quando ocultos segredos Deus confia,
    Não devem ser (diz Diogo) propalados;
    Mas, se em parte, como este, é manifesto,
    Temerário não sou, se inquiro o resto.

XVIII

Narra-nos, feliz alma, a visão bela!
    Quem sabe se por ti nos manda aviso
    A Providência, que ao governo vela,
    Do mortal nos seus fins sempre indeciso:
Não nos cales entanto o que revela
    Por nosso lume, o excelso Paraíso,
    E a nossos rogos com memória pronta,
    Dizendo quanto viste, tudo conta.

XIX

Calaram todos com ouvido atento,
　　Pendendo da expressão de Catarina;
　　E tomando na popa em roda assento,
　　Dão-lho sobre um canhão, que ao bordo
　　　　　　　　　　　　　　　　[inclina:
Mandais-me (a dama disse) que o portento
　　Haja de expor-vos da impressão divina:
　　Quem poderá contar cousa tão alta,
　　Quando o lume cessou, a ciência falta?

XX

Nem inculco em meu sonho um sacro instinto,
　　Que tudo fingir pode a fantasia;
　　Porque a imagem talvez que n'alma pinto,
　　Por força natural se fingiria:
Pode ser, se pressaga a idéia sinto,
　　Que sem extraordinária profecia,
　　Anteveja o sucesso, o tempo e o prazo,
　　E depois não suceda, ou seja acaso.

XXI

Vi, não sei s'era impulso imaginário,
　　Um globo de diamante claro e imenso;
　　E nos seus fundos figurar-se vário
　　Um país opulento, rico e extenso:
E aplicando o cuidado necessário,
　　Em nada do meu próprio o diferenço;

Era o áureo Brasil tão vasto e fundo,
Que parecia no diamante um mundo.

XXII

Fixo os olhos atenta no estupendo,
  Milagroso espetáculo que via,
  E em três léguas de boca vi correndo
  Por doze de diâmetro a Bahia.
Seis rios pelo golfo discorrendo,
  Engenhos, povoações que descobria,
  Eram como ornamentos da cidade,
  De que se ergue no plano a majestade.

XXIII

Parecia em seis bairros dividida,
  Com duas praças de extensão formosa,
  Fortaleza ali vi na barra erguida,
  Outra a parte de terra majestosa:
A enseada por oito defendida,
  E outra em Taparica poderosa;
  Duas casas de pólvora e na entrada
  Vi-me a mim de uma delas retratada.

XXIV

Dentro a um templo magnífico se via
  De seus prelados turma numerosa,
  De que um às mãos dos bárbaros morria,
  Outro a espada cingia valerosa:

Muitos da alta virtude os matos via,
    Com caridade discorrer zelosa,
    Sem poupar tempo, estudo, ou vida, ou gasto,
    Por propagar a fé no sertão vasto.

XXV

No grão palácio em tintas retratados
    Os que o governo do Brasil tiveram,
    Os Sousas na Bahia decantados,
    Os nobres Costas, que depois vieram:
Mas entre outros na guerra celebrados,
    Por troféus que vencendo mereceram,
    Mendo de Sá de gloriosa fama,
    Que pai da pátria no Brasil se aclama.

XXVI

Deste era prole o intrépido Fernando,
    Que ali vi fulminando a forte espada;
    E contra a feroz gente pelejando,
    Deixou a morte com valor vingada:
Mas da Bahia os olhos levantando,
    Vi discorrer no mar potente armada,
    Que as ilhas ocupando e a vasta terra,
    Movia no Brasil funesta guerra.

XXVII

Parecia-me a frota belicosa
    Francesa gente, que o Brasil tentava,

Pedro Lopes de Sousa em furiosa
Naval batalha o mar lhe contestava:
Noutra ação com esquadra numerosa
　Luís de Melo e Silva pelejava;
　Cristóvão Jacques, que este mar corria,
　Dous navios lhe afunda na Bahia.

XXVIII

Era de França, sim, a adversa gente;
　Mas por culto inimigo ao rei contrária,
　E ao rito calvinístico aderente,
　Enviava ao Brasil tropa adversária:
E protegida da facção potente
　Com as forças e armada necessária,
　Queriam para a infanda cerimônia
　Fabricar a Calvino uma colônia.

XXIX

Cavalheiro de Malta e franco nobre
　Era Villegaignon de forte peito,
　Soldado antigo, que o valor descobre,
　E entre os hugnotes do maior respeito:
De mil promessas o partido cobre,
　Havendo-o a empresa do Brasil eleito;
　E abonada de um chefe de esperança,
　Dá-lhe a mão a heresia em toda a França.

XXX

Este vi navegando o Cabo Frio,
    Seguido de outras naus na forte empresa;
    E que tratando afável c'o gentio,
    Explorava do sítio a natureza:
Mostrava aos naturais ânimo pio;
    E argüindo-lho a gente portuguesa,
    Induz a nação bruta a que lhe assista
    Na empresa do comércio e da conquista.

XXXI

Voltou a França o cabo diligente,
    Tendo de ricas drogas carregado,
    E convocando às naus armada gente,
    Torna de turba ingente acompanhado:
Nem tarda do sertão cópia potente
    De um povo, que, nas armas aliado,
    Por amigo estimava mais sincero,
    Menos inculto sim, porém mais fero.

XXXII

Ali Villegaignon, que o troço aloja,
    Às gentes do sertão se confedera;
    E toda a costa a dominar se arroja,
    De donde os nossos expulsar já espera:
De seu comércio o português despoja
    Na fértil Paraíba, em que útil era;
    Nem há na costa do Brasil enseada
    Que o hugonote não tenha bloqueada.

XXXIII

Mendo de Sá, que adverte no perigo
    Três naus que em guerra cuidadoso armara,
    Com oito de comércio tem consigo,
    Além das que em socorro convocara:
E por ter força igual às do inimigo,
    Sobre longas canoas, que ajuntara,
    Guia contra os tamoios prepotentes
    Do bravo carijó turmas valentes.

XXXIV

Nhighe-teroi se chama a vasta enseada,
    Que estreita boca, como barra encerra,
    Fechando em vasto porto à grande armada
    Um lago que em redondo cinge a terra:
Vê-se ilha penhascosa sobre a entrada,
    Com fortaleza que, disposta em guerra,
    Por boca dos canhões rumor fazendo,
    Fechava a barra ao valeroso Mendo.

XXXV

Era a ilha de rochas guarnecida,
    Que em torno tem por natural muralha,
    Donde a força das balas rebatida,
    Faz inútil dos lusos a batalha:
Três dias foi dos nossos combatida,
    Sem que o fogo incessante aos nossos valha,
    Até que, fatigado o invicto Mendo,
    Invade à escala vista o forte horrendo.

XXXVI

Entre frechas e balas destemido
    Na penha o português trepando salta;
    E deixando o francês esmorecido,
    Degola, mata, fere, invade e assalta:
Nem do antigo valor cede esquecido
    O francês animoso, até que falta
    De sangue a brava gente na contenda,
    Faz a perda e cansaço que a ilha renda.

XXXVII

Nem mais demora teve o invicto Mendo
    Ao ver a gente adversa dissipada,
    E a excelsa fortaleza desfazendo,
    A costa visitou na forte armada:
E tudo ao nome seu sujeito havendo,
    À Bahia tornou, que iluminada,
    Entre o som do clarim e alegre trompa,
    Em triunfo a Mendo recebeu com pompa.

XXXVIII

Mas a facção do hugnote enfurecida,
    Villegaignon potente ao Brasil manda,
    Que a ilha recobrando já perdida,
    Guerra intenta fazer por toda banda:
Vê-se a nossa marinha combatida,
    E a forte esquadra que o francês comanda,
    Dominante no oceano por modo
    Que impedia o comércio ao Brasil todo.

XXXIX

Mais não tolera a lusa monarquia,
  Que ao rei cristianíssimo aderente,
  Contra a rebelde, herética porfia,
  Armada põe na América potente:
Chefe Estácio de Sá prudente envia,
  De válidos galeões com forte gente,
  Que o herege expulsando da enseada,
  Deixe nova cidade ali fundada.

XL

Obsequioso abraçava o claro Mendo
  O valeroso chefe seu conjunto,
  Às forças de Bahia unido tendo
  As que trouxera sobre o mesmo assunto:
Contra os esforços do tamoio horrendo
  Acomete o rebelde em liga junto,
  Incorporando à armada lusitana
  Vasto esquadrão da turba americana.

XLI

Chama-se Pão de Açúcar o penedo,
  Em pirâmide às nuvens levantado,
  Onde de um salto tinha já sem medo
  A turba militar desembarcado:
Nadava pelo mar vasto arvoredo
  Do gentio em canoas habitado;
  E do ardente francês luzida tropa,
  Que hábil n'arte de guerra fez a Europa.

XLII

Destes o luso campo acometido
    De dardos, frechas, balas se embaraça,
    Em sombra o seio todo escurecido,
    As naus ocultam nuvens de fumaça:
E ao eco dos canhões entre o ruído,
    Tudo está cego e surdo em campo e praça;
    E no horrível relâmpago das peças
    Caem por terra os bustos sem cabeças.

XLIII

Voam as naus de chamas ocupadas,
    Enchendo a enseada do infernal estrondo,
    As canoas dos nossos abordadas,
    E os galeões, que em linha se vão pondo:
Os golpes, que retinem das espadas,
    O golfo, que arde em chamas em redondo,
    Eram na terra e mar em sangue tinto
    Um abismo, um inferno, um labirinto.

XLIV

Depois que largo tempo em márcio jogo
    Dura a batalha com comum perigo,
    Cessando o impulso do contrário fogo,
    Todo o estrago aparece do inimigo:
Tinha cedido da contenda logo
    Receoso o tamoio do castigo;
    E os franceses, que as naus mal sustentavam,
    Entre as penhas o asilo procuravam.

XLV

Não cessa o bravo Sá contra o gentio,
 E a forte tropa pelo mato avança;
 Porque abatendo o orgulho e insano brio,
 Se apartasse o sertão da infame aliança:
Nem receia o tamoio o desafio,
 Tendo no seu valor tanta confiança,
 Que fugindo da aldeia ao mato e gruta,
 A liberdade ao português disputa.

XLVI

Era áspero o combate e lenta a guerra,
 E sem efeito o assédio ao francês posto;
 E o bárbaro, embrenhado dentro a terra,
 Tinha emboscada ao português disposto:
Mendo, que n'alma o grão cuidado encerra,
 Tendo de Estácio socorrer proposto,
 Faz levas, busca naus e a gente incita,
 E em auxílio dos seus partir medita.

XLVII

Já dobra o frio Cabo a esquadra ingente,
 E à vista do penhasco lança a amarra,
 Pasma o rebelde, vendo a armada à frente
 Ocupar numerosa a estreita barra:
Une-se a frota ali da lusa gente,
 E os mútuos casos vanglorioso narra
 Irmão à irmã e o filho ao pai, festivo
 Por ter chegado são e achá-lo vivo.

XLVIII

Chega aos braços de Estácio o forte Mendo,
    E por festiva salva estrepitosa
    Faz que vomite o bronze o fogo horrendo
    Contra a ilha, que avistam penhascosa:
E largamente consultado havendo
    Os dous chefes da empresa gloriosa,
    Contra o penedo tentam no mais alto,
    A peito descoberto, um fero assalto.

XLIX

Vêem-se entre as penhas formidáveis bocas
    De canhões e mosquetes trovejando;
    E nas quebradas, espantosas rocas
    Do bárbaro tamoio o imenso bando:
Muitos ali das ásperas barrocas
    Vão os nossos fuzis precipitando,
    Outros da rota penha em meio às gretas,
    Cobriam contra nós todo o ar de setas.

L

Nem cessava o rebelde belicoso
    Com vivo fogo o assalto combatendo,
    Enquanto sobe o luso valeroso,
    Trepando em fúria no penedo horrendo:
Quem, no meio do impulso impetuoso,
    Cai na ruína o próximo envolvendo,
    Quem ferido de frecha ou veloz bala,
    Do mais alto da penha ao mar resvala.

LI

Todo o penhasco em fogo se fundia,
    Enquanto o mar em roda em chamas ferve,
    Entre o fracasso e fumo que saía,
    De nada o ouvido vale e a vista serve:
A terra toda em roda estremecia;
    E sem que a água do incêndio se preserve,
    Parecia ferver do fogo insano,
    Escondendo a cabeça o Padre Oceano.

LII

Qual do Vesúvio a boca pavorosa,
    Quando rios de fogo ao mar derrama,
    Arroja ao ar com fúria impetuosa
    Parte do vasto monte envolta em chama:
A cinza cobre o céu caliginosa,
    Muge o chão, treme a terra, o pego brama,
    E o mortal, espantado e tremebundo,
    Crê que o céu caia e que se funda o mundo.

LIII

Tal de Villegaignon na penha dura,
    Do horrífico trovão freme a tormenta,
    E a chama entre a fumaça horrenda e escura
    Do infernal lago as furnas representa:
Porém, do próprio fumo na espessura
    A pontaria, que o rebelde intenta,
    Evita o português, que ataca incerto
    A escala vista e a peito descoberto.

LIV

E já no grão penedo tremulavam
    As lusas quinas pelo forte Estácio,
    E as lises do penhasco se arrancavam,
    Donde a Villegaignon se ergue um palácio:
Pela roca os tamoios se arrojavam,
    E o valor luso, dando inveja ao Lácio,
    A guarnição francesa investe à espada,
    E obriga em duro choque à retirada.

LV

O valente francês, que a bélica arte
    Já com valor na Europa professara,
    O peito à fuga opõe por toda a parte
    E faz que volte o fugitivo a cara:
E vendo Estácio só junto ao estandarte,
    Que por chefe dos lusos se declara,
    Cuida de um golpe terminar a empresa
    No general da gente portuguesa.

LVI

Não desfalece o capitão valente;
    E de um e de outro lado acometido,
    Rebate as balas sobre o escudo ingente,
    E arroja-se ao rebelde enfurecido:
Lebrun despoja do mosquete ardente,
    Com que muitos de um golpe tem ferido,
    Outros do íngreme posto ao mar despenha,
    E alguns expulsa da soberba penha.

LVII

E já fugia a tímida caterva,
   Quando, Rochefoucauld, que a pugna iguala,
   Donde a viseira descoberta observa,
   Lhe aponta desde longe ardente bala.
Caindo o herói, na espada, que conserva,
   Adora humilde a cruz, e perde a fala:
   Banha-se em sangue o chão, e em tanta glória
   Regada a terra produziu vitória.

LVIII

Porque enquanto em segui-lo divertido,
   Abandona o francês a fortaleza,
   Tinha parte do exército subido,
   A dar fim com vitória à forte empresa:
Admira Mendo o braço esclarecido;
   E bem que do sobrinho o valor preza,
   No juvenil ardor notou magoado
   O tomar chefe as partes de soldado.

LIX

A pátria (o nobre Sá diz lagrimando)
   Vítima irás da fé, da liberdade,
   Vigor no sangue heróico à terra dando,
   Donde se erga imortal nova cidade:
O caso acerbo aos pósteros contando
   Tenham seus cidadãos da heroicidade
   Clara lição no fundador primeiro,
   Glória eterna do Rio de Janeiro.

LX

Tal nome deu à enseada no recordo
    Do mês que ilustre foi por caso tanto,
    E à cidade deixou com justo acordo
    A clara invocação de um mártir santo:
E havendo as tropas recolhido a bordo,
    Descansadas do bélico quebranto,
    Faz imortais no tempo transitório
    Os Correias e Sás no novo empório[3].

LXI

Entanto do tamoio a gente bruta,
    Mais feroz sempre na marcial contenda,
    Contra a nova cidade em fera luta
    Movia guerra pelo mar tremenda:
Mas Mendo para a bárbara disputa
    Faz que um chefe tapuia o mar defenda,
    Araribóia aos seus nomeia a fama,
    Martim Afonso por cristão se chama.

---

3. *Os Correias e Sás* – Esta é a rama nobilíssima dos condes de Penaguião, ou como outros querem, dos senhores da Tapada, que passando ao Brasil, deu os primeiros conquistadores àquele Estado; família que existe com a antiga glória na excelentíssima casa de Asseca e nos dous digníssimos ramos da mesma, os excelentíssimos senhores Sebastião Correia de Sá e João Correia de Albuquerque, fidalgos que o Brasil deve considerar por seus perpétuos pais e protetores.

LXII

Príncipe foi nas tabas respeitado,
  Que ao nome português na guerra adito,
  Tinha com Mendo os seus capitaneado,
  Sempre contra o tamoio em campo invicto:
Quatro guerreiras naus tinha avançado
  O rebelde, depois do grão conflito,
  E em oito lanchas Arari buscando,
  Do Cabo Frio a ponta iam dobrando.

LXIII

Saltam da noite no silêncio escuro
  As belicosas mangas guarnecidas
  De imensas chusmas do tamoio duro,
  Que obrar deviam na campanha unidas:
E enquanto têm o campo por seguro,
  Jaziam pelas praias estendidas,
  Para investir co'a luz, que já arraiava,
  A aldeia de Arari, que os esperava.

LXIV

Mas o bravo tapuia belicoso,
  Antevendo o descuido do inimigo,
  Busca o manto da noite insidioso,
  Para investi-los no noturno abrigo:
Convoca os seus guerreiros animoso;
  E sem dizer-lhes mais do seu perigo,
  Depois que um breve espaço os olhou mudo,
  Disse cheio de ardor, batendo o escudo:

LXV

Su, valerosa, intrépida caterva;
    Que esperamos no nosso alojamento?
    Acaso até que o campo em chusma ferva
    E nos busque o francês no próprio assento?
Sei por espia, que o seu campo observa,
    Que dorme sobre as praias desatento,
    Onde se o surpreendermos de improviso,
    Sentirão todo o dano antes do aviso.

LXVI

Basta que em marcha procedais quieta,
    E que invadindo a turba descuidada,
    Não cuides de empregar a bala, ou seta,
    Mas que tudo leveis à pura espada:
E quando o vasto campo se acometa,
    Deixando-lhe às canoas livre entrada,
    Antes que o ferro vibre os seus reveses,
    Desarmai, se puderdes, os franceses.

LXVII

Chamam corpo da guarda onde o soldado
    Costuma pôr as armas nas vigias;
    Ali correi com ímpeto apressado,
    Seguindo o passo sempre das espias:
Que nada o francês pode desarmado,
    E sem as chamas que derrama impias,
    Ficará desde o ímpeto primeiro
    Nas mãos da nossa tropa prisioneiro.

LXVIII

Disse o astuto Arari, e a lento passo
    Cada um pela brenha vai disperso,
    Devendo a dado tempo e a certo espaço
    Qualquer unir-se em batalhão diverso:
E achando em sono descuidado e lasso,
    Sem sentinelas ter, o campo adverso,
    Um a um, pé ante pé, em marcha tarda,
    Assaltam juntos a sopita guarda.

LXIX

Juntas as armas de improviso apanham,
    Matando as guardas meio adormecidas;
    E depois que a armaria toda ganham,
    Quantos as vêm buscar perdem as vidas:
O sono com as mortes acompanham;
    E outros vendo sem armas as partidas,
    Porque a causa não sabem do tumulto,
    Buscam as lanchas, por fugir do insulto.

LXX

Araribóia, como um raio ardente,
    Uns dormindo degola pela areia,
    Outros sem armas, que rendidos sente,
    Prisioneiros com cordas encadeia:
A fiel tropa pela praia ingente
    Toda deixa a campanha de horror cheia,
    Cobrindo de cadáveres o plano,
    Alagado co'a espada em sangue humano.

LXXI

E já nos céus risonha aparecia
    A estrela d'alva as trevas apartando,
    E com trêmula luz o incerto dia
    No extremo do horizonte ia arraiando:
Quando o estrago da noite aparecia,
    E preso ou morto o franco demonstrando,
    Nem as lanchas se salvam, que a vazante
    Em seco as pôs na mão do triunfante.

LXXII

Não cessava Martim contra a espantada
    Multidão de tamoios, que se embrenha;
    E deixando-lhe a aldeia derribada,
    Não se lhe esconde algum no mato ou brenha:
Muitos no averno lança com a espada,
    Fugindo outros ao mar n'água despenha,
    Nem fulminando a maça a algum perdoa,
    Oculto na cabana ou na canoa.

LXXIII

Fez este marte do Brasil constante
    À nação dos tamoios tanta guerra,
    Que ele só com a espada fulminante
    Lhe extingue o nome e despovoa a terra:
Mais não ousa o rebelde mareante,
    Enquanto Araribóia no campo erra,
    Desembarcar na costa, sem que o bravo
    O deixe combatendo, ou morto, ou escravo.

LXXIV

Vi que do excelso trono vinha entanto
   Uma augusta donzela adormecida,
   De quem brilhava sobre o aspecto santo
   A piedade, a abundância, a ciência, a vida:
Do seio derramava do áureo manto
   A opulência no mundo apetecida;
   E logo que foi vista sobre a terra,
   Submergiu-se no averno a infausta guerra.

LXXV

Era a divina paz, que os céus nos manda,
   Prêmio de um cetro, que da fé zelante
   Propaga o santo culto onde comanda,
   E as leis defende da justiça amante:
Sem os estragos de uma guerra infanda
   Gozará o Brasil de paz constante,
   Por setenta anos de um governo justo,
   Tendo tranqüila a terra e o mar sem susto.

LXXVI

Nem mais a espada e bomba pavorosa
   Se ouvirá na marinha e sertão vasto;
   A voz só do Evangelho poderosa,
   Simples, sem artifício, indústria ou fasto:
A semifera gente viciosa
   No jugo conterá de um temor casto;
   E às mãos dos seus apóstolos se avista
   Com as armas da cruz feita a conquista.

LXXVII

Mas vi entanto lusitano império
    Na Líbia ardente em sangue submergido,
    E o seu domínio no índico hemisfério
    Do batavo nas águas invadido:
E ou por descuido do governo hespério,
    Ou de mil contratempos combatido,
    Cedeu no vasto mar por toda a banda
    O império do Brasil à fria Holanda.

LXXVIII

Dezesseis longos séculos contando,
    Com anos vinte e quatro a vulgar era,
    Vi a batava esquadra o mar surcando,
    Onde Willekens general modera.
Petre Petrid os mares assombrando,
    Por almirante aos náuticos se dera,
    Poder que à Índia navegar fingia,
    E contra a expectação veio à Bahia.

LXXIX

A fronte descobri da excelsa praça,
    As armas governando o bom Furtado,
    Que antevendo os efeitos da desgraça,
    Tudo dispunha com valor frustrado:
Convoca quanto encontra e tudo abraça
    Por opor-se ao perigo ameaçado;
    Mas dissipa-se a gente sem batalha,
    Por faltar não valor, mas vitualha.

LXXX

Dispunha assim o batavo experiente,
   Antevendo que a turba mal unida,
   Sem cauta providência que a sustente,
   Esfriando no ardor toma a fugida;
E vendo a multidão menos freqüente
   E a plebe na tardança esmorecida,
   Quando menos o espera a chusma fraca,
   Ocupando um castelo, o povo ataca.

LXXXI

Ruyter e Duchs com legião potente
   A porta invadem de S. Bento em fúria;
   Mas rebatidos de impressão valente,
   Cessam, fugindo da intentada injúria:
Mas tão funesto horror concebe a gente,
   Que a guerra ignora com profunda incúria,
   Que quando faz que Ruyter não se arroje,
   Deixa o terreno e do vencido foge.

LXXXII

Furtado de Mendonça, que não vira
   Jamais do medo vil a fronte escura,
   Com setenta somente a face vira,
   E sem mais que o seu peito a praça mura:
O amor da pátria, que o furor lhe inspira,
   Faz que, da vida desprezando a cura,
   Se arroje o luso ao batavo que o inunda,
   E um fira, um despedace, outro confunda.

LXXXIII

Mas vendo na manhã que o céu descobre
    A cidade do povo abandonada,
    Nem mais que o peito de Furtado nobre
    Com poucos dos setenta na esplanada:
Teme que num só peito o valor sobre,
    E que deixando a empresa retardada,
    Socorro venha donde bom partido
    Ao bravo chefe se ofereceu rendido.

LXXXIV

Não tarda a fama a divulgar voando
    Da capital brasílica o sucesso,
    Enquanto o belga, que lhe ocupa o mando,
    Recolhe da vitória o imenso preço.
Treme em Madri o trono, receando
    Que o bélgico leão, com tanto excesso,
    Prostre o de Espanha e, como o vulgo narra,
    No México e Peru lhe imprima a garra.

LXXXV

Cobre-se o mar de esquadras numerosas,
    Move-se a lusa e hispana fidalguia,
    Vão-se embarcando legiões famosas,
    Tudo em náutica chusma o mar fervia:
Fradique as naus hispanas poderosas,
    Meneses as de Lísia prevenia,
    Vendo-se terra e mar, no caso incerto,
    De petrechos, canhões e armas coberto.

LXXXVI

Já pela barra entrava da Bahia,
    Com sessenta e seis naus soberba a armada,
    Dez mil homens de alta valentia
    Ocupavam sobre elas a enseada:
De tanto nome em militar porfia,
    Que a guarnição da praça, de assombrada,
    Bem que finja valor nesta conquista,
    Antes que ao ferro, se lhe abate à vista.

LXXXVII

Dispõe-se em meia-lua a armada inteira,
    Cerrando a fuga ao belga esmorecido;
    Ocupa o forte exército a ribeira
    Em dous quartéis aos lados dividido.
Mas o batavo Quif na ação primeira,
    Tendo o campo a Fradique acometido,
    Com sortida deixou no ardor insana
    Suspensa a lusa gente e rota a hispana.

LXXXVIII

Cheio o belga de orgulho na ação brava,
    Porque mais prove pela pátria o zelo,
    Contra a esquadra, que os muros varejava,
    Em dous baixéis arroja um mongibelo:
Crê que é fuga o Meneses, que observava,
    E move toda a esquadra sem prevê-lo,
    E parece que Deus o impulso inspira,
    Com que do oculto incêndio as naus retira.

LXXXIX

Um giro a lua fez na azul esfera,
  Enquanto os belgas de valor já faltos,
  Ceder dispunham na contenda fera
  Ao furor incessante dos assaltos:
E quando mais socorro não se espera,
  Vendo que os mares se empolavam altos,
  Cede o batavo humilde ao luso-hispano
  A capital do império americano.

XC

Falando prosseguia Catarina,
  Tendo a assembléia no discurso atenta,
  Quando com fúria o bordo ao mar inclina
  A nau, batida de hórrida tormenta.
Tudo à manobra o capitão destina;
  E vendo que onda horrível se apresenta,
  Lança-se o marinheiro à vela em pressa,
  Acode o Diogo e Catarina cessa.

CANTO IX

I

Depois que o tempo torna bonançoso
    E a noite vem tranqüila em branda calma,
    De ouvir o mais do sonho portentoso
    Se acende a todos o desejo n'alma:
E no empenho do belga belicoso,
    Desejando escutar quem teve a palma,
    Suplicam Catarina que prossiga
    Na narração do sonho e tudo diga.

II

Vi (prossegue a matrona) em Marte duro
    Confundir-se o Brasil, vagar potente
    O batavo feroz, e o reino escuro
    Encher Plutão da desditosa gente:
Vi descendo as milícias do céu puro
    À plebe inerme com o zelo ardente

Infundir valor tal, que conte a história
Por milagre do céu cada vitória.

III

Petrid e Iolo, raios da marinha,
    Com esquadras do pélago senhoras,
    Qualquer do lado seu queimado tinha
    Com chamas o Brasil desoladoras:
Petrid a frota que das Índias vinha
    Com procelas de fogo abrasadoras,
    E nas naus lavra, de tesouros cheias,
    Ao infausto Brasil novas cadeias.

IV

Máquinas move o belga ambicioso,
    Suprindo os gastos com a imensa prata;
    E armando em guerra esquadras numerosas,
    Ocupar Pernambuco ao luso trata:
Nem às forças da Holanda poderosas
    Opõe o hispano, com a nova ingrata,
    Tal socorro que a praça na contenda
    Do grão poder dos batavos defenda.

V

Rege de Pernambuco a terra extensa
    O intrépido Albuquerque, a tudo atento.
    Guarnece a praça, os esquadrões condensa,
    Dispõe ao fogo o bélico instrumento:

Quando à maneira de floresta densa
   Se viu coberto o líqüido elemento,
   Onde proas setenta o mar rompiam,
   E o Wandenburgo general seguiam.

VI

Chamam *Pau Amarelo* um sítio ao lado
   Da cidade que a frota acometia,
   Cômodo ao desembarque e mal guardado
   De Albuquerque, que as praias defendia:
Ali com quatro legiões formado,
   À bela Olinda o batavo se envia,
   Onde com turmas de inexperta gente
   Se opôs o luso chefe ao belga ardente.

VII

Nem muito dura ao fogo desusado
   O tímido esquadrão da gente lusa,
   Que do insólito horror preocupado,
   A fuga empreende em multidão confusa:
Um sobre outro ao fugir precipitado,
   Render-se ao fero belga não recusa;
   E a cidade infeliz deixando aberta,
   Qualquer se salva donde mais o acerta.

VIII

Entra o holandês na praça abandonada,
   E quando de riqueza a cuidou cheia,

Em triste solidão desamparada,
E acha sem prêmio a cobiçosa idéia.
Vingam nos templos a intenção malvada,
E o altar profanam com infâmia feia,
Tratando o pio rito e o santo culto
Com sacrílega mente e horrendo insulto.

IX

Mas não sofre da fuga o torpe medo
O valente, fortíssimo Temudo;
E tendo ao lado o intrépido Azevedo,
A espada empunha embaraçando o escudo:
Ao ver do saco no funesto enredo
A forma do holandês turbar-se em tudo,
Une alguns, que odiando a vil fugida,
Dão por preço da glória a heróica vida.

X

Oh, disse, honra imortal do nome luso,
Corações valerosos, que em tal sorte
Fazeis da doce vida o melhor uso,
Comprando a glória com a invicta morte:
Vedes sem forma o batavo confuso,
Da valerosa espada exposto ao corte:
Corra-se às armas, que, se os não vencemos,
Sem a pátria vingar não morreremos.

XI

Disse; e empregando a fulminante espada,
  Uma esquadra invadiu que discorria,
  Com cálices da igreja profanada,
  Que com insulto em derrisão metia:
De uns a fronte no chão deixou truncada,
  De outros o peito com o ferro enfia,
  De alguns, que insano acometendo freme,
  Talhado o braço sobre a terra treme.

XII

Azevedo entre os mais, que no chão lança,
  Tendo das balas empregado o impulso,
  Com fero golpe de alabarda alcança
  De Ruyter, que o acomete, o horrível pulso:
Despoja-o da arma e furioso avança,
  Deixando-o em terra com tremor convulso,
  Cornelisten derriba e o ferro emprega
  Em Blá, que todo o chão com sangue rega.

XIII

Com fúria igual e impulso destemido
  Invade contra o batavo a caterva,
  E bem que a legião em corpo unido,
  Em roda ao luso disparando ferva:
Resiste o português nunca rendido,
  Enquanto a vida com vigor conserva,
  Até que sobre os belgas derribados
  Caíram mortos sim, porém vingados.

XIV

Tem por nome Arrecife um forte posto,
    Que um istmo separou do continente,
    Donde o Castelo de S. Jorge oposto
    Defende o passo ao trânsito iminente:
Ali fazia aos inimigos rosto
    O bravo Lima, que do belga ardente,
    Sem mais que trinta invictos defensores,
    Trezentos sacrifica aos seus furores.

XV

Pasma de assombro Wandenburgo insano,
    Nem pode crer, se o não convence a vista,
    Que com força tão pouca o lusitano
    De dous mil belgas ao furor resista:
Sai com todo o poder e ocupa o plano,
    E em forma regular tenta a conquista;
    E nem assim o Lima ao fogo cede,
    Enquanto auxílio ao general não pede.

XVI

Recobrava-se entanto valerosa
    Do primeiro terror a lusa gente,
    Que inexperta da pugna belicosa,
    Cedera no improviso do acidente:
E acompanhando em tropa numerosa
    Do intrépido Albuquerque o ardor valente,
    O belga usurpador pelas ribeiras
    Cercaram com redutos e trincheiras.

XVII

Plantam depois um forte acampamento,
   Donde se insulte o batavo inimigo,
   Nem deixavam que um só pudesse isento
   Sair sem dano ao campo, ou sem perigo:
Cortam-lhe o passo, e impedem-lhe o sustento,
   Nem lhe concedem no terreno abrigo;
   E ocupando-lhe o giro dilatado,
   O belga cercador deixam cercado.

XVIII

Dous mil dos seus guerreiros escolhidos
   Contra Albuquerque Wandenburgo avança;
   Mas achavam os lusos prevenidos
   Do seu valor na nobre confiança:
Caíam das trincheiras rebatidos
   Do fogo os belgas, ou da espada e lança;
   E sem que combatendo a mais se arrojem,
   Em desordem do campo à praça fogem.

XIX

Com quatro companhias numa armada
   Socorro de Lisboa recebendo,
   Foi outra vez a tropa reforçada
   Com gente e munições noutra de
                              [Oquendo:
Mil mosqueteiros, tropa exercitada,
   No duro jogo de Mavorte horrendo,

S. Felice conduz mestre de guerra[1]
Mas menos apto na que usava a terra.

XX

Com socorro maior de Holanda armado
   Contra Itamaracá corre o inimigo;
   Duas vezes, porém, foi rechaçado
   Com perda o belga para o noto abrigo:
À Paraíba e Rio Grande enviado,
   Mudava de lugar, não de perigo;
   E já menos bisonha a lusa tropa,
   Põe em fuga o holandês, se em campo
                     [o topa.

XXI

A Wandenburgo no holandês império
   Sucedera Rimbach em guerras noto,
   Que estimando dos belgas vitupério
   Ser cada dia pelos nossos roto:
Enquanto celebrava atento e sério
   A páscoa o campo em procissão devoto,
   Com todo o poder batavo acomete,
   E o campo em confusão batendo, mete.

---

1. *S. Felice* – É o célebre conde de Banholo, oficial prático, mandado de Espanha para exercitar e disciplinar as nossas milícias.

XXII

Não se interrompe a cerimônia augusta,
    Orando o clero com o sexo pio,
    Sai o ortodoxo contra a turma injusta,
    Tomando por sagrado o desafio:
E fundando no céu confiança justa,
    Pelejam com tal fé, com tanto brio,
    Que matando Rimbach em feio estrago,
    Deram aos belgas da blasfêmia o pago.

XXIII

Mas o céu, que o flagelo destinava,
    Poder tão grande aos batavos concede,
    Que nada a Vandescop, que os moderava,
    Depois desta campanha o curso impede:
Fica Itamaracá de Holanda escrava,
    Desfaz-se o campo, a Paraíba cede,
    Perde-se o Rio Grande, e noutra empresa
    Rende o luso o Pontal e a Fortaleza.

XXIV

Salva-se o resto da facção perdida
    Nas Alagoas, sítio defensável,
    Onde do fero belga perseguida,
    Asilo busca a turba miserável:
Mas foi da Espanha em breve socorrida
    Com brava tropa em frota respeitável,
    Roxas de Borja, a Pernambuco enviado;
    De Albuquerque o bastão tomou deixado.

XXV

Roxas, pronto no obrar, posto em batalha,
   De Vandescop as tropas investia;
   Mas o belga Arquichofe a marcha atalha
   Com socorro que válido trazia.
Com tenebrosa sombra os lutos talha
   A noite, que começa, à morte impia,
   Dispondo Roxas em defensa armado
   Esperar o socorro convocado.

XXVI

Mas, logo que a manhã mostrou formosa
   Da batalha inimiga a forma unida,
   Mais não sossega a chama generosa,
   E investe ardente a batava partida:
Cobre os céus a fumaça tenebrosa,
   Perde o hispano e o holandês na empresa
                        [a vida,
   E nem este, nem o outro ali vencera,
   Se o temerário Roxas não morrera.

XXVII

S. Felice, na guerra mestre astuto,
   Sucede no governo ao bravo hispano,
   E brasílico Fábio entanto luto
   Salvou na retirada o lusitano:
Foi das palmas batávicas produto
   Governar o país pernambucano

O conde de Nassau, que o belga envia,
General das conquistas que empreendia.

XXVIII

Era Nassau nas armas celebrado,
　　Com que ilustrava o excelso nascimento,
　　Príncipe então no império respeitado,
　　Nutrindo igual ao sangue o pensamento:
Entrou de forte armada acompanhado,
　　E no Arrecife situando o assento,
　　Levantou fortes, e em países belos
　　Guarneceu as colônias com castelos.

XXIX

Mas aspirando a empresa memorável,
　　Todo o exército e armada prevenia,
　　E achando Pernambuco defensável,
　　Invadiu no recôncavo a Bahia:
S. Felice com resto miserável
　　Ali novo socorro ao rei pedia,
　　Quando ao bravo Nassau dispunha a sorte
　　Um chefe nele opor prudente e forte.

XXX

Tudo dispunha o conde em forma e arte
　　De rebater do batavo a interpresa,
　　Dispõe pela cidade em toda a parte
　　Os meios e instrumentos da defesa:

Faz grossas levas e esquadrões reparte,
   E tudo preparando à forte empresa,
   Nada esqueceu de quanto na milícia
   Inventa a militar sábia perícia.

XXXI

Entrava entanto pela vasta enseada
   Nassau, que as praias enche da Bahia
   Com a terrível majestosa armada,
   Que com quarenta naus linha fazia:
E ao som da trompa marcial tocada
   Em gratos ecos de hórrida harmonia,
   Enche a horrenda procela em tais ensaios
   A enseada de trovões e o céu de raios.

XXXII

Entanto o claro Silva, que ocupava
   Do supremo governo o excelso mando,
   A S. Felice o posto renunciava,
   Ficando por soldado ao seu comando:
Heróica ação, que pela pátria obrava,
   Maior perícia em outrem confessando,
   E merecendo nela em tanta empresa
   Da corte aclamações, do rei grandeza[2].

---

   2. *Do rei grandeza* – Por esta ação generosa, que salvou a Bahia, foi criado por Felipe IV primeiro conde de S. Lourenço.

XXXIII

Desembarca Nassau com turba ingente
 Junto de Tapagipe, e empreende o oiteiro
 Que nomear costuma a vulgar gente
 Do antigo habitador, *Padre Ribeiro*:
Mas S. Felice, que o anteviu prudente,
 De posto o bate, que ocupou primeiro;
 E depois que seiscentos destro mata,
 Em grande parte o belga desbarata.

XXXIV

Largos dias Nassau bate a trincheira,
 Que lhe opôs ao quartel Banholo à frente;
 Mas o belga em batalha verdadeira
 Por muitos dias se avançava ardente:
Cobre-se a terra em hórrida maneira
 De um monte de cadáveres ingente,
 Vendo os belgas cair, sem que desista
 Nassau com tanto sangue da conquista.

XXXV

E já desfeito o exército se via,
 Ferido o oficial, e a gente morta,
 Sem que cessasse o ardor nos da Bahia,
 Que o S. Felice rege e o Silva exorta:
Pede tréguas Nassau nesta porfia,
 E tudo com a tropa as naus transporta,

Fugindo do perigo o infausto efeito,
Com perda igual de gente e de conceito.

XXXVI

Dous dias na enseada por vingança
    Bate a esquadra a cidade sem perigo,
    Com balas e granadas, que em vão lança,
    Parecendo mais salva que castigo:
Sobreveio ao Brasil nova esperança
    De expugnar com mais forças o inimigo;
    Mas foi o efeito das promessas vário,
    Impedindo o socorro o mar contrário.

XXXVII

Vi neste tempo em confusão pasmosa
    A monarquia em Lísia dominante,
    E a casa de Bragança gloriosa
    Nos quatro impérios triunfar reinante:
A Bahia com pompa majestosa
    Festejar o monarca triunfante,
    E o Pernambuco, de desgraças farto,
    Invocar pai da pátria D. João Quarto.

XXXVIII

Tratava o novo rei com fé provada
    A batávica paz, que sem justiça
    Deixava ao mesmo tempo quebrantada
    O belga injusto pela vil cobiça:

Ocupa o Maranhão batava armada,
   E outra esquadra em Sergipe o incêndio atiça,
   Pretendendo ocupar com falso engano
   Toda África e Brasil ao lusitano.

XXXIX

Cede do seu governo de afrontado
   O general Nassau, tornando a Holanda,
   Tendo o conselho do Arrecife armado
   Mil artifícios de calúnia infanda:
Nem contra os habitantes moderado
   O duro freio do governo abranda,
   Onde a plebe agravada que o exp'rimenta
   O jugo sacudir com glória intenta.

XL

João Fernandes Vieira foi na empresa
   O instrumento da pátria liberdade,
   Herói que soube usar da grã riqueza,
   Libertando o Brasil desta impiedade:
De amigos e patentes na defesa
   Tentou furtivamente a sociedade,
   E como a pedra a estátua de Nabuco,
   O belga derribou de Pernambuco.

XLI

Nomeou cabos, tropas, companhias,
   Pediu socorros e invocou prudente,

Expondo do holandês as tiranias
O governo brasílico potente:
Avisa sem demora Henrique Dias[3],
Capitão dos etíopes valente,
E o forte Camarão, que em guerra tanta[4]
Com os seus carijós o belga espanta.

XLII

Ouve o holandês com susto o movimento;
E querendo oprimir nascente a chama,
Com dous mil homens prevenia atento
A nova guerra, que o Vieira inflama:
Deixara o luso chefe o alojamento,
E os belgas, que à cilada oculto chama,
Empenhou de um lugar nas duras rocas,
A que o monte chamaram das Tabocas.

XLIII

Entre arbustos e canas de improviso
Dispara o luso sobre a incauta gente;
E precedendo o dano antes do aviso,
Desbarata o holandês com fúria ardente:

---

3. *Henrique Dias* – Negro valerosíssimo e comandante dos etíopes, que tiveram grande parte na restauração do Brasil.

4. *Camarão* – D. Antônio Felipe Camarão, americano de origem e nação, bravíssimo capitão dos carijós, que se fez terrível aos holandeses em freqüentes combates que lhes deu.

Suspende a marcha o batavo indeciso,
   E sem ver o inimigo, o golpe sente,
   Até que vendo o estrago dos soldados,
   Cedem o campo e fogem destroçados.

XLIV

Holanda era potente e o luso aflito,
   Onde enchendo Lisboa de ameaças,
   Por ter notícia do infeliz conflito,
   Meditava ao Brasil novas desgraças:
Mas por guardar os seus o rei invicto
   Dispôs piedoso nas províncias lassas
   Providências, que à paz chamar pudessem
   O tumulto em que os nossos permanecem.

XLV

Vão com dous regimentos destacados
   O Moreno e Negreiros da Bahia
   A dar paz (se é possível) destinados
   Na guerra que o Vieira então movia:
Viram veigas e campos abrasados,
   E o colono infeliz, que perecia,
   Com lástima da tropa, que observara,
   Todo o estrago que o belga ali causara.

XLVI

Avistado o Negreiros e o Vieira,
   Venho (disse o primeiro) a prisão dar-vos,

Por haver provocado a ira estrangeira
A uma guerra que acabe de assolar-vos:
É justo que eu também prender-vos queira;
Mas será (disse o herói) com abraçar-vos;
E assim dizendo alegre move o passo,
E os dous recebe com festivo abraço.

XLVII

Outro tanto fazia a tropa unida
    Ao invicto esquadrão pernambucano;
E aplaudindo a vitória conseguida,
    Detestam do holandês o enorme engano:
Nem muito tarda a gente fementida
    Que não abrase a esquadra ao lusitano,
    Onde embarcando pela paz chegara,
    Com o batavo próprio o convidara.

XLVIII

Ouvem-se entanto os míseros clamores
    De turba feminina, que invocava
    O socorro dos seus libertadores
    Contra o belga cruel que a cativava.
Mas não cessa o Vieira e sem rumores
    O engenho, aonde incauto descansava
    O belga general cercado; bate,
    E rendendo-o à prisão, vence o combate.

XLIX

Henrique Huss, do Arrecife comandante,
    Era o cabo dos belgas prisioneiro,
    Blac rendido também, chefe importante,
    Subalterno nas armas do primeiro:
Foge do luso o batavo arrogante,
    Espalhando os fuzis no grão terreiro,
    E a chama teme que no horrendo empenho
    Lançara o Vieira pelo vasto engenho.

L

Com fama de vitória tão brilhante
    Toma as armas a plebe e o belga invade,
    Serenhaem tomou, vila possante,
    O partido comum da liberdade:
Segue Itamaracá com fé constante,
    Porto Calvo e os contornos da cidade,
    Deixando no Arrecife sem remédio
    Encerrado o holandês com duro assédio.

LI

Mas não cessa na Holanda a companhia,
    E ao numeroso exército, que ordena,
    Segismundo Van-Scop por chefe envia,
    Munido em guerra de potência plena:
Do experto general, que dê confia
    O prêmio ao valeroso, ao fraco a pena,
    E empreendendo com forças o combate,
    O inimigo Vieira ou prenda, ou mate.

LII

Abordando o Arrecife então cercado,
    A inércia dos seus chefes repreende,
    Nem muito tarda que no campo armado
    Não saia a Olinda, que expugnar empreende:
Em assalto a acomete duplicado,
    E a brava tropa, que ao presídio atende,
    Com tanto alento o batavo rechaça,
    Que ferido Van-Scop se acolhe à praça.

LIII

Sem que desista da passada instância,
    Tenta de novo a empresa da Bahia;
    Mas notando nos lusos a constância,
    Que injúria do poder lhe parecia:
Consome do Recôncavo a abundância
    Com freqüentes sortidas, que empreendia;
    E porque cresça na cidade o tédio,
    Ocupa Taparica e põe-lhe o assédio.

LIV

Teles entanto, que expulsar pretende
    Sem igual força o batavo contrário,
    Contra o comum conselho o ataque
                             [empreende,
    E tudo expõe no impulso temerário:
Mas vendo o luso rei que a nada atende
    O belga nos seus pactos sempre vário,

Manda armada ao Brasil, que poderosa
A batava nação dome orgulhosa.

LV

Teme o golpe Van-Scop e desampara,
   Por guardar o Arrecife, Taparica,
   Antevendo que a esquadra se prepara
   Contra a praça, que auxílio lhe suplica:
Barreto de Menezes, que chegara
   De novo general patente indica,
   E em Pernambuco sublimado ao mando
   Com prudência e valor foi governando.

LVI

Nove mil homens, tropa valerosa,
   E com freqüentes palmas veterana,
   Manda o batavo a empresa perigosa,
   Que à guerra ponha fim pernambucana:
Ocupa o mar armada poderosa;
   E dominando a praia americana,
   Usurpa em mar e terra alto domínio,
   Ameaçando dos lusos o extermínio.

LVII

Põe-se em campanha o batavo terrível,
   Com sete mil de veterana tropa,
   Vão densos bandos de gentio horrível,
   Com destro gastador vindo da Europa:

E estimando a potência irresistível,
    Cede ao belga a Barreta e quanto topa[5],
    Enquanto em defensiva o luso fica,
    E o campo contra o belga fortifica.

LVIII

Segismundo, porém, que os bastimentos
    Em Moribeca assegurar procura,
    Dispunha ali tomar alojamentos,
    Estimando a vitória já segura:
Mas Barreto e Vieira a tudo atentos,
    Na justiça, que a causa lhe assegura,
    Confiam que na empresa o céu lhe valha,
    E tudo vão dispondo a uma batalha.

LIX

Nem com tanto poder Van-Scop recusa
    Decidir numa ação toda a contenda,
    Antevendo, se a perde a gente lusa,
    Que outra força não tem que a guerra
                               [empreenda;
E já na marcha a multidão confusa
    A ação começa pelo fogo horrenda,
    E turbando dos belgas toda a forma,
    Combatem com valor, porém sem norma.

---

    5. *Barreta* – Fortaleza importante dos nossos, junto do Arrecife.

LX

Nos montes Guararapes se alojava
    Formado o português, que o belga espera;
    E a escaramuça, que empreendera brava,
    Traz a sítio o holandês, que adverso lhe era:
Desde alto monte o luso fogo obrava,
    Com ruína dos batavos tão fera,
    Que ou seja ao lado, ou na espaçosa fronte,
    Se cobriu de cadáveres o monte.

LXI

Reúne os batalhões Van-Scop irado.
    E à frente com valor da linha posto
    Tenta desalojar do alto ocupado
    O invicto Camarão, que lhe faz rosto:
Mas com chuva de balas rechaçado,
    Perde três vezes o ganhado posto;
    E já ferido com mil mortos cede,
    Em vil fuga, que a noite lhe concede.

LXII

Noventa dos seus perde o lusitano;
    E enquanto o belga se retira incerto,
    Descobre a aurora todo o monte e plano
    De bandeiras, canhões, e armas coberto:
Muitos ali do batavo tirano,
    Perdidos pela noite em campo aberto,
    Deixa o dia, inexpertos nos roteiros,
    Nas mãos da nossa tropa prisioneiros.

LXIII

Horroriza-se Holanda, pasma Europa,
    Exalta Portugal, canta a Bahia,
    Vendo-se triunfar tão pouca tropa
    Da terrível potência que a invadia:
Nada de humano o pensamento topa,
    Que em tudo a mão de Deus clara se via,
    Pois sempre elege para os seus portentos
    Os mais fracos e humildes instrumentos.

LXIV

Tinha exausta a ambição, mas não cansada
    A cobiçosa Holanda em tal conquista;
    E para novo empenho aparelhada,
    Escolhe os capitães e a gente alista:
Mas do britano às armas provocada,
    Sobre interesse que mais alto avista,
    Suspende o influxo na famosa empresa,
    Deixando em Pernambuco a guerra acesa.

LXV

Brinck a este tempo, coronel valente,
    Impetra de Van-Scop tropa luzida,
    Com petrechos e número potente,
    Que em batalha cruel toda decida:
Cinco mil homens de escolhida gente,
    De canhões, e petrechos guarnecida,
    Põe no campo assombrado da potência,
    Igualando o valor co'a diligência.

LXVI

Com dous mil e seiscentos veteranos
    Fez-lhe frente Barreto e o belga invade,
    Correm de toda a parte os lusitanos
    A sustentar a pátria liberdade:
Aloja o luso sobre os mesmos planos
    Onde fora passada a mortandade;
    O belga na montanha se distingue,
    Um que o estrago renove, outro que o vingue.

LXVII

Mas Brinck a tudo atento desde o cume
    Com perícia guerreira ocupa o monte,
    Onde seguindo o militar costume,
    Dá forma à retaguarda e ordena à fronte:
Nem tão ousado o português presume,
    Que em vantajoso posto o belga afronte,
    Esperando a ocasião dali oportuna
    De poder atacar com mais fortuna.

LXVIII

Reconhece Barreto o sítio e forma;
    E vendo o ardor da lusitana gente,
    Que, hábil no passo, da subida o informa,
    Faz que o bravo Vieira ataque ardente:
E cobrindo a invasão com sábia norma,
    Com o fogo protege o assalto ingente,
    Até que por mil casos duvidosos
    Vê sobre o monte os campeões briosos.

LXIX

Nova batalha ali com fogo vivo
    Move impávido o belga e firme insiste;
    E por mais que o Vieira invada ativo,
    Onde um corpo vacila, outro resiste:
Tal há que ainda combate semivivo;
    Tal que cadáver já na morte triste,
    A terra morde e em raiva enfurecida,
    Blasfemando do céu, despede a vida.

LXX

A toda a parte vôa o grão Barreto,
    E um anima, outro ajuda, outros exorta;
    E excitando no luso o pátrio afeto,
    Incita o forte, o inválido conforta.
Bramava o fero Brinck em sangue infecto,
    Entre a batava turba opressa e morta,
    Assalta horrendo um batalhão potente,
    E outros reprime com ferócia ardente.

LXXI

Mas o invencível Camarão, que o nota,
    Um forte troço da reserva abala;
    E suspendendo a mísera derrota,
    Lança o belga por terra de uma bala:
Logo o almirante da soberba frota,
    Vendo inválido Brinck cair sem fala,
    Ocupa o mando, que já vago estima,
    E o batavo à peleja altivo anima.

LXXII

Não sofre Henrique Dias, que observava
 Do novo chefe a intimação constante;
 E de um tiro, que fero lhe apontava,
 Derriba morto o intrépido almirante:
Sem comandante o belga trepidava,
 E de um e de outro lado vacilante,
 Uma vil fuga tímido declara,
 E o campo com desordem desampara.

LXXIII

O estandarte soberbo dos Estados,
 Tendas, peças, bandeiras numerosas,
 Mil e trezentos mortos numerados,
 Prisioneiros, bagagens preciosas:
Muitos centos na fuga degolados,
 A caixa militar, armas custosas,
 Foram, nesta ocasião de tanta glória,
 O merecido prêmio da vitória.

LXXIV

Cinge o Arrecife de um assédio estreito
 Com pronta cura o chefe lusitano;
 Mas, tendo longa guerra o belga feito,
 Era contínuo sim, mas mútuo o dano;
Até que Jacques ao comando eleito
 No campo se avistou pernambucano,
 Conduzindo em fortuita derrota
 Para o luso comércio a usada frota.

LXXV

Por mar e terra sitiada a praça,
    Depois do longo assédio de nove anos,
    Com mil desastres fatigada e lassa,
    Cedeu todo o Brasil aos lusitanos:
Mercê clara do céu, patente graça,
    Que a tão poucos e míseros paisanos
    Cedesse uma nação que enchia em guerra
    De armadas todo o mar, de espanto a terra.

LXXVI

Assim modera o Padre Onipotente
    Do ignorante mortal a incerta sorte,
    Por fazer com tais casos evidente
    Que não é quem mais pode o que é mais
                                    [forte:
Tudo rege na terra a mão potente;
    Dele a vitória pende, a vida, a morte;
    E sem o seu favor, que o distribui,
    Todo o humano poder nada conclui.

LXXVII

Triunfou Portugal; mas castigado,
    Teve em tal permissão severo ensino,
    Que só se logrará feliz reinado,
    Honrando os reis da terra ao Rei Divino:
E que o Brasil aos lusos confiado
    Será, cumprindo os fins do alto destino,

Instrumento talvez neste hemisfério
De recobrar no mundo o antigo império.

LXXVIII

Vi no sonho mil casos diferentes,
    Que no curso virão de outras idades,
    Vi províncias notáveis e potentes,
    Vi nascer no Brasil áureas cidades;
Famosos vice-reis e ilustres gentes,
    Tantos sucessos, tantas variedades,
    Que somente pintado, como em sombra,
    Confunde o pensamento, a vista
                      [assombra.

LXXIX

Prelados vi de excelsa hierarquia,
    E entre outros da maior celebridade
    O claro Lemos, que enriqueça um dia
    De novas ciências a universidade:
Ele ornará depois a academia
    Com construções de excelsa majestade,
    E em doutrina a fará com sábio modo
    O Ateneu mais famoso do orbe todo.

LXXX

Deu Catarina fim, e arrebatada
    Num êxtase ficou, vibrando ardores;

Corriam pela face em luz banhada
Lágrimas belas, como orvalho em flores:
Fica a pia assembléia esperançada
De outros sucessos escutar maiores;
E dando tempo ao sono milagroso,
No abraço a deixam do celeste esposo.

CANTO X

I

Cheia de assombro a turba a dama admira
 Tornada a si da suspensão pasmosa;
 E da nova visão, que ali sentira,
 Prossegue a ouvir-lhe a narração gostosa:
Mais bela que esse sol que o mundo gira,
 E com cor (disse) de purpúrea rosa,
 Vi formar-se no céu nuvem serena,
 Qual nasce a aurora em madrugada amena.

II

Vi luzeiros de chama rutilante
 Sobre a esfera tecer claro diadema,
 De matéria mais pura que o diamante,
 Que obra parece de invenção suprema:
Luzia cada estrela tão brilhante,
 Que parecia um sol, precioso emblema

De admirável, belíssima pessoa,
Que à roda da cabeça cinge a coroa.

III

De ouro fino os cabelos pareciam,
    Que uma aura branda aos ares espalhava,
    E uns dos outros talvez se dividiam,
    E outra vez um com o outro se enredava:
Frechas voando, mais não feririam,
    Do que um só deles n'alma penetrava;
    Cabelos tão gentis, que o esposo amado
    Se queixa que de um deles foi chagado.

IV

A fronte bela, cândida, espaçosa,
    Cheia de celestial serenidade,
    Vislumbres dava pela luz formosa
    Da imortal soberana claridade:
Vê-se ali mansidão reinar piedosa,
    E envolta na modéstia a suavidade,
    Com graça, a quem a olhava tão serena,
    Que excitando prazer, desterra a pena.

V

Dos dous olhos não há na terra idéia,
    Que astros, flores, diamantes escurecem;
    Ou na beleza de mil graças cheia,
    Ou nos agrados, que brilhando of'recem:

Num olhar seu toda a alma se encadeia,
   E mil votos à roda lhe aparecem
   Dos que a seu culto glorioso alista,
   Outorgando o remédio numa vista.

VI

Das faces belas, se na terra houvera
   Imagem competente que a pintara,
   Às flores mais gentis da primavera
   Pelo encarnado e branco eu comparara:
Mas flor não nasce na terrena esfera;
   Não há estrela no céu tão bela e clara,
   Que não seja, se a opor-se-lhe se arrisca,
   Menos que à luz do sol breve faísca.

VII

Da boca formosíssima pendente
   Pasma em silêncio todo o céu profundo:
   Boca, que um *Fiat* pronunciou potente,
   Com mais efeito que se criasse o mundo:
Odorífero cheiro em todo o ambiente
   Do labro se espalhava rubicundo;
   Fragrância celestial, que, amante e pia,
   No filho com mil ósculos bebia.

VIII

Todos suspende em pasmo respeitoso
   O amável, formosíssimo semblante;

E mais nele se ostenta, poderoso
O soberano autor do céu brilhante:
Pois quanto tem o empíreo de formoso,
    Quanto a angélica luz de rutilante,
    Quanto dos serafins o ardente incêndio,
    De tudo aquele rosto era um compêndio.

IX

Nas brancas mãos, que angélicas se estendem,
    Um desmaiado azul nas veias tinto,
    Faz parecer aos olhos, quando o atendem,
    Alabastros com fundos de jacinto:
Ambas com doce abraço, ao seio prendem
    Formosura maior, que aqui não pinto;
    Porque para pincel me não bastara
    Quanto Deus já criou, quanto criara.

X

Mas, se não se dedigna o verbo santo,
    Por nosso amor, de um símbolo rasteiro,
    Dentro parece do virgíneo manto,
    Pascendo em brancos lírios um cordeiro:
Os olhos com suavíssimo quebranto
    Lhe ocupa um doce sono lisonjeiro,
    À roda os serafins, que o estrondo impedem,
    Para o não despertar silêncio pedem.

XI

Aos pés da mãe piedosa superada
    Vê-se a antiga serpente insidiosa,
    De que a fronte na culpa levantada
    Quebra a planta virgínea gloriosa:
E enroscando os mortais já quebrantada,
    Ao eco só da Virgem poderosa,
    No mais fundo do abismo se submerge,
    E o feral antro do veneno asperge.

XII

Ao ver beleza tanta, o pensamento,
    Que a linda imagem surpreendia absorto,
    Ouve no centro d'alma um doce acento
    Que o peito enchia de vital conforto:
E como infunde às plantas novo alento
    O matutino orvalho em fértil horto,
    Tal dos doces influxos na abundância
    Dentro d'alma eu senti nova constância.

XIII

Catarina (me diz), verás ditosa
    Outra vez do Brasil a terra amada;
    Faze que a imagem minha gloriosa
    Se restitua de vil mão roubada:
E assim dizendo, nuvem luminosa,
    Como véu, cobre a face desejada;
    E faz que na memória firme exista
    Entre amor e saudade a doce vista.

XIV

Assim conclui Catarina, enchendo
    De duvidoso assombro a companhia:
    Que imagem fosse aquela, iam dizendo,
    Ou qual deles acaso a roubaria?
Se a Mãe de Deus mistérios envolvendo,
    Doutra cópia int'rior o entenderia?
    Ou queria talvez que em santo trato
    Se restitua n'alma o seu retrato.

XV

Mas vela entanto apareceu boiante
    Que junto da Bahia o mar cortava,
    Onde em bandeira, que lançou flamante,
    O leão das Espanhas tremulava:
Vem à fala com salva fulminante,
    E a franca nau, que à terra velejava,
    Posto à capa o espanhol, cortês visita,
    E o claro Diogo a visitá-lo incita.

XVI

E depois que em festivo amigo abordo
    O bom Gonzales o hóspede festeja,
    Excitou-se nos dous claro recordo
    De quem o hispano foi, quem Diogo seja:
Ambos nos braços, de comum acordo,
    Um a outro mil ditas se deseja,
    Reconhecendo o luso o nobre hispano,
    Por um dos companheiros de Arelhano.

XVII

Carlos o grande, o imperador famoso,
    Grato por mim a saudar-te envia
    (Disse a Diogo o hispano generoso,
    Socorrido a outro tempo na Bahia):
Ouviu o invicto César, gracioso
    O teu obséquio à hispana monarquia,
    E o serviço, que grande considera,
    Por mim no seu agrado remunera.

XVIII

E porque possa em caso equivalente
    Retribuir-te aquela ação piedosa,
    Salva aqui te ofereço a infausta gente,
    Perdida nessa praia desditosa:
De cativeiro bárbaro e inclemente
    Vivia na opressão laboriosa,
    Até que destas armas protegida
    Remiu na liberdade a infausta vida.

XIX

Garcez então da gente lusitana
    O mais distinto que o discurso ouvia,
    Confessa o benefício à força hispana,
    E a história de seus casos principia:
Depois que a gente abandonaste insana,
    Com teu aviso, a lusa monarquia
    Gentes aqui mandou, naus poderosas,
    Que as nações sujeitassem belicosas.

XX

Foi Pereira Coutinho o destinado
    A fazer da Bahia a grã conquista;
    Herói no índico império celebrado,
    Em quem nova esperança o luso avista.
Tudo tinha o bom chefe preparado,
    Formosas naus ajunta e gente alista,
    E à grã população que meditava
    De um sexo e doutro as gentes convidava.

XXI

E sem demora as praias ocupando,
    Foi dos Tupinambás, com teu recordo,
    As potentes aldeias visitando,
    Com amiga aliança em firme acordo.
Do sertão vasto em numeroso bando
    Desciam, festejando o nosso abordo,
    Os carijós, tapuias e outras gentes,
    Por fama do teu nome obedientes.

XXII

Gupeva e Taparica celebrados
    Entre os tupinambás, nação que habita
    Os campos da Bahia dilatados,
    Antes de outros Coutinho solicita:
E por vê-los contigo emparentados,
    Povoar o Recôncavo medita
    Da gente, que o teu nome reconhece,
    Onde de dia a dia o povo cresce.

XXIII

Todo o fértil terreno utilizando,
    Donde riqueza se oferece tanta,
    Engenhos vai de açúcar fabricando,
    Aldeias, casas, máquinas levanta:
E as drogas preciosas comutando,
    A mandioca, arroz e a cana planta;
    Nem duvida que seja em tempo breve
    A colônia melhor que Europa teve.

XXIV

Escolha faz nas tabas numerosas
    Dos que acha no trabalho mais ativos;
    Mas guarda para empresas belicosas
    Os que em ferócia reconhece altivos:
A todos com maneiras amorosas
    Propõe da fé cristã claros motivos;
    E a condição notando em cada raça,
    Uns doma com terror, outros com graça.

XXV

Sabe que em gente tal nada se colhe,
    Depois de endurecer na idade adulta,
    Onde na puerícia os mais escolhe,
    Por dar-lhe em breve a educação mais culta:
Nem dos pais violento algum recolhe;
    Mas do proveito, que de alguns resulta,
    Induz a gente bárbara que o segue
    Que a prole à educação gostosa entregue.

XXVI

Em cuidadosa escola, o temor santo
    Antes das artes a qualquer se ensina;
    Dão-lhe lições de ler, contar, de canto,
    E o catecismo da cristã doutrina:
Vendo-os o rude pai, concebe espanto,
    E pelo filho a mãe à fé se inclina,
    Nem de meio entre nós mais apto se usa
    Que aquela gente bárbara reduza.

XXVII

E estes serão, se a idéia não me engana,
    Meios à grande empresa necessários,
    Que em breve a gente rude fora humana,
    Com escolas e régios seminários:
Foge, sem se domar, a gente insana,
    Se em forças e poder nos vê contrários;
    Mas, educada em tenra mocidade,
    Dilataria o reino e a cristandade.

XXVIII

Mas no meio das belas esperanças,
    Com que a nova colônia florescia,
    Move a serpe infernal desconfianças
    Entre os tupinambás e os da Bahia:
Foi a causa infeliz destas mudanças
    Um interesse vil de gente impia,
    Que os povos ofendendo em paz amigos,
    Cobriram toda a terra de inimigos.

XXIX

Gupeva foi dos seus abandonado;
  Taparica foi morto; a lusa gente
  Do gentio nos matos rebelado
  Contínua perda nas lavouras sente:
Queimada a planta foi, perdido o gado,
  E, cercado o arraial em continente,
  Viu Coutinho por bárbara violência
  Perdido o seu tesouro e diligência.

XXX

Na geral aflição do luso povo
  A lugar se recorre mais tranqüilo;
  Buscamos nos Ilhéus um sítio novo
  Contra a turba feroz, seguro asilo:
E já Coutinho se dispõe de novo,
  Vendo manso o gentio, a reduzi-lo,
  Fabricando colônia de mais dura,
  Menos fecunda sim, mas mais segura.

XXXI

Mas os tupinambás, melhor cuidando,
  Com promessas os nossos convidavam,
  Com mil amigas provas protestando
  De conservar a paz que antes guardavam.
Creu o infeliz Coutinho, celebrando
  Pactos que segurança a todos davam;
  E sem temor de mais, voltar queria
  Ao Recôncavo antigo da Bahia.

XXXII

E já no mar a frota se equipava,
   E cada um de nós na empresa absorto,
   Sem temor, ou receio, só cuidava
   Em fazer ao Recôncavo transporto:
Navegamos o espaço que distava;
   E tendo à vista o desejado porto,
   Com fúria o mar aos astros se levanta,
   Em cerração do céu que à vista espanta.

XXXIII

O ar caliginoso e em névoa impuro
   Tirou-nos toda a vista, e sem destino
   Batemos cegos num penhasco duro,
   Sem termos do lugar notícia ou tino:
Neste momento horrível, transe escuro,
   Suplicando o favor do céu divino,
   Vemos a nau, com hórridos fracassos,
   Desfazer-se na penha em mil pedaços.

XXXIV

Ficamos, como o entendes, alagados,
   Nadando em meio da procela horrenda;
   Uns das ondas se afogam devorados,
   Outros na praia em confusão tremenda:
E eis que os cruéis tupis encarniçados
   Com frechas se empenharam na contenda,
   Por levar-nos da areia semivivos
   À sorte dos seus míseros cativos.

XXXV

Muitos vimos dos bárbaros comidos,
　　Alguns dispostos ao funesto ocaso,
　　Aflitos todos nós e esmorecidos,
　　E esperando qualquer seu triste prazo:
Mas de ti sobretudo condoídos,
　　Triste Coutinho, que no acerbo caso,
　　Depois de triunfar d'Ásia assombrada,
　　Perdeste infelizmente a vida amada.

XXXVI

Tu, que mil vezes no remoto oriente
　　Levantaste troféus de glória onustos,
　　A quem cedera o Malabar potente
　　Em armadas e exércitos robustos:
Tu, que foste o terror da índica gente,
　　Que da Lísia humilhaste aos reis augustos;
　　Lá estava entanto a tua sorte escrita
　　De vires a acabar nesta desdita.

XXXVII

Mais prosseguir não pôde sufocado
　　O bom Garcez em amargoso pranto;
　　E condoeu-se Diogo, recordado
　　De ver-se em outro tempo em caso tanto:
E havendo os naufragantes consolado:
　　Não sou (diz) insensível, que sei quanto
　　Acerbo o caso é, cruel o artigo,
　　E a piedade aprendi no meu perigo.

XXXVIII

Recebei, entretanto, valerosos
   Com magnânimo peito a adversidade;
   Conseguireis por transes perigosos
   Fazer-vos dignos da imortalidade.
Deixareis monumentos gloriosos
   A uma longa e feliz posteridade;
   E ganhando obtereis com tanta glória
   Um nome eterno nos padrões da história.

XXXIX

Disse o piedoso herói, reconhecendo
   Ao hispano monarca pelo enviado
   O distinto favor, e à mercê tendo
   Achar memória no real agrado:
À nau depois os sócios recolhendo,
   No Recôncavo entrava desejado,
   Onde a vista formosa da Bahia
   Com perspectiva amena aparecia.

XL

A ver na estranha nau que gente aporte
   Desde o interior sertão turba recresce,
   E bem que diferente em traje e porte,
   Catarina dos seus se reconhece:
Entre aplausos recebe a nação forte
   O grão Caramuru, como merece,
   Mostrando pelo amor e reverência
   No antigo afeto a nova obediência.

XLI

Carrega entanto o lenho desejado
    A nau de Du Plessis, que Diogo estuda
    Que seja em toda a terra obsequiado,
    Dando-lhe ao talho da madeira ajuda:
Um carijó, porém, nisto empregado,
    Enquanto a carga em toda a nau se muda,
    Uma imagem roubou formosa e bela
    Que a nau venera na int'rior capela.

XLII

Observou-a Diogo na cabana
    Tratada dos tupis com reverência,
    Estimando-a por cousa mais que humana,
    Que excedia dos seus a inteligência:
Surpreendeu-se da imagem soberana
    O lusitano herói; e à competência
    Com eles venerando a Mãe Divina
    Chama a vê-la a piedosa Catarina.

XLIII

Pôs-lhe os olhos a dama, e transportada:
    Esta é (disse), *é esta a grã Senhora*
    Que vi no doce sonho arrebatada,
    Mais que o sol pura, mais gentil que a aurora:
Eis aqui! esta é a imagem veneranda,
    Este era aquele roubo, entendo agora:
    Oh minha grande sorte! Oh imensa dita!
    Isto me quis dizer a Mãe bendita.

XLIV

Dizendo assim com ânsia fervorosa,
    Prostrada abraça a imagem veneranda;
    Beija, aperta-a, e de gosto lagrimosa
    Mil saudosos ais ao céu lhe manda:
Aqui vos venho achar, Mãe piedosa,
    No meio (disse) desta gente infanda!
    Infanda como eu fui, se o vosso lume
    Não me emendara o bárbaro costume.

XLV

Olha entanto suspensa a gente bruta,
    E os excessos que vê cuidando admira;
    Nem concebe nas vozes que lhe escuta
    Se prazer seja, se de dor suspira:
Mas como a imagem celestial reputa,
    Quanto à dama piedosa obrando vira,
    Qualquer à imitação fazer deseja,
    E este a adora, outro a abraça, e aquele a beija.

XLVI

O lusitano e franco religioso
    Veneraram com fé prodígio tanto,
    Lembrando-se do sonho portentoso
    Com claro indício do presságio santo:
Enquanto o brutal povo numeroso
    Tudo nota em um êxtase de espanto,
    Até que a um templo em pompa veneranda
    A pia multidão a imagem manda.

XLVII

Por santa invocação foi aclamada
    A Senhora da Graça, e com fé pia
    Foi desde aquele dia venerada
    Singular Protetora da Bahia:
Igreja primitiva dedicada
    Em meio às trevas dessa gente impia,
    Memorável (se a fama é verdadeira)
    Porque em todo o Brasil fora a primeira.

XLVIII

Neste festejo a plebe se entretinha,
    E eis que uma salva se houve estrepitosa
    De grande armada, que estendendo vinha
    Galhardetes e flâmulas lustrosa:
Tudo ao rumor da frota se encaminha,
    Vendo a bandeira tremular famosa,
    Que no brasão das quinas representa
    A redenção que o céu na terra intenta.

XLIX

Era Tomé de Sousa o comandante,
    Que ali governador fora mandado
    Com multidão de gentes abundante,
    Para dar forma ao povo começado:
Num sítio com mil mangues verdejante,
    Que o grão Caramuru tinha habitado,
    Da colônia, que às tabas se assemelha,
    O nome nos ficou de Vila Velha.

L

Ali por principal constituído
   Foi dos Tupinambás o claro Diogo
Das tabas do sertão reconhecido,
   Como Dragão do Mar, filho do fogo:
Catarina por sangue esclarecido,
   Herda de seus avós o império logo[1],
Convocando à Bahia nesta idéia
Dos seus tupinambás toda a assembléia.

LI

À taba de Gupeva, já habitada,
   Onde hoje é Vila Velha, a turba corre;
Das outras tabas toda a gente armada
   Com os seus principais a ouvir concorre:
Toda a cidade em corpo congregada
   À grande casa concorreu da torre,
Paço de Catarina, que na empresa
Presidia aos tupis, como princesa.

LII

A seu lado Diogo, e Sousa armado,
   À Câmara preside da Bahia[2];

---

1. *De seus avós* – Vê-se ainda hoje a inscrição da sua sepultura, que intitula *Princesa do Brasil*.

2. *À Câmara* – Ainda hoje, por assento feito em câmara, se faz na Bahia o aniversário a Catarina Álvares com esta memória.

O clero santo a Deus tendo invocado,
Ouviu-se dos clarins doce harmonia:
A tropa portuguesa ocupa um lado,
   Todo o outro espaço o bárbaro cobria;
   E em meio a cada casta ali presente,
   Brilha emplumado o principal potente.

LIII

De varões apostólicos um bando
   Tem de inocentes o esquadrão disposto,
   Que iam na santa fé disciplinando,
   Todos assistem com modesto rosto:
O catecismo em cântico entoando,
   No idioma brasílico composto
   Do exército, que Inácio à igreja alista,
   Para empreender a bárbara conquista.

LIV

Sentiu da pátria o público proveito
   O monarca piíssimo que impera;
   E estes varões famosos tinha eleito
   A instruir o Brasil na fé sincera:
Eles toda a conquista houveram feito,
   E o imenso gentio à fé viera,
   Se cuidasse fervente o santo zelo[3],
   Sem humano interesse em convertê-lo.

---

   3. *O santo zelo* – Não referimos esta expressão aos sujeitos de que se fala, que fora uma contradição; mas vagamente a quem houvesse sido causa de decaírem aquelas missões.

LV

São desta espécie os operários santos,
    Que com fadiga dura, intenção reta,
    Padecem pela fé trabalhos tantos,
    O Nóbrega famoso, o claro Anchieta:
Por meio de perigos e de espantos,
    Sem temer do gentio a cruel seta,
    Todo o vasto sertão têm penetrado,
    E a fé com mil trabalhos propagado.

LVI

Muitos destes ali, velando pios,
    Dentro às tocas das árvores ocultos,
    Sofrem riscos, trabalhos, fomes, frios,
    Sem recear os bárbaros insultos:
Penetram matos, atravessam rios,
    Buscando nos terrenos mais incultos
    Com imensa fadiga e pio ganho
    Esse perdido, mísero rebanho.

LVII

Mais de um verás pela campanha vasta
    Derramar pela fé ditoso sangue;
    Quem morto às chamas o gentio arrasta,
    Quem deixa a seta com o tiro exangue:
Vê-los-ás discorrer de casta em casta,
    Onde o rude pagão nas trevas langue;
    E ao céu lucrando as miseráveis almas,
    Carregados subir de ínclitas palmas.

LVIII

Com corte tanta no sublime Paço,
    Que a grã Casa da Torre se apelida,
    Orando Catarina um breve espaço,
    O trono ocupa e as atenções convida:
Tinha emplumada a fronte, e o forte braço,
    Como insígnia de império conhecida,
    Um marraque por cetro sustentava,
    Que toda a turba com respeito olhava.

LIX

Venturosos paisanos, que o céu ama
    (Disse a dama real), povo disperso,
    Que ele ao rebanho seu piedoso chama,
    Desde o antigo dilúvio em sombra imerso:
Hoje vos quer livrar da averna chama,
    Vendo arrastar-vos do dragão perverso,
    Esse grão Deus que de uma cruz sublime
    A pena satisfaz e a culpa oprime.

LX

Da antiga Lusitânia o rei potente,
    Acompanhando o sol no giro imenso,
    Vai rodeando todo o globo ingente,
    Desde o aurífero Tago ao China extenso:
Por ele a fé recebe todo o Oriente,
    O mouro cede de pavor suspenso,
    E Europa admira pelo mar profundo
    Que o seu reino menor subjugue um mundo.

LXI

Deste grande monarca é tanto o império,
    Que aonde a própria luz não se encaminha,
    Nos limites extremos do hemisfério
    O lusitano exército caminha.
A África e Ilhas, o árabe cimério,
    Duas vezes passando a imensa linha,
    Possui tantos povos, que a contá-los
    São mais que os portugueses seus vassalos.

LXII

Este rei glorioso foi o eleito
    Por providência da eternal bondade,
    A fazer do Brasil um povo aceito
    E digno de a gozar na eternidade:
Pudera desta gente o forte peito,
    Tendo n'Ásia opulenta imensidade,
    Estes nossos sertões trocar incultos
    Por nações ricas e terrenos cultos.

LXIII

Pudera com as forças, que aqui manda,
    Com pouca utilidade, ou mais que fora,
    Domar o roxo mar por toda a banda,
    E o reino todo possuir da aurora.
Mas a piedade faz, com que comanda,
    Que antepondo o Brasil a tudo agora,

Mostre aos homens que o impulso que
[o domina
É propagar no mundo a fé divina.

LXIV

Generoso pensar! sagrada empresa!
　Longe de vã política de Estado,
　Que se a milícia, se o comércio preza,
　Não tem da Santa Fé menor cuidado.
Mas o que rege a vasta redondeza,
　E a sorte dos impérios tem fixado,
　Lá virá tempo enfim que o zelo pague,
　E em ouro o Tago do Brasil lhe alague.

LXV

Um rei, se não me engana oculto instinto,
　Quando o Quarto remir as lusas quinas,
　Depois do Sexto Afonso e Pedro extinto,
　Abrirá no sertão famosas minas:
Fará de ouro Lisboa D. João Quinto,
　Altas disposições do céu divinas!
　Pois no tremor e incêndio, que a ameaça,
　Prepara este subsídio a grã desgraça.

LXVI

Tempo virá que dama majestosa
　Por soberana a Lísia reconheça,

    Época ilustre, insigne e venturosa,
    Em que tenha uma santa por cabeça.
Descerá sobre o reino a paz formosa,
    E com a paz fará que a glória desça,
Atlantes tendo de seu régio Estado
Quatro sábios e um ínclito prelado.

LXVII

E tu, monarca justo, do céu vindo,
    Venha-te a palma sobre o empíreo tarda,
E pai da pátria ao reino presidindo,
    Com zelo a antiga fé nos nossos guarda:
Enche o grão nome, as portas reprimindo
    Do monstro averno, que nos fundos arda;
Que deixe Portugal, que na fé medra,
E Cristo firma sobre a imóvel pedra.

LXVIII

Esta insigne progênie o céu promete,
    Brasil agora rude, aos teus vindouros,
O colo humilde entanto ao rei submete,
    E oferece-lhe contente os teus tesouros:
E entre tantas nações, que ao jugo mete
    À sombra Portugal dos verdes louros,
Sem provares da guerra o furor vário,
Chega ao trono a humilhar-te voluntário.

LXIX

E se princesa me chamais sublime
  Dos vossos principais nascida herdeira,
  Se ao grão Caramuru, que o raio imprime,
  Jurastes vassalagem verdadeira:
Ele da sujeição tudo hoje exime,
  Cedendo ao trono luso a posse inteira;
  E eu do monarca na real pessoa
  Cedo todo o direito e entrego a croa.

LXX

Dizendo assim, a dama generosa
  Desce do trono e o esplêndido diadema
  Entrega ao Sousa; e toma majestosa
  Um baixo assento com modéstia extrema:
Pasma o tupinambá, vendo a formosa,
  Nobre Paraguaçu de claro estema,
  Que, o seu régio marraque ao Sousa dando,
  Despia a pompa do real comando.

LXXI

Logo o Caramuru, na língua e estilo
  Dos naturais falando ao chefe novo,
  Posto tudo em silêncio para ouvi-lo,
  O escudo da Bahia mostra ao povo.
A pomba de Noé, que ao noto asilo
  Com ramo de oliveira vem de novo,
  Dando a entender a paz que à crua gente
  Com a fé dispensava o rei clemente.

LXXII

Este é o título (disse) verdadeiro,
   Com que ocupa o Brasil nesta anarquia
   O muito alto senhor D. João Terceiro,
   A fim que em paz se tenha a turba ímpia:
Porque ao supremo ser e ente primeiro
   Reconheça o sertão, sirva a Bahia;
   E porque propagada a fé se veja
   No novo império que conquista à igreja.

LXXIII

Disse Diogo, e as quinas tremulando,
   Real, Real com voz clama expressiva,
   Por D. João monarca venerando,
   Príncipe do Brasil, que fausto viva.
Responde a turba os vivas replicando,
   Com tão alto clamor que o ouvido priva,
   E ao rumor dos canhões e das cornetas
   Correspondem as bélicas trombetas.

LXXIV

Então sentado sobre o sólio ingente,
   Que já desocupara a dama bela,
   Como governador da lusa gente,
   Tomé de Sousa cortejado dela;
Toma posse legítima e patente
   Da Bahia e sertão, e sem querela
   Do habitante, que os campos desocupa,
   Em nome dos seus reis a terra ocupa.

LXXV

Depois ao povo e ilustre magistrado
    Por leis do novo império manifesta
    Que seja o novo santo venerado,
    Que cesse nos sertões a guerra infesta;
Que o homicídio se veja castigado,
    Que antropófago atroz, que a lei detesta,
    Que a embaixada evangélica, que envia,
    Se ouça com paz, que se honre o que
                            [a anuncia.

LXXVI

Que o indígena seja ali empregado,
    E que à sombra das leis tranqüilo esteja;
    Que viva em liberdade conservado,
    Sem que oprimido dos colonos seja:
Que às expensas do rei seja educado
    O neófito, que abraça a santa igreja,
    E que na santa empresa ao missionário
    Subministre subsídio o régio erário.

LXXVII

Por fim, publica do monarca reto
    Em favor de Diogo e Catarina
    Um real honorífico decreto,
    Que ao seu merecimento honras destina:
E em recompensa do leal afeto,
    Com que a Coroa a dama lhe consina,
    Manda honrar na colônia lusitana
    Diogo Álvares Correia, de Viana.

NOTAS

A epígrafe do poema foi retirada de Ovídio, *Metamorfoses*, Livro XV. Numa tradução literal, o texto diz: "E porque Deus fala pela minha boca, eu vou seguir sua inspiração."

REFLEXÕES PRÉVIAS E ARGUMENTO

Diogo Álvares Correia, nobre *vianês*: da região de Viana do Castelo (Portugal).
Principal: chefe.
Salvagem: ant. e pop. de *selvagem*.

CANTO I

I – v. 2: *discorrendo*: no sentido de *percorrendo, atravessando*.
II – v. 6: Somente a edição de 1845 é igual à *princeps*. Em todas as demais, lê-se: *Tudo do grão*

caso a pura luz revela. Hernâni Cidade, que usou a edição de 1878, diante do verso de onze sílabas, propõe a seguinte leitura: *(Rompendo as sombras de ilusões humanas, / Tudo – grão caso! – a pura luz revela)*, e anexa a nota seguinte: "Creio que os dois versos que ponho entre parênteses são incisos; interrompem a invocação do poema, com a observação de que, apesar das **ilusões humanas**, tudo revela (**grão caso!**) que é a virgindade de Maria antes e depois do parto. Também poderia ser, admitindo uma rima imperfeita – que seria a única do poema: **Tu do grão caso a pura luz revelas**." Como se vê, Hernâni Cidade quase acertou o verso que estava na *princeps*.

III – v. 1: *Príncipe excelso*: D. José, filho de D. Maria I e D. Pedro III.

v. 7: *dedignar-se*: no sentido de *julgar indigno de si*.

VII – v. 8: *Os Vieiras, Barretos e os Correias*: como esclarece Hernâni Cidade, Santa Rita Durão está se referindo a João Fernandes Vieira e ao general Francisco Barreto de Meneses – que participaram da expulsão dos holandeses de Pernambuco –, e Manuel Alves Correia – que lutou na colônia do Sacramento contra os espanhóis.

VIII – v. 6: *pletro*: plectro.

IX – v. 6: *fúria*: divindade do inferno.

v. 7: *Paganismo*: Hernâni Cidade esclarece a passagem com a seguinte nota: "Foi o **Paganismo**, doutrinado pelo Inferno (**aluno dele**), que atribuiu o império das águas a **Netuno**, o símbolo de cuja realeza era o **grão tridente**, a que se alude na estrofe seguinte."

XI – v. 1: *baixel*: navio.
    v. 4: *pego undoso*: mar alto em que há ondas.
    v. 7: *procela*: tempestade marítima.
XII – v. 1: *ignívomo*: que vomita fogo.
XIII – v. 3: Na *princeps*, este verso tem onze sílabas. A edição de 1913 adotou "oferece-lhes socorro", o que manteve o problema; *fementido*: no sentido de *enganoso, ilusório*.
XVI – v. 7: *comua*: segundo Caldas Aulete, *commua* é formação antiquada do feminino de *comum*.
XIX – v. 4: *catadura*: semblante, aparência.
XX – v. 4: *labro*: lábio superior.
XXII – v. 4: *escumas*: espumas.
XXIV – v. 4: *mádido*: umedecido.
XXV – v. 3: *pingues*: gordos.
XXVIII – v. 1: *tempra*: têmpera. As edições de 1836, 1878 e 1913 adotaram *têmpera* e o verso passou a ter onze sílabas.
XXX – v. 5: *of'recido*: síncope de *oferecido*. As edições de 1836 e 1913 adotaram *oferecido* e o verso passou a ter onze sílabas.
XXXI – v. 5: *se apresta*: se prepara.
XXXVII – v. 5: *salvagem*: ant. e pop. de *selvagem*.
XXXVIII – v. 2: *titubante*: titubeante. Nas demais edições, *titubeante*.
XXXIX – v. 2: *of'reço*: síncope de *ofereço*. Nas edições de 1878, 1913 e 1945, *ofereço*, verso com onze sílabas.
L – v. 1: *exp'rimentava*: síncope de *experimentava*.
LX – v. 4: *delíquio*: desmaio, síncope.
LXXIV – v. 4: *pressago*: pressagioso.

LXXV – v. 2: *corro*: circo, arena.
LXXIX – v. 7: *nigromante*: var. de necromante; necromancia: magia negra.
v. 8: *averno*: inferno.
LXXXI – v. 6: *tartáreos*: relativo ao Tártaro ou inferno.
LXXXVIII – v. 5: *ingente*: no sentido de *enorme*.
LXXXIX – v. 3: *cabeço*: monte pequeno e arredondado, outeiro.
XC – v. 2: *valerosa*: valorosa.

CANTO II

I – v. 2: *zenith*: zênite.
III – v. 4: *exp'rimento*: síncope de *experimento*. Nas edições de 1836, 1845, 1878 e 1913, *experimento*, verso com onze sílabas.
VIII – v. 1: *sólita*: habitual.
v. 7: *alabarda*: arma antiga, constituída de uma haste longa arrematada com ferro pontiagudo, atravessado por outro em forma de meia-lua e machado.
XII – v. 3: *ingente*: no sentido de *estrondosa*.
v. 4: *morrião*: capacete antigo sem viseira e com tope enfeitado.
XV – v. 3: *principal*: chefe.
XVII – v. 3: *partasana*: espécie de alabarda.
XIX – v. 6: *desempeno*: desembaraço, agilidade.
XXIII – v. 7: *cura*: no sentido de *cuidado*.
XXVI – v. 1: *lôbrega* : lúgubre.
XXXV – v. 8: *Imboaba*: emboaba.
XXXVII – v. 8: *sab'roso*: síncope de *saboroso*.

XXXIX – v. 6: *dif'rentes*: síncope de *diferentes*. Na edição de 1913, *diferentes*, ficando o verso com onze sílabas.

XLVII – v. 2: *argivo*: de Argos, antiga cidade da Peloponésia (Grécia).

LI – v. 5: *em continente*: no sentido de *imediatamente*. Na edição *princeps* vem grafado *emcontinente* e *em continente*, o que não é inusual para a época.

LII – v. 3: *prospecto*: no sentido de *vista, panorama*.

LIV – v. 1: *infida*: infiel.

LVI – v. 2: *malina*: arcaísmo fonético de *maligna*.

LXIX – v. 1: *usança*: uso, costume.

LXXI – v. 4: *hospital*: P.us. *que pratica a hospitalidade*.

LXXVI – v. 4: *vestal*: sacerdotisa de Vesta, deusa do fogo dos romanos.

LXXIX – v. 3: *fasto*: fausto, ostentação.

LXXXI – v. 3: *sob'rano*: síncope de *soberano*.

LXXXV – v. 4: *nova esfera*: no sentido de *Novo Mundo*.

LXXXVII – v. 6: *de soçobro*: no sentido de *perturbada*.

CANTO III

I – v. 2: *rubicundo*: vermelho, rubro.
   v. 8: *grave*: no sentido de *profundo*.

V – v. 3: *tonante*: trovejante.

IX – v. 4: *benefica*: no sentido de *beneficia*.

X – v. 5: *averno*: adj. infernal.

XII – v. 4: *of'reça*: nas edições de 1878, 1913 e 1945, *ofereça*, ficando o verso com onze sílabas.
XVIII – v. 4: *nume*: divindade.
XXIII – v. 2: *decesso*: morte.
XXVI – v. 6: *sempiterno*: eterno.
XXXIV – v. 1: *latadas*: grades de varas para sustentar plantas em parreira; *martírios*: arbusto da família das euforbiáceas.
XLIII – v. 3: *munto*: muito.

v. 7: *hidropisia*: acumulação anormal de líquido ceroso em tecidos ou cavidades do corpo.
LI – v. 2: *a catadupas*: em grande quantidade.
LIII – v. 6: *fráguas*: aflições.
LXXII – v. 5: *estila*: possivelmente, no sentido de *instila*, *insinua*.
LXXXIV – v. 6: *chuveiro*: no sentido de *chuva repentina e abundante*.
LXXXV – v. 7: *croe*: var. de *coroe*.
XCI – v. 2: *int'rior*: síncope de *interior*.

v. 8: *lhe caía*: assim se lê no manuscrito, na *princeps* e nas edições de 1836, 1845 e 1878. Nas edições de 1913 e 1945, lê-se *lhes caía*.

CANTO IV

I – v. 5: nas edições de 1836, 1878 e 1913, *Paraguaçu*, verso com onze sílabas.
III – v. 2: *languor*: langor.
X – v. 8: nas edições de 1878 e 1913, *Paraguaçu*, ficando o verso com onze sílabas.
XIV – v. 5: *Alecto*: uma das três Eumênides ou fúrias.

XVI – v. 4: *coma*: possivelmente, no sentido de *juba, cabeleira*.

XVII – v. 5: exceto na edição de 1845, que utilizou a errata da *princeps*, em todas as demais lê-se: *Se alguns se chegam mais, por imprudentes*, o que cria uma rima imperfeita na estrofe.

XX – v. 2: *petiguares*: potiguares, tribo indígena tupi que habitava as praias do rio Paraíba do Norte (Pb).

XXI – v. 8: *inficionado*: infeccionado.

XXII – v. 2: *cerro*: colina.

v. 5: *ingeriam*: no sentido de *introduziam*.

XXV – v. 7: *incônditos*: desordenados.

XXVI – v. 5: *armipotente*: adj. guerreiro.

XXIX – v. 8: *frautas*: flautas.

XLI – v. 6: *retrocer*: retorcer.

XLIV – v. 3: *reclutas*: recrutas.

XLVIII – v. 3: *ardente planeta*: sol.

LI – v. 7: *bulha*: barulho, estrondo.

LV – v. 5: *ingente*: no sentido de *enorme*.

LIX – v. 1: *imbele*: que não é belicoso.

LXI – v. 7: *embarra*: no sentido de *topa, choca-se*.

LXVIII – v. 6: *noto*: adj. conhecido.

LXXVIII – v. 5: *troço*: corpo de tropas.

LXXIX – v. 3: *remir*: resgatar.

LXXXV – v. 5: *desassombrada*: corajosa.

CANTO V

I – v. 5: *Morfeu*: um dos deuses dos sonhos, filho da Noite; *Aqueronte*: um dos rios do Inferno.

VII – v. 1: *inscrutável*: insondável.
XII – v. 2: nas edições de 1878 e 1913, *Paraguaçu*, ficando o verso com onze sílabas.
XIV – v. 3: *soga*: corda.
XV – v. 6: *inultos*: no sentido de *sem serem vingados*.
XX – v. 8: nas edições de 1836, 1878 e 1913, *inferior*.
XXV – v. 6: *gavo*: de gabo, jactância.
XXVII – v. 1: *Tifeu*: ou Tífon, um dos gigantes que escalaram o céu, tendo se afeiçoado a Vênus.
XXXI – v. 6: nas edições de 1878 e 1913, *Paraguaçu*, ficando o verso com onze sílabas.
XLI – v. 8: nas edições de 1878 e 1913, *Paraguaçu*, ficando o verso com onze sílabas.
LIV – v. 7: *sup'rior*: nas edições de 1878 e 1913, *superior*.
LIX – v. 7: *e tanto*: no sentido de *de tal maneira*. Note-se que, exceto na edição de 1845, que usou a errata à *princeps*, em todas as demais lê-se: *entanto*.
LXVI – v. 6: *faz mossa*: no sentido de *abala*, *impressiona*.
LXXII – v. 8: *sólio*: trono.

CANTO VI

II – v. 7: *Ceres*: filha de Saturno, era deusa da agricultura.
III – v. 7: *preminência*: proeminência.
IV – v. 2: *of'rece*: nas edições de 1878 e 1913, *oferece*.

X – v. 2: *longitud*: longitude. A edição de 1913 adotou *longitude*, ficando o verso com onze sílabas; *mole*: construção maciça de grandes proporções.

XVI – v. 7: *abrolhos*: desgostos.

XVII – v. 1: *surcando*: P.us. sulcando.

XVIII – v. 3: *intrechado*: entrechado, urdido.

v. 6: *faro*: farol.

v. 7: *exp'rientes*: síncope de *experientes*.

XX – v. 8: *lhe oferece*: assim se lê na errata à *princeps* e na edição de 1845. No manuscrito, na *princeps* e na edição de 1836, *lhe offrece*; na edição de 1878, *lhe of'rece*; nas edições de 1913 e 1945, *lhes of'rece*.

XXIII – v. 4: *restab'lece*: síncope de *restabelece*.

XXIV – v. 6: *hispalense*: sevilhano.

XXVI – v. 4: na edição de 1913 lê-se: *Ao conhecido oceano alfim chegamos*.

XXIX – v. 3: *contenho*: aspecto, porte. Na edição de 1845, lê-se *contento*, com nota do editor a respeito. Por engano, não compreendeu o sentido da palavra no verso.

v. 8: *Termodonte*: rio da Trácia, célebre pelas amazonas que habitavam nas suas margens.

XXX – v. 7: *bergantim*: antiga embarcação a vela ou remo usada pelos portugueses no oriente.

XXXII – v. 2: *fabro*: artífice.

XXXIV – v. 4: *esteira*: no sentido de *água revolvida que a embarcação deixa atrás de si*.

XL – v. 8: *inf'rior*: nas edições de 1878 e 1913, *inferior*.

XLII – v. 4: *salsas*: salgadas.

LVIII – v. 7: *grei*: no sentido de *conjunto dos fiéis*; *langue*: enlanguece.
LXXV – v. 3: *pingue*: no sentido de *abundante*.

CANTO VII

I – v. 4: *pâmpanos*: ramos de videira.
II – v. 2: *falua*: antiga embarcação a remo ou vela, com câmara à popa.
   v. 4: *jucundo*: alegre.
VI – v. 3: *onusto*: repleto, cheio.
   v. 8: *croa*: var. de *coroa*.
XI – v. 6: *hespério*: ocidental.
XII – v. 1: *germe*: nas edições de 1878 e 1913, *gérmen*, ficando o verso com onze sílabas.
   v. 5: *cafre*: natural ou habitante da Cafrária (África); *adusto*: enegrecido.
XIV – v. 8: *co'peito*: assim na *princeps*. Nas edições de 1878 e 1913, *co'o peito*.
XVII – v. 7: *Paraguaçu*: adotamos a lição do manuscrito. Na *princeps* e na edição de 1836 lê-se, *Praguaçu*, ficando o verso com nove sílabas. Nas de 1845, 1878 e 1913, *Paraguaçu*.
XVIII – v. 1: *jerarca*: hierarca.
XIX – v. 5: *Alvres*: nas edições de 1878 e 1913, *Alves*.
XX – v.2: *cópia compita*: no sentido de *quantidade rivalize*.
XXVI – v. 8: *ambrósia*: ambrosia, manjar dos deuses do Olimpo.
XXXIII – v. 5: *gelapa*: possivelmente, *jelapa, jalapa*, nome vulgar de diversas plantas convolvuláceas.

v. 6: *pau da China*: planta da família das liliáceas, de cujas raízes se extraem túberas medicamentosas.

XXXIV – v. 4: *mendubim*: mendubi (tupi): amendoim.

v. 6: *estilicídios*: fluxos nasais.

XXXV – v. 7: *Clície*: oceânide amada por Apolo e que foi metamorfoseada em girassol.

XLIV – v. 1: *fragantes*: possivelmente, *fragrantes*.

XLV – v. 3: *ext'rior*: nas edições de 1836, 1878 e 1913, *exterior*.

XLVI – v. 4: *mucujê*: árvore da família das apocináceas.

v. 8: *distilam*: destilam.

XLIX – v. 1: *uruçu*: urucum.

v. 5: *tarajaba*: possivelmente, *tarajuba*, como se lê em Rocha Pita, nome dado à raiz de uma árvore tintórea.

LI – v. 7: *salsafraz*: assim se lê no manuscrito. Na *princeps* e nas edições de 1836, 1878 e 1913, *salfafraz*. Nas de 1845 e 1945, *sassafrás*. Possivelmente, sassafrás, como se lê em Rocha Pita, designação comum a várias espécies da família das lauráceas.

LII – v. 8: *supopira*: sucupira.

LIX – v. 1: *sareuê*: sariguê.

v. 7: *coatias*: quatis. No manuscrito e na *princeps* lê-se *coatiás*, o que cria uma rima imperfeita com o verso seguinte, *cotias*. Adotamos a lição *coatias*, das edições de 1836, 1845, 1878, 1913 e 1945.

v. 8: *periás*: preás.

LXI – v. 2: *zabelé*: zabelê.

v. 5: *enha-popé*: inhapupê, perdiz.
v. 6: *titela*: parte carnuda do peito da ave.
LXII – v. 2: *biraponga*: araponga.
v. 4: *aracã*: araquã.
v. 6: *galeirões*: viúvas, aves da família dos traupídeos.
LXIV – v. 3: *maios*: possivelmente, planta campestre, espécie de lírio.
LXVI – v. 2: *netas*: límpidas, claras.
LXVII – v. 8: *encharroco*: xarroco, peixe também conhecido como *frango do mar*.
LXVIII – v. 2: *berupirá*: bijupirá, peixe da família dos raquicentrídeos.
v. 3: *corimã*: curimã, espécie de tainha.
LXXII – v. 6: *chorros*: jorros.

CANTO VIII

I – v. 3: *aprico*: exposto ao sol, descoberto.
III – v. 4: *lises*: açucenas, flores distintivas da realeza e das armas da França.
XV – v. 7: *empíreo*: morada dos santos e bem-aventurados.
XXIX – v. 4: *bugnotes*: huguenotes.
XXXII – v. 8: *hugonote*: nas edições de 1878 e 1913, *bugnote*.
XLIX – v. 5: *barrocas*: grotas, despenhadeiros.
LI – v. 3: *fracasso*: no sentido de *estrondo de coisa que se parte ou cai*.
LII – v. 5: *caliginosa*: tenebrosa.
LIII – v. 4: *furnas*: cavernas.
LIX – v. 5: *acerbo*: árduo, difícil.

LX – v. 8: Na edição *princeps* não vem indicado o lugar desta nota. Seguimos a lição do manuscrito e da edição de 1945. Nas demais, também não vem indicado o seu lugar.
LXII – v. 4: *invicto*: note-se que não se trata de uma rima imperfeita, pois na *princeps* vem grafado: *adicto*, por *adito*, e *conflicto*, por *conflito*.
     v. 7: *Arari*: Araribóia.
LXIII – v. 2: *mangas*: tropas.
LXVIII – v. 8: *sopita*: adormecida.
LXXIII – v. 5: *mareante*: navegante.
LXXVIII – v. 4: Willekens: o navegante Jocob Willekens.
     v. 8: *expectação*: expectativa.
LXXIX – v. 8: *vitualha*: víveres.
LXXXIII – v. 8: na *princeps* e demais edições, verso com onze sílabas.

CANTO IX

V – v. 8: *Wandenburgo*: o general Diederik van Waerdenburch.
IX – v. 5: *saco*: saque.
XXX – v. 2: *interpresa*: empreendimento.
XXXIX – v. 7: *exp'rimenta*: adotamos a lição do manuscrito. Na *princeps* e nas demais edições, *experimenta*, ficando o verso com onze sílabas.
XLV – v. 5: *veigas*: várzeas.
L – v. 5: *Itamaracá*: assim se lê no manuscrito e na edição de 1845. Na *princeps* e na edição de 1836, lê-se *Iramaracá*. Nas edições de 1878, 1913

e 1945, *Itaramaracá*, ficando o verso com onze sílabas.
LI – v. 5: *que dê confia*: assim se lê no manuscrito, na errata e na edição de 1845. Na *princeps* e nas edições de 1836, 1878, 1913 e 1945, lê-se *desconfia*.
LVIII – v. 1: *bastimentos*: provimentos.
LXIV – v. 5: *britano*: bretão.

CANTO X

II – v. 8: na *princeps* e nas demais edições, verso com onze sílabas.
VII – v. 8: *ósculos*: beijos.
XV – v. 7: *capa*: condição em que se põe um navio à vela para enfrentar uma borrasca.
XXX – v. 7: *dura*: duração.
XXXII – v. 4: *transporto*: transporte.
XLI – v. 8: *int'rior*: nas edições de 1878, 1913 e 1945, *interior*.
XLVIII – v. 7: *quinas*: os cinco escudos que figuram nas armas de Portugal.
LX – v. 4: *Tago*: latinismo de Durão para designar o *Tejo*.
LXI – v. 5: *cimério*: povo antigo que habitava as margens setentrionais do Euxino (mar Negro), entre o Don e o Danúbio.
LXIV – v. 8: *lhe alague*: como se lê na errata à *princeps* e na edição de 1845. Falta esta folha no manuscrito. Na *princeps* e demais edições se lê: *se alague*.
LXVII – v. 7: *medra*: cresce.

LXVIII – v. 4: na *princeps* e demais edições, verso com onze sílabas.
LXX – v. 6: *estema*: linhagem.
LXXV – v. 4: *infesta*: inimiga, hostil.
LXXVII – v. 6: *consina*: consigna. Na edição de 1845, lê-se *consigna*.

DOCUMENTAÇÃO
E ICONOGRAFIA

Santa Rita Durão. Desenho a bico de pena, [Misus], s/d.

CARAMURÚ,

OU

LA DÉCOUVERTE DE BAHIA,

ROMAN-POÈME BRÉSILIEN,

PAR JOSÉ DE SANTA RITA DURAO.

TOME PREMIER.

PARIS,
EUGÈNE RENDUEL, ÉDITEUR-LIBRAIRE
RUE DES GRANDS-AUGUSTINS, N° 22.

1829.

Santa Rita Durão. *Caramurú, ou la découverte de Bahia*. Tradução para o francês de 1829. Página de rosto.

NOVENA
DO GLORIOSO
S. GONÇALO
DE LAGOS,

COMPOSTA

POR HUM SEU DEVOTO

E

INDIGNO IRMÃO.

LISBOA
NA REGIA OFFICINA TYPOGRAFICA.
ANNO M.DCC.LXXIX.
Com licença da Real Meza Censoria.

Santa Rita Durão. *Novena do Glorioso São Gonçalo de Lagos*, 1779. Página de rosto.

D. JOAŌ DE N. SENHORA
DA PORTA,

Conego Regular de Santo Agoſtinho, por mercê de Deos, e da Santa Sé Apoſtolica Biſpo de Leiria, do Conſelho de Sua Mageſtade Fideliſſima, &c.

A todos os Fieis deſta noſſa Dieceſe Saude, e Benção.

AINDA que temos a confolaçaõ de ver eſta Dieceſe firme na paz, e ſubmiſſaõ à Igreja, e ao Rey, havemos entre tanto conſiderado, Meus amados Filhos, que era da Noſſa Providencia premunirvos contra huma doutrina errada, e tanto mais perigoſa, quanto a titulo de piedade, e religiaõ ſe vio accender huma rebelliaõ, que houvera derribado em Portugal o Sceptro, e o Sacerdocio, ſe o zelo, e a vigilancia lhe naõ atalhaſſem os progreſſos. O eſpirito da traiçaõ, e da hypocriſia, impondo aos menos ſabios revelações fingidas, teria enchido a Naçaõ de lagrimas, ſe a maõ do Todo Poderoſo naõ remiſſe com milagres a vida de hum Rey, que ſe faz conhecer entre os outros Principes pela doçura de huma condiçaõ amavel, e cheia de clemencia. Aquelle inſigne beneficio da Divina piedade deveis, Amados Filhos, agradecer a Deos como hum abono da paz, e felicidade publica, que hiamos a perder ſem duvida com o meſmo golpe, que ameaçou a Real, e ſagrada vida de Sua Mageſtade Fideliſſima.

Igualmente que contra a paz, attentaraõ contra a Religiaõ os inventores deſta conſpiraçaõ abominavel. Huma funeſta experiencia de todos os ſeculos tem aſſaz enſinado, que as hereſias ſaõ as primeiras armas, de que uſou ſempre a falſa Politica para ſublevar os animos contra os Governos. A infidelidade a Deos he huma companhia quaſi inſeparavel da rebelliaõ ao Principe. França, Flandes, e as Germanias deraõ

D. João de Nossa Senhora da Porta [Santa Rita Durão]. Pastoral datada de Leiria, em 28 de fevereiro de 1759. Primeira página.

JOSEPHI
DURAM
THEOLOGI CONIMBRICENSIS
O. E. S. A.
PRO ANNUA STUDIORUM INSTAURATIONE

ORATIO

PERAMBULANTEM me sæpenumero, VIRI ACADEMICI, & antiqua Lusitanorum Oppida pervisentem, cum in superba maiorum nostrorum monumenta incidissem, templa, turres, arces, palatia, mausulea, mirum, quantus animo de veteri Lusitanorum gloria stupor incessit.

Intuebar enim, et cogitatione defixus mirabar confectas ALPHONSI PRIMI ævo basilicas Olisipone, Conimbricæ, Alcobatiæ maximas & pulcherrimo artis opere elaboratas: JOANNIS item PRIMI atque EMMANUELIS MAGNI immensas ad tropæum victoriæ molitiones; Cenotaphia Regum sumtu atque arte miranda: Ut multa quidem atque permagna cum jactent Itali vetusta ædificiorum miracula; maiora tamen,

Santa Rita Durão. *Josephi Duram Theologi conimbricensis*, 1778. Página de rosto.

Caramuru! Ilustração de *O Caramuru*, adaptação em prosa por João de Barros, 1935.

Cauim, bebida das Américas. Xilogravura, Assuerus de Londerzell, 1558.

Cena de canibalismo. Gravura em metal, Theodoro De Bry.

A despedida da Moema. Ilustração de *O Caramuru*, adaptação em prosa por João de Barros, 1935.

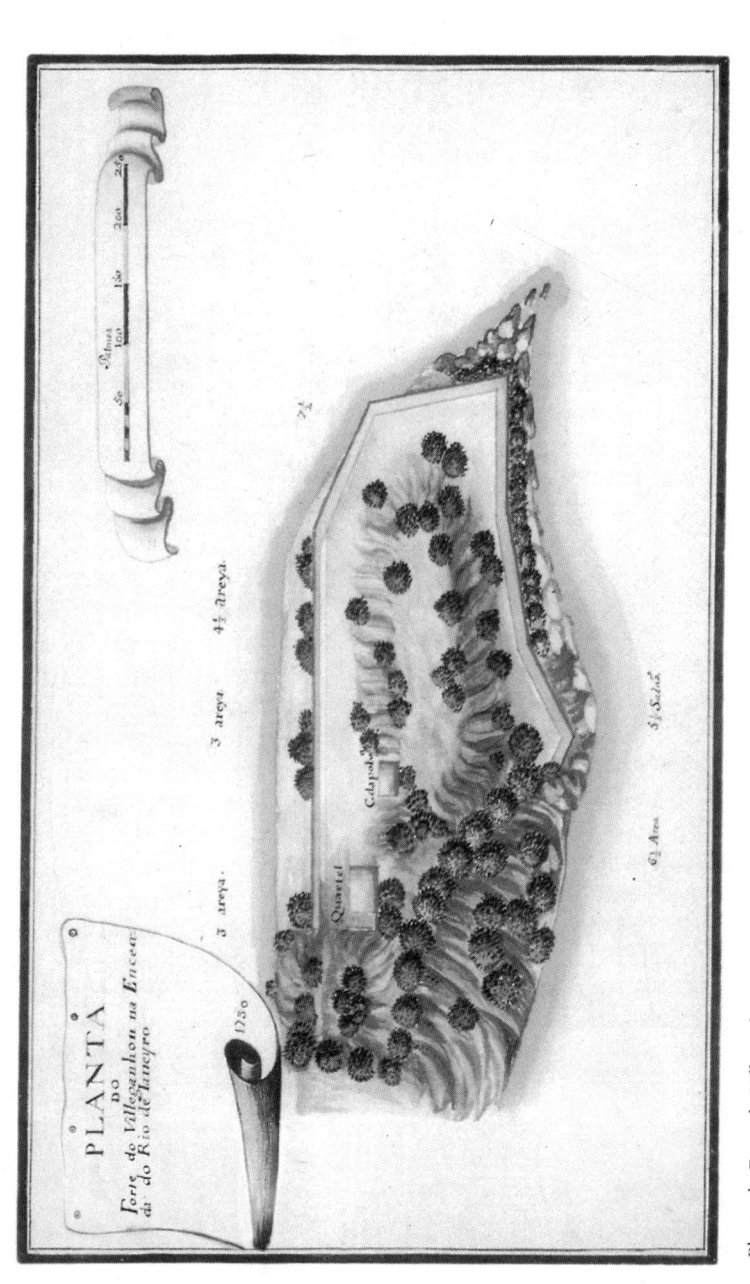

Planta do Forte de Villeganhon na Enseada do Rio de Janeiro, 1730. Desenho aquarelado sobre papel, Padre Diogo Soares.

Caramuru. Óleo de Tito Batista.

Sonho de Catarina Paraguaçu.
J. Simmundo.

Chegada de Tomé de Souza à Bahia. Gravura.

CARAMURU E PARAGUAÇU
Gravura publicada na 2.ª edição de CARAMURU, em 1836

Gravura intitulada "Caramuru e sua consorte Paraguaçu". Publicada na segunda edição do *Caramuru*, pela Imprensa Nacional de Lisboa, em 1836.

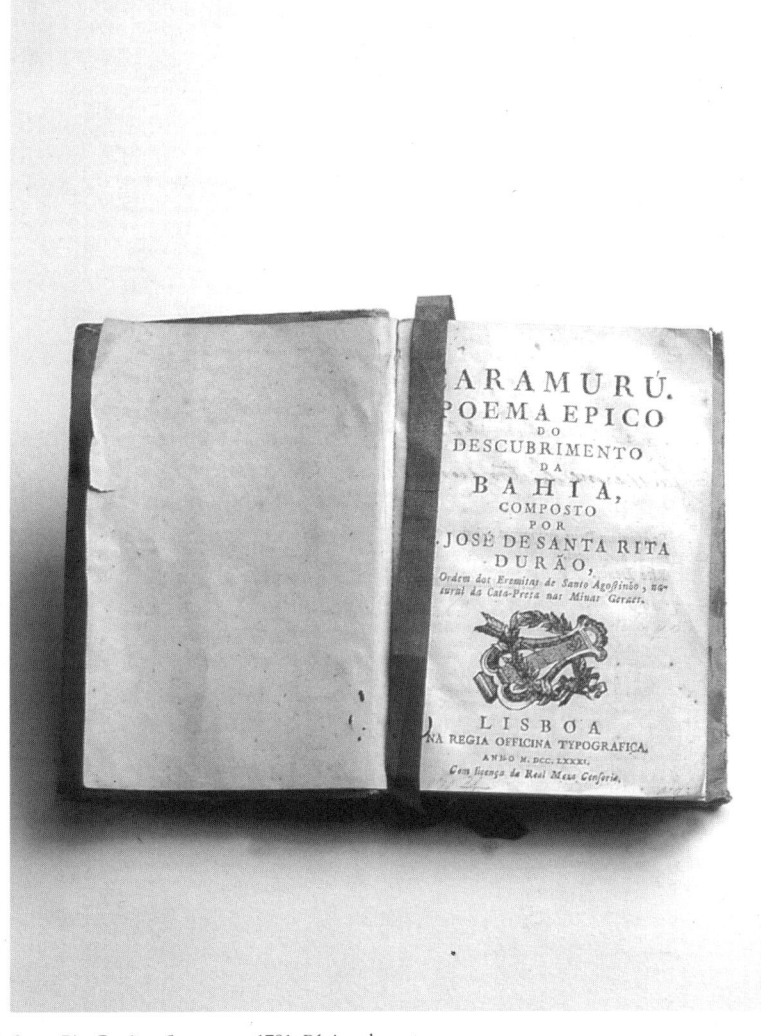

Santa Rita Durão. *Caramuru*, 1781. Página de rosto.

Cromosete
Gráfica e editora Ltda.

Impressão e acabamento
Rua Uhland, 307 - Vila Ema
03283-000 - São Paulo - SP
Tel/Fax: (011) 6104-1176
Email: adm@cromosete.com.br